KB156569

帝王燕

제왕연 1

ⓒ지에모 2020

초판1쇄 인쇄	2020년 10월 19일
초판1쇄 발행	2020년 11월 3일

지은이	지에모芥沫
옮긴이	이소정

펴낸이	박대일
편집	이문영 · 박지해 · 임유리 · 신지연 · 곽현주
마케팅	임유미 · 손태석
일러스트	흑요석
디자인	박현주
교정	김미영

펴낸곳	파란미디어
출판등록	2004년 9월 14일 제313-2004-00214호

주소	03992 서울시 마포구 동교로23길 14 국제빌딩 6층
전화	02.3141.5589 영업부 070.4616.2012 편집부
팩스	02.3141.5590
전자우편	paranbook@gmail.com
카페	http://cafe.naver.com/paranmedia
인스타그램	@paranmedia

ISBN	978-89-6371-822-4(04820)
	978-89-6371-821-7(전21권)

제
왕
연

帝王燕

1

지에모 芥沫 지음 — 이소정 옮김

파란

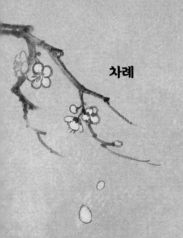

차례

프롤로그 | 7

약을 빼앗으려 하다, 가면의 남자 | 14

정왕, 군구신 | 19

병이 위급하다, 긴급 상황 | 26

망할 계집, 모반할 생각이냐 | 31

약방문, 너무나 수상쩍어 | 35

약을 먹여 크게 호전시키다 | 40

어째서 이렇게 | 44

혼약, 이제야 생각났네 | 48

공과 사를 구분해야 | 52

누명, 걷어차 주마 | 57

좋다, 입을 여는 것을 허락하마 | 63

이간질, 더러운 누명 | 67

손을 쓰다, 일부러 | 72

영리하다, 헛소문을 헛소문으로 막다 | 76

또 한 명, 사모하는 사람 | 80

악랄하군, 진퇴양난 | 85

우연한 만남, 살았다! | 89

이 은혜, 기억하겠어 | 93

예의, 원망스럽기만 하다 | 97

혼약, 아쉽지 않은걸 | 101

당신에게 두 가지 선택지가 있어 | 109

파업, 배 속은 꼬르륵 | 117

본 장군이 식사를 대접하지 | 124

명확하다, 유언비어 | 131

떠메고 간다, 눈총에 구애받지 않고 | 138

제멋대로, 그는 확신할 수 없다 | 145

비위 맞추기, 군에 남아 시중을 들다 | 152

도박, 반드시 이겨야 해 | 159

공교롭게도, 자객을 만나다 | 166

증거, 약방문 한 묶음 | 172

당신에게 목숨 두 개를 빚졌어 | 179

제기랄, 공주가 채 갔다 | 186

따뜻해, 너무 좋아 | 193

추측, 궁 안 사람인가 | 200

함정에 빠지다 | 207

승낙, 내가 너를 거두겠다 | 214

'구'라는 글자, 왜 그리 조급해하는 거야 | 221

다시는 당신을 보지 않겠어 | 228

기질, 타고난 것 | 235

사람을 고르다, 사주팔자 | 242

망할 얼음은 비교도 안 돼 | 249

속마음, 세차게 출렁이다 | 255

인연, 스스로 깨닫게 되다 | 262

근심, 바로 일을 시작하다 | 270

귀환, 그가 들었다 | 277

너희 둘 다 거짓말쟁이야 | 284

정왕의 사생활 | 291

등, 터무니없는 생각을 하다 | 298

살의, 당신의 비밀 | 305

전하, 이러지 마세요 | 313

남신, 얕보는 것을 허용하지 않는다 | 320

그녀가 경악하고 그도 경악하다 | 327

우리 둘만의 비밀이다 | 334

약선, 경계를 품다 | 341

약 꾸러미, 큰 문제가 있다 | 348

약속, 반드시 할 것이다 | 355

사람을 잡다, 상황이 변했다 | 362

프롤로그

"어서 가거라!"

"예아, 연아를 데리고 떠나라. 대진과 연아 모두 너에게 맡긴다!"

"가라! 부황의 명령이다. 당장 떠나라!"

등 뒤로 연기가 자욱했다. 적들이 계속 쫓아오고 있었다.

대진제국의 황제가 멀지 않은 곳에서 적들과 싸우고 있었다. 그는 홀로 여럿을 상대하여 이미 중상을 입은 상태였다.

여덟 살 먹은 여자아이가 그녀보다 겨우 두 살 많은 오라비 품에 안겨 있었다. 눈이 가려져 있었기에 그녀는 아무것도 볼 수 없었고, 그저 다급하게 병기 부딪치는 소리만 들을 수 있었다.

오라버니는 그녀를 안은 채 있는 힘을 다해 남쪽으로 달려 그녀를 다른 사람에게 넘겼다.

"고남신, 동생을 부탁한다!"

"태자 전하, 헛되이 목숨을 버리시면 안 됩니다!"

"나는 대진의 태자다. 이대로 도망칠 수는 없다. 가문에 어려움이 있으면 내가 감당해야 하고, 나라에 어려움이 있다면 더더욱 그러하다! 동생을 데리고 빙해를 떠나라. 어서!"

여자아이는 주변을 훑어보며 그저 멍한 표정으로 미동도 하지 않았다. 마치 놀라서 바보가 되어 버리기라도 한 것처럼.

그녀는 마치 아무 상관도 없는 일을 보는 것처럼 눈을 크게 뜨고 오라비가 단검을 휘두르며 뛰어가는 것을 바라보았다.

그녀를 안은 사람은 남쪽으로, 오라버니는 북쪽으로 향했다. 그녀는 자신을 안은 사람의 어깨에 기댄 채 멍하니 멀어져 가는 오라비의 뒷모습을 지켜보았다.

휙!

갑자기 바람을 가르는 소리가 동쪽에서 서쪽으로, 전장 전체를 관통했다. 날카로운 화살이 동쪽에서 날아오는가 싶더니 오라버니의 몸을 꿰뚫었다.

여자아이가 멈칫하더니, 곧 정신이 돌아온 듯 고통스러운 비명을 토해 냈다.

"오라버니……!"

고비연은 침상에서 튕겨 오르듯 일어났다. 얼굴은 창백하게 질려 있었고 심장은 빠르게 뛰고 있었다. 그녀는 손을 뻗어 더듬어 보고는 자신의 얼굴이 또다시 눈물로 가득하다는 것을 알았다.

10년 동안, 그녀는 셀 수 없이 그 여자아이의 꿈을 꾸었다. 그 아이를 안고 뛰는 사람은 매번 달랐지만, 언제나 그녀의 목숨을 구하기 위해 있는 힘을 다해 뛰었다.

비연은 안겨 있던 여자아이가 누구인지 알지 못했다. 꿈에서 왜 계속 그 여자아이를 보는지는 더더욱 알 수가 없었다.

"대진? 빙해? 부황……, 오라버니……, 고남신?"

그녀는 가만히 중얼거려 보았다. 그 단어들이 어쩐지 아주 친숙하게 느껴졌다.

비연이 기억을 더듬기 시작하자, 곧 머리가 깨질 듯이 아파 왔다. 꿈속의 모든 것이 물밀 듯이 쏟아져 들어와 그녀의 머리를 가득 채웠다. 마치 그녀를 익사시키기라도 할 것처럼.

비연은 도저히 견딜 수 없어 머리를 꽉 끌어안고 비명을 질렀다.

"너는 대체 누구인 거야? 그들은 대체 누구지? 나는 또 누구인 거지?"

과거에 같은 꿈을 꾸었을 때처럼 비연은 아무것도 기억해 내지 못한 채 또다시 정신을 잃고 말았다.

꿈 한 번, 기억 한 번, 그리고 고통 한 번.

그나마 다행인 것은 그녀가 꿈의 내용을 기억한다는 것이었다.

그 이름들도 기억하고 있었다.

비연은 오후가 되어서야 깨어났다.

방 밖으로 나와 보니 보이는 것은 산이요, 주위는 모두 약초밭이었다. 따뜻한 햇살이 내리쬐는 가운데 공기 속에 약초의 맑은 향이 가득 배어 있었다.

이 숲의 이름은 빙해영경으로, 속세와 떨어져 있고 기이한 약초가 많이 나는 곳이었다.

비연은 여덟 살 때부터 이 산꼭대기에서 사부로부터 약을 배웠다. 그러나 그녀는 자신이 누구인지, 어디서 왔는지 모두 잊은 상태였다.

갑자기 약초밭에 누군가가 나타났다. 그는 마치 환영처럼 멀리서 다가오는 듯하더니 곧 그녀 앞에 모습을 드러냈다. 바로 그녀의 사부였다.

사부는 흰옷을 입고 있었다. 키가 크고 풍채가 좋은 데다 외모도 준수하여 신선처럼 보였다. 얼핏 보기에는 젊어 보였지만 눈빛은 세상을 초월한 듯한 느낌을 내뿜고 있었다. 마치 천 년을 살아온 사람만이 지닐 수 있는 그런 느낌이었다.

비연은 사부의 이름도 알지 못했다. 그냥 그가 흰옷을 좋아하니 백의 사부라 부를 뿐이었다.

백의 사부가 다정하게 그녀를 보며 가볍게 말했다.

"동풍이 불어오는 것을 보니 제비가 돌아오는 춘사일[1]이구나. 우리 연아가 또 한 살 자랐네."

비연은 악몽에 관한 말을 꺼내지 않았다.

지난 10년 동안 꿈을 꿀 때마다 사부에게 이야기했지만 귀에 못이 박히도록 듣는다며, 그녀의 의문에 자신도 답해 줄 수 없다고만 말했다.

꿈을 입에 올리지 말라고도 했다. 악몽을 자꾸 입에 담으면 진실이 되어 버린다며.

---

1 중화절이라고도 부른다. 음력 2월에 있는 명절로, 제비가 돌아오는 날이라고 하며 토지신에게 제사를 올려 풍년을 기원한다.

그래서 비연은 그 후로는 절대로 사부에게 악몽에 대해 말하지 않았다.

"사부, 올해에는 연아에게 어떤 좋은 선물을 주실 건가요?"

비연이 기대하듯 손을 내밀었다. 웃음기 가득 찬 새까만 두 눈이 별처럼 반짝거렸다.

어느덧 열여덟 살 생일이었다. 빙해영경에서 약을 공부한 지 10년째 되는 해기도 했다.

사부는 그녀가 홀로 날아가는 제비 같다며 '고비연'이라고 불렀고, 생일은 제비가 돌아오는 날인 춘사일로 정해 주었다.

백의 사부가 우아하게 손을 들더니 소매 속에서 작은 솥을 꺼냈다. 그가 따뜻하게 웃으며 말했다.

"우리 연아, 이 약왕정이 올해 선물이다."

약왕정!

솥 안에 신령한 불인 신화神火가 있어 셀 수 없이 많은 약방을 정련해 낼 수 있는 신물이었다. 또한 솥 안 공간에 드넓은 약초밭을 숨길 수도 있었다.

하지만 이것은 사부의 보물이 아닌가!

비연은 처음에는 당황했다. 그러나 곧 감동하여 두 눈을 반짝였다. 그녀가 재빨리 약왕정을 받아 등 뒤로 숨기고는 진지하게 말했다.

"한번 준 건 준 거니까, 후회하시기 없기예요!"

백의 사부가 큰 소리로 웃기 시작했다. 조금은 어쩔 수 없다는 듯, 그리고 사랑스러워 죽겠다는 듯. 그가 가볍게 고비연의 앞머리를 쓰다듬더니 반문했다.

"아가, 내가 네 사부가 된 것을 언제 후회한 적이 있었더냐?"

사부의 이 말이 조금 이상하다는 생각이 들었지만 비연은 깊이 생각하지 않았다. 대신 신나게 손가락을 깨물어 피를 내 약왕정과 계약을 맺었다.

바로 그 순간, 그녀가 경계하지 않는 틈을 타서 사부가 불시에 그녀를 등 뒤의 심연으로 밀었다.

"악……!"

비연은 떨어지는 와중에 다행히 가로로 자란 나뭇가지 하나를 잡았다. 그녀가 경악하여 외쳤다.

"사부님, 왜 이러시는 거예요? 사부님……!"

백의 사부의 그 듣기 좋은 목소리에 살짝 안타까운 감정이 묻어났다. 그러나 그가 여전히 평온하게 말했다.

"연아, 반드시 현공대륙으로 가야 한다. 언젠가는 너도 이해하게 될 거다!"

비연은 그제야 사부가 장난치는 게 아니라는 걸 알아차렸다. 그녀가 깜짝 놀라 소리쳤다.

"무슨 말씀을 하시는지 모르겠어요! 사부님, 어서 끌어 올려 주세요! 살려 주……."

그러나 비연에게 돌아온 회답은 백의 사부의 목소리가 아니라, 나뭇가지가 부러지는 소리였다.

"아, 사부……. 이 악당, 후회할 거다! 반드시 후회하게 될 거야!"

비연의 저주보다 몸이 더 빠르게 아래로 떨어졌다. 마치 무저갱 속으로 빠져드는 것처럼.

몸이 아래로 떨어지는 느낌이 아니라, 마치 영혼 자체가 떨어지는 것만 같았다…….

약을 빼앗으려 하다, 가면의 남자

현공대륙, 천염국.

비연이 마차 안에서 깨어났다. 손에는 작은 솥을 들고 있었다. 바로 사부의 약왕정이었다. 그리고 곧 수많은, 낯선 기억들이 그녀의 머릿속으로 밀려 들어왔다.

그녀는 죽지 않았다. 뜻밖에도 사부가 말했던 '현공대륙'에서 다시 태어났다!

비연의 영혼은 천염국 진양성 고씨 가문 대소저의 몸에 들어와 있었다. 몸의 원주인은 그녀와 완전히 똑같이 생겼고, 이름 역시 고비연이었다.

더욱 기묘한 것은, 원주인은 여덟 살에 물에 빠졌다가 1년 동안 혼수상태에 있었다는 것이다. 마침내 깨어났을 때는 비연과 똑같이 그녀도 어린 시절의 기억이 없는 상태였다.

고씨 가문은 본래 세도가였다. 그런데 가문이 몰락하면서 몸의 원주인은 부득이하게 궁에 들어가 노비가 되었다. 어약방에서 약을 다루는 약노였는데, 바로 며칠 전에 약녀로 승진한 참이었다.

오늘 밤, 몸의 원주인은 황성 교외에 있는 동군영으로 가서 정 대장군에게 약을 달여 주어야 했다. 최소한 해가 뜰 때까지는 군영에 도착해야 했다. 아니면 정 대장군의 목숨을 보전하기 어려운 상황이었다.

'현공대륙, 고씨 가문, 약녀?'

비연은 약왕정을 안은 채 깊은 생각에 빠졌다.

그녀가 어떻게 다시 태어난 것일까? 백의 사부의 힘일까? 아니면 '현공대륙'과 '빙해영경', 이 두 세계 사이에 특수한 통로가 있는 걸까?

그녀가 빙해영경으로 돌아갈 수도 있을까? 현공대륙에 빙해영경을 아는 사람이 있을까? 사부는 대체 무엇을 하라고 그녀를 이 낯선 대륙으로 보낸 것일까?

머리를 이리저리 굴려 봤지만 결국은 진상을 알 수 없다는 결론에 도달했다. 그래서 아예 생각 자체를 멈췄다. 어쨌든 그녀는 살아 있었고, 일단 현실에 적응해야 했다.

비연은 몸의 원주인이 마차 안에서 어쩌다 죽게 되었는지도 알지 못했다. 마차와 호위들에게 이상한 기미도 보이지 않았다. 그녀는 일단 마음을 놓고 자신의 정신을 약왕정 안으로 들여보냈다.

약왕정은 사부의 수련에 의해 이미 절묘한 경지에 올라 있었다. 그래도 그녀와 새로 계약을 맺었기 때문에 모든 것을 다시 시작해야 했다.

비연은 사부가 꽤 후하다는 생각이 들었다. 자주 쓰이는 약재가 약초밭에 꽤 남아 있었던 것이다.

그녀는 신화를 불러 보았다. 그녀의 재능이 괜찮은 편인지, 계약을 한 지 얼마 되지 않았는데도 3품에 해당하는 신화를 소환할 수 있었다.

비연이 기뻐하고 있을 때, 마차가 갑자기 멈췄다. 밖에 있던 호위들이 소리쳤다.

"자객이다! 조심해라!"

자객이라고? 겨우 약녀 하나를 기습하려 하는? 그런 터무니없는 일이!

비연이 슬며시 휘장을 올려 밖을 내다보려는 순간, 자신을 향해 오는 날카로운 검날이 바로 눈에 들어왔다!

놀라서 뒤로 물러나자 날카로운 검이 그녀를 스쳐 갔다. 비연은 너무 놀라 식은땀을 흘리며 감히 움직일 엄두도 내지 못했다.

검이 되돌아가는 순간, 그녀는 바로 결단을 내렸다.

곁에 있던 약 꾸러미를 약왕정의 빈 공간에 넣고 비연이 마차에서 뛰어내렸다. 그러자 상황이 명백하게 보였다.

마부는 이미 죽어 있었고, 수행 중이던 여섯 호위가 한 자객과 격렬하게 싸우고 있었다. 자객은 검은 옷을 입고 은빛 가면을 쓰고 있었는데, 무공이 지극히 높아 홀로 여섯을 상대하면서도 전혀 힘들어 보이지 않았다.

'좋은 의도를 가진 사람은 이렇게 오지 않지!'

비연은 몸을 낮추고 슬며시 풀숲이 무성한 곳으로 굴러가 소리 없이 도망치려 했다. 그러나 불행히도 가면 자객의 눈에 띄고 말았다.

단칼에 호위들을 해결한 그가 공중으로 뛰어올랐다가 그녀

16

앞에 우뚝 섰다. 그리고 다짜고짜 검을 휘두르며 달려들었다.

"잠깐만요!"

아슬아슬한 순간에 비연이 눈을 감고 소리쳤다.

"대장군의 약을 운반하는 사람은 제가 아니에요!"

그 말과 동시에, 날카로운 검기가 얼굴 앞에서 멈추는 것을 느낄 수 있었다. 저절로 안도의 한숨이 나왔다. 다행히 제대로 속여 넘긴 것 같았다.

이 자객의 무공으로 보건대, 그는 겨우 그녀 같은 약녀 하나를 암습하러 올 수준의 사람이 아니었다. 분명 약을 빼앗으러 온 것이다.

어약방 사람들이 아주 분명하게 설명해 줬었다. 날이 밝기 전에 반드시 군영에 도착해야 한다고. 그렇지 않으면 정 대장군이 위험하다고!

비연이 눈을 떴을 때, 가면 자객은 그녀의 목에 검을 들이대고 있었다. 얼음처럼 차가운 그 촉감에 그녀는 저도 모르게 몸서리를 쳤다.

그 날카로운 검날보다 더욱 차가운 자객의 목소리가 들렸다.

"약은 어디에 있나?"

"그, 그게……."

비연이 조심스럽게 눈을 떴다.

가면 자객은 키가 아주 컸다. 은빛 가면이 그의 얼굴 대부분을 가리고 있어 드러난 것은 눈과 입뿐이었다. 그러나 입 끝이 살짝 내려가 차갑고 오만해 보였고, 차갑고 깊은 눈은 사람의

혼을 빼앗을 것만 같았다.

겨우 입과 한 쌍의 눈만 보이는데도 어쩐지 계속 보고 싶었다. 멀리서 훔쳐볼 수는 있어도 도저히 가벼이 희롱할 수는 없는 도도한 모습이었다. 하늘만이 저 가면 아래의 얼굴이 얼마나 잘생겼는지 알고 있을 것이다.

그의 눈동자를 비연은 멍하니, 넋을 잃고 응시했다.

그녀는 지금까지 이렇게 사람의 마음을 두근거리게 하는 빛은 사부의 눈 속에서만 보았다. 그런데 이 남자도 같은 빛을 지니고 있었다.

정왕, 군구신

가면 자객은 목소리를 바꾸는 술법을 쓰고 있었다. 그러나 변조된 목소리도 여전히 차가웠다.

"약은 어디에 있나?"

"그게……. 여기에!"

비연이 무의식적으로 두어 걸음 뒷걸음질 치며 갑자기 약왕정을 내밀었다.

약왕정은 발이 세 개 달린 솥이었다. 청동 빛깔에, 솥 전체에 상서로운 구름무늬가 새겨져 있어 예스럽고도 신비해 보였다. 다만 높이가 3촌[2]에 불과할 정도로 매우 작고 정교해서, 모르는 이의 눈에는 그저 장식품으로 보일 듯했다.

가면 자객이 미간을 찌푸린 채 그것을 쳐다보았다. 약왕정에서 갑자기 푸른 연기가 솟아오르더니 점차 기이한 향이 퍼져 나갔다. 가면 자객이 즉시 호흡을 멈추고 뒤로 물러났다. 어지러움을 느끼는 모양이었다.

비연이 무시하듯 그를 흘깃 보고는 속으로 중얼거렸다.

'본 소저는 좀 달라. 이 몸의 원주인 같은 폐물이 아니라고. 그렇게 쉽지 않을걸!'

---

2 1촌은 약 3센티미터이다.

그녀가 몸을 돌려 뛰기 시작했다.

가면 자객은 기이한 향이 신경 쓰이지도 않는지 바로 쫓아와 등 뒤에서 그녀의 목을 잡아챘다. 비연이 발버둥 쳤으나, 남자는 아예 장검까지 던져 버리고 빈손으로 그녀의 두 손을 등 뒤로 잡아 묶었다. 약왕정은 이미 저 멀리 던져진 채였다.

비연은 꼼짝도 못 한 채 경악하고 있었다.

'이 녀석, 독에 내성이 너무 강한 거 아니야? 이렇게 진한 연골탈명향을 맡으면, 쓰러지지는 않는다 해도 최소한 벌써 힘이 다 빠졌어야 하는데!'

"해독약을 내놔. 그리고 정 대장군의 약이 어디 있는지 말해. 두 번째 기회는 없다!"

남자의 목소리는 소름 끼칠 정도로 차가웠다.

그가 손을 앞으로 보내 그녀의 목을 꽉 잡았다. 그 힘이 얼마나 센지, 조금이라도 부주의하면 당장에라도 비연의 숨이 끊어질 것 같았다.

호흡이 어려워 비연의 작은 얼굴이 새빨갛게 부어올랐다. 몹시 괴로웠다.

그러나 타협할 생각은 전혀 없었다. 말하는 것조차 힘든 상황이었지만, 그녀는 한 마디 한 마디 명확하게 말했다.

"가면 오라버니, 해독약을 주면 정말로 나를 놔줄 건가요? 아아, 제대로…… 분명하게 말하는 게 좋을 거예요. 내가 죽으면…… 해독약을 줄 사람도 없으니까!"

비연은 허약하고 우둔한 이 몸의 원주인과는 달랐다. 사람을 죽여 입을 막는다는 이치를, 그녀는 아주 잘 알고 있었다.

이러나저러나 서로 목숨이 걸린 셈이다. 그러니 차라리 도박을 하자!

그녀의 약효가 빠를까? 아니면 남자의 손이 빠를까?

비연은 결코 위협하기 쉬운 인물이 아니었다. 그러나 가면 자객은 더더욱 그러했다. 남자는 더 이상 쓸데없는 말을 하지 않고, 힘을 더 줘서 비연을 죽이려 했다.

비연은 고개를 쳐든 채 괴로워하며 저도 모르게 입을 벌렸다. 입술이 파랗게 질리고 덜덜 떨리는 것이 마치 생명이 한 가닥 실에 걸려 있는 것 같았다.

일촉즉발의 순간에 남자의 손아귀에서 갑자기 힘이 풀렸다. 의심할 바 없이 독이 발작하기 시작한 것이다!

비연은 바로 이 순간을 기다리고 있었다. 그녀가 힘껏 발버둥을 쳤다. 남자는 계속 그녀를 잡아 두려 했지만 힘을 제대로 쓸 수가 없었다. 두 사람이 뒤엉켰다.

비연이 등으로 뒤를 사납게 밀쳤다. 남자는 제대로 서 있지도 못하고 뒤로 자빠지고 말았다. 그러나 그 순간 그가 기어코 비연의 옷자락을 잡았고, 결국 그녀까지 함께 자빠졌다.

쿵!

비연이 남자의 몸 위로 쓰러졌다. 어찌나 아픈지 등 전체가 다 부서지는 것 같았다.

'이 녀석, 몸이 정말 단단한데?'

남자도 미간을 찌푸렸다. 비연을 받아 낸 가슴 전체가 갈라질 것 같았다.

'이 여인은 너무 말랐어. 몸에 뼈밖에 없는 모양이야!'

"이 악당!"

비연이 발버둥 치며 일어나려 했다. 그러나 남자는 어디서 그런 힘이 났는지, 재빨리 한 바퀴 굴러 그녀를 제 몸 아래에 깔아 눕혔다.

비연은 남자와 이런 자세로 있어 본 적이 없었다. 순간 멍하니 몸이 굳어 버렸다!

남자가 그녀의 두 손을 잡고 죽일 듯이 몸을 내리누르고 있었다. 그야말로 정신이 혼미해질 지경이었다.

"이 쓰레기 같은 놈! 비켜! 아니면 나도 참지 않을 테니까!"

"……."

"놔 달라고! 안 들려? 이 악당아!"

"……."

키 차이가 엄청나 비연은 괴로웠다. 비록 그의 온몸에서 힘이 빠진 상태라 하더라도, 이 자세로는 잠시 후면 질식할 것 같았다.

남자의 깊은 두 눈이 그녀를 차갑게 노려보고 있었다. 그는 한 마디도 하지 않았다. 남몰래 구원병이 올 시간을 계산하는 모양이었다.

발버둥 쳐도 소용없다는 것을 깨달은 비연은 차라리 멈추기로 했다. 그녀가 차가운 목소리로 말했다.

"마지막으로 묻겠다. 놔주지 않을 것이냐?"

남자는 여전히 대답하지 않았다.

비연의 눈빛이 차갑게 빛나더니, 갑자기 고개를 들어 남자의 가면을 물어뜯으려 했다. 남자가 다급하게 피했다. 화가 머리 끝까지 치민 비연이 매섭게 그를 노려보았다.

이렇게 가까운 거리에서 눈과 눈이 마주치니 점차……, 점점……, 두 사람 모두 어색함에 사로잡혔다.

남자가 먼저 고개를 돌려 그녀의 시선을 피했다.

"나쁜 놈!"

비연도 고개를 다른 방향으로 돌려 그를 보지 않으려 했다.

그런데 누가 알았을까? 남자가 갑자기 얼굴을 그녀의 쇄골에 묻을 줄이야.

남자가 점점 더 그녀를 짓눌렀다. 일순간 그의 기운이 그녀를 둘러쌌다……. 그것은 신비스럽고 위험한 동시에 거부하기 힘든, 묘한 느낌이었다.

비연은 다시 굳어 버리고 말았다. 남자와 이렇게 가까이 붙어 있는 것은 처음이었다. 그의 모든 것을 아주 똑똑히 느낄 수 있었다. 그의 몸에서 풍기는 독특한 향기 역시. 짙고 고귀하며…… 계속 변화하는.

이것은 언제 어디서나 맡을 수 있는 향이 아니었다. 아주 희귀하고 진귀한 기남침향[3]이었다.

---

3 침향은 서향과에 속하는 상록성 교목으로 그 수지를 향료, 혹은 약재로 쓴다. 침향 중 가장 높은 등급을 기남침향이라고 한다.

이제 남자가 완전히 힘을 잃었다. 의심할 바 없이 독이 발작한 것이다.

비연은 기뻐해야 마땅했다. 그러나 어쩐지 당황스러웠다. 자기 자신도 대체 어찌 된 일인지 알 수 없었다.

힘을 주어 남자를 밀쳐 내자 쿵쿵거리며 뛰던 심장이 겨우 가라앉았다. 비연이 엉금엉금 일어나 바로 그를 걷어찼다.

"이 쓰레기 같은 놈! 감히 그런 짓을 했겠다! 대체 어떤 인간인지 한번 보기나 하자!"

그녀가 가면을 벗기려 하자 남자가 갑자기 눈을 떴다. 차갑고 날카로운 눈빛, 온몸에서 여전히 풍겨 나오는 위험한 기운.

아무리 보아도 중독된 것 같지 않았다. 오히려 땅에 엎드려 기회를 기다리는 한 마리 표범 같았다. 그리고 그녀는 바로 그 표범이 노리는 사냥감이고.

깜짝 놀란 비연은 감히 위험을 무릅쓸 엄두를 내지 못하고 중얼거렸다.

"흥, 본 소저는 너와 놀아 줄 시간이 없다. 거기서 늑대에게 먹히기만 기다리고 있어라!"

그녀는 몸을 일으키고는, 잊지 않고 그를 다시 한번 발로 찬 다음 그 자리를 떠났다.

곧 날이 밝을 시간이었다. 최대한 빨리 군영에 도착해야 했다. 그녀가 늦어 정 대장군의 명을 보전하지 못하게 되면, 그녀의 목숨도 함께 사라질 터였다.

비연이 떠난 지 얼마 되지 않아, 시위로 보이는 사람이 나타났다. 그가 땅에 쓰러져 있는 가면 남자를 보더니 서둘러 다가와 부축했다.

"전하, 정왕 전하, 어찌 되신 겁니까?"

가면 남자는 무림계의 인물이 아니었다. 바로 천염국 군씨 황족 중에서 가장 특수한 존재, 왕야의 신분이나 태자처럼 추앙받는 정왕 군구신이었다.

그는 긴급 정보를 받은 참이었다. 누군가가 이 기회를 틈타 정 대장군을 해치려고 약방문을 거짓으로 넣었다는 소식이었다. 그래서 직접 약을 빼앗으러 온 것이었다.

그러나 어찌 알았겠는가? 고비연이라는, 이 환생한 여자를 만날 줄을……

병이 위급하다, 긴급 상황

머리가 깨지도록 생각해도 진상을 알 수 없었다. 마차로 돌아가 봐야 소용없으리라 판단한 비연은 원주인의 허약한 몸으로 미친 듯이 달리기 시작했다.

쉽게 말해 목숨과 시간의 다툼이었다. 정 대장군의 목숨뿐 아니라 자신의 목숨까지도!

정씨 가문의 철기군은 천염국에서 가장 강력한 군대로, 개국 군 중 하나였다. 3년 전 정 노장군이 전사하자 적자인 정역비가 가문의 철기군을 물려받았다. 이후 계속 천염국 20만 대군이 그의 손안에 있었다. 정역비는 현공대륙 세 국가의 병권을 장악한 장수 중에서 가장 젊어, 이제 겨우 스물세 살이었다.

정 대장군은 어릴 때부터 비장과 위장이 허약한 괴이한 병을 앓고 있었다. 그런데 이번에 재발한 병이 특히 위중해, 사나흘 동안 음식을 전혀 넘기지 못했다. 심지어 물만 먹어도 토했다.

황제는 이 상황을 매우 심각하게 받아들였다. 황제는 태의원 수장인 소 태의를 군영으로 보내 상주시켰다. 그리고 늙은 태감 오 공공도 함께 보내 상황을 묻고, 수시로 병세를 보고하게 하였다.

그런데 그저께, 황제가 갑자기 소 태의를 궁으로 불러들였다. 그러자 어젯밤부터 장군의 상태가 급격히 위중해졌다. 물

뿐 아니라 피도 상당량을 토해 냈다.

오 공공이 비둘기를 날려 이를 궁에 보고하였고, 소 태의가 응급 약방문을 처방했다. 그리고 어약방에 명해 약을 조제하게 한 후 밤을 새워 장군에게 보내도록 하였다.

비연의 손에 있는 약이, 바로 그의 목숨을 구할 약이었다!

해가 막 떠오를 즈음에 비연은 가까스로 군영에 도착했다. 약왕정에서 작은 약 꾸러미를 꺼낸 그녀는 잠시도 지체하지 않고 군영의 대문으로 달려 들어갔다. 상황을 설명할 여유조차 없어 다급히 어약방 영패만 높이 치켜들었다.

대문을 지키는 군졸들이 영패를 보자마자 바로 그녀를 장군 막사로 데려갔다.

막사 앞에 도착하자 안에서 구토하는 소리가 들렸다. 비연이 들어가자 장군의 모친인 임 씨와 부장 하나가 장군을 부축하고 있는 것이 보였다. 고개를 숙인 채 계속 기침을 하고 있는 장군의 가슴은 온통 핏자국이 가득했다.

군의와 시종들 모두 무릎을 꿇고 있는 가운데, 오 공공 혼자 침상 옆에 서 있었다. 그의 표정은 아주 복잡해 보였다.

비연이 들어가자 모두가 그녀 쪽으로 눈을 돌렸다. 그러나 누구도 그녀가 약을 가져온 약녀라고는 짐작조차 하지 못했다. 한바탕 생사를 다툰 후 다시 목숨을 걸고 달려온 그녀의 모습이 볼만했기 때문이었다. 봉두난발에 옷도 여기저기 찢어져 있어 거지와 다를 바 없는 몰골이었다.

비연은 약에 정통했지만 의술에 대해서는 피상적인 지식만을 가지고 있었다. 그런 그녀가 보기에도 지금 장군은 이미 한 발을 저승 문턱에 걸치고 있는 상태였다!

그녀가 다급하게 소리쳤다.

"어약방의 약녀, 고비연이 명을 받고 약을 가져왔다! 군의는 어디 있는가? 어서 빨리 약을 검증해 보라!"

어약방의 약재는 본래 궁 안에 있는 사람들과 황족들만이 사용할 수 있었다. 규정대로 하자면 소 태의는 약방문만 보내 줄 수 있고, 약재는 장군이 직접 구해야만 했다.

그러나 상황이 너무 다급했고, 또한 약재 몇 가지는 쉽게 구하기 어려운 것이었다. 그래서 소 태의는 아예 어약방에서 약을 조제해 보내라고 명령했던 것이다.

어약방에는 나름의 규칙이 있었다. 궁정의 비방 외에 외부로 내보내는 약은 모두 도착 즉시 상대의 검증을 받아야만 했다. 그 후에야 약을 달일 수 있었다. 그렇게 하지 않아 착오가 생긴다면 모든 책임은 약을 운송한 자가 져야 했다.

비연의 말에 사람들은 장군의 목숨을 구할 약이 도착했다는 사실을 깨달았다. 장군의 모친인 임 노부인이 가장 먼저 말했다.

"사람을 구하는 게 급하니 검증할 필요 없다! 어서 약을 달여 오너라, 어서!"

부장 역시 다급하게 소리쳤다.

"여봐라, 약녀를 후영으로 데려가라! 어서!"

"안 됩니다."

비연이 한순간의 머뭇거림도 없이 소리쳤다. 어찌나 강한 어조였는지, 모두가 아연실색하며 그녀를 바라보았다.

앗!

비연은 그제야 몸의 원주인이 천염국 어약방 약녀에 불과하다는 사실을 깨달았다. 담도 작고 대단한 기예를 지니지도 못한 그런 존재. 이곳에 있는 이들의 눈에는 노비와 별 차이가 없는 존재였던 것이다.

'그래, 됐다. 어차피 환생한 바에야 새로운 곳의 법을 따라야지. 일부러 일을 귀찮게 만들 필요는 없어! 하지만…….'

비연이 공손하게 몸을 굽혀 예를 행했다. 그러나 여전히 강한 어조로 말했다.

"임 노부인, 어약방의 규칙을 어길 수 없는 것을 용서해 주십시오! 검증을 생략해 이 약에 무슨 착오라도 생길 경우, 그 결과는 감히 상상조차 할 수 없습니다!"

약은 다른 물건과 다르다. 신중하고 또 신중해야 했다.

고수라면 약재 한 가지를 더하는 것만으로도 약 전체의 약효를 바꿔 버릴 수 있다. 사람을 구하기는커녕 오히려 목숨을 빼앗을 수도 있었다! 한 번 더 검증하면 자연스레 한 번 더 보증할 수 있는 것이다.

어약방에서 약을 쓸 때는 약방문을 검증하고, 약을 짓고, 달이고, 나를 때에도 최소한 세 사람 이상이 함께하며 서로를 감독했다.

하지만 지금 이 약은 그녀 혼자 가져온 셈이니, 현장에서 군의가 검증하지 않아 문제가 생기면 어찌할 것인가? 궁에 있는 대단한 사람들은 앞다퉈 꽁무니를 뺄 것이고, 결국 책임은 모두 그녀에게 돌아올 게 뻔했다.

장군을 위해, 아니면 그녀 자신을 위해, 반드시 약을 검증하게 해야만 했다!

망할 계집, 모반할 생각이냐

비연이 일깨우자, 임 노부인과 부장도 어약방의 규칙을 떠올렸다. 그러나 그들은 여전히 입장을 바꾸지 않았다.

옆에 있던 오 공공이 나섰다.

"장군께서 곧 잘못되실지도 모르는데, 검증할 시간이 어디 있겠는가? 소 태의와 너희 어약방은 일을 어떻게 하는 것이냐? 그렇게 오랫동안 꾸물거린 후에야 겨우 약을 가져오지를 않나. 정 장군에게 변고라도 생기면, 어찌 책임을 질 생각인가?"

비연이 속으로 중얼거렸다.

'이 늙은 태감이! 아직 사람이 죽지도 않았는데 책임질 사람부터 찾다니. 그럴 사정이란 말인가?'

물론 겉으로는 여전히 진지하게 해명했다.

"오 공공, 오는 길에 자객을 만났습니다. 그 일은 나중에 이야기하기로 하지요. 우선 장군부터 구하도록 합시다. 시간이 없어요."

비연이 이 말을 끝냈을 때, 침상에 있는 정 장군이 갑자기 고개를 들어 그녀를 쳐다보았다. 비연도 정 장군을 제대로 볼 수 있었다. 날카로운 눈썹에 별 같은 눈. 영민하고도 오만해 보였다. 이렇게 아픈 상태가 아니라면 더욱 용맹한 기개로 사람을 핍박했을 것이다.

정 장군은 무슨 말인가 하고 싶은 듯했다. 그러나 입을 열기도 전에 또 검은 피를 울컥 쏟아 냈다. 곧이어 눈이 커지더니, 온몸이 굳어 버린 것처럼 그가 미동도 하지 못했다.

"역비, 어미를 놀라게 하지 마라! 역비!"

"장군! 어서, 군의, 군의! 어서 와 보라!"

일순간 모두가 허둥지둥했고 비연도 깜짝 놀랐다.

'이 자식이 죽으면 정말 안 되는데!'

그녀가 나서려 한 순간, 군의가 먼저 앞으로 나가 침을 놓았다. 다행히도 침 몇 대에 정 장군이 깨어나 움직이더니 기침을 시작했다.

비연은 속으로 안도하며, 임 부인의 결정을 기다리지도 않고 먼저 약을 탁자 위에 놓고 꾸러미를 풀었다.

"군의, 어서 약을 검증하세요, 어서!"

규정에 따르면, 약 꾸러미를 검증하기 위해서는 약재 하나하나가 개별 포장 되어 있어야 했다. 그래야 검증 시간을 줄일 수 있기 때문이었다. 그러나 뜻밖에도, 약 꾸러미 안에 들어 있는 작은 포장들이 전부 풀어진 상태였다. 약재가 모두 뒤엉켜 그야말로 엉망진창이었다.

비연의 의심이 더욱 깊어졌다. 약 꾸러미는 마차 안에 계속 있었다. 그녀가 가지고 마차에서 뛰어내린 정도의 충격으로는 이렇게까지 엉망이 될 수 없었다.

'정말 수상하군!'

이 약 꾸러미는 어약방에서 몸의 원주인에게 오기까지 몇몇 태감의 손을 거쳤다. 이제 약을 검증할 필요성이 더욱 높아진 것이다!

비연이 두 손을 가볍게 비비고는 매우 전문적으로, 약재를 고르게 펼쳐 놓았다. 그리고 소 태의의 인장이 찍힌 약방문을 군의에게 건네며 다급하게 말했다.

"시간이 촉박하니 어서! 일을 그르치지 말고!"

모두의 시선이 탁자 위로 쏠렸다. 탁자 위에는 최소한 서른 종에 달하는 약재가 있었다. 어떤 것은 알갱이 수준으로 아주 작았는데, 모두 혼란스럽게 뒤섞여 있었다. 이 약재를 하나하나 판별하다가는 어떻게 해도 시간을 맞추기 어려울 것 같았다.

군의가 머뭇거리며 움직이지 않았다. 감히 제 주장을 펴지 못하겠는 모양이었다.

오 공공이 분노하며 질책했다.

"어약방은 대체 일을 어떻게 하는 것이냐? 검증해야 할 약을 왜 이리 뒤섞어 온 거지? 이 약을 검증하는 데 대체 시간이 얼마나 걸릴 것 같으냐? 일부러 그런 것 아니냐? 말해라!"

노부인과 부장도 다시 다급해졌다. 노부인은 아들을 구하려는 마음에 아무것도 생각지 않고 명령했다.

"본 부인이 검증할 필요가 없다면 없는 것이다! 어서 약을 달여 오너라, 어서! 어서!"

"부인, 저도 이 약이 왜 이렇게 되었는지 모릅니다. 어찌 되었건 반드시 검증을 해야 합니다!"

비연은 노부인에게 아들을 위해서도 신중한 편이 좋다는 사실을 알리려 했지만…… 누가 알았을까? 노부인은 오 공공과 생각이 같았다.

노부인은 화도 나고 다급하기도 해서 소리쳤다.

"이 약은 바로 네가 책임지고 가져온 것이 아니냐! 그런데 어찌 된 일인지 모른다고? 시위, 뻔뻔하게 경거망동하는 저 약녀를 끌어내라! 군의, 어서 약재를 가져가 달여 오게. 어서! 어서!"

'이 돼지 같은 할망구! 저러다 아들을 파묻겠군!'

사부 밑에서 상당히 험하게 자란 비연은 일이 터지자 더욱 완강해지고 거칠어졌다. 그녀가 다가오는 시위를 보며 차가운 목소리로 말했다.

"이 약을 달이는 방법은 다른 약방문과는 다르다. 나 외에는 누구도 이해할 수 없고. 너희들, 어서 약을 검증하는 게 좋을 거다. 그렇지 않으면 결과는 자신이 책임져야겠지!"

비연의 말은 거짓이 아니었다. 그녀는 약을 가져오는 역할뿐 아니라 달이는 역할도 맡고 있었다. 그렇지 않다면 이렇게 다급한 물건을, 그냥 시위에게 들려 빠른 말에 태워 보내면 되지 않았겠는가?

모두 헉하고 숨을 들이켰다. 일개 젊은 약녀가 감히 이렇게 방자하게 굴 줄은 상상도 하지 못했기 때문이었다.

노부인이 노여움을 억제하지 못하고 외쳤다.

"이 망할 계집, 모반이라도 하겠다는 것이냐?"

약방문, 너무나 수상쩍어

노부인이 아무리 화를 내도 비연은 두려워하기는커녕 오히려 엄숙한 표정으로 진지하게 물었다.

"임 노부인, 장군의 생명이 촌각에 달려 있습니다. 마지막으로 한 번 더 묻겠습니다. 기어코 약을 검증하지 않으실 생각입니까?"

"저, 저……."

노부인의 얼굴이 파랗게 질렸다. 이때 오 공공의 눈가에 음험한 빛이 스치더니 달래듯 그가 말했다.

"부인, 어약방의 규칙이 저렇다 하니 어쩌겠습니까? 규칙을 따라야지요. 장군의 명이 촌각에 달려 있으니, 우리라도 시간을 아껴야 할 것 같습니다!"

노부인은 조급했지만 더 이상 고집을 세우지 못하고 그 말에 수긍했다. 그녀가 군의에게 가까이 오라고 명령했다.

오 공공이 차가운 목소리로 비연을 향해 경고했다.

"너 망할 계집, 기억해 둬라. 시간을 놓치면 모두 너희 어약방 책임이다!"

비연은 대답하지 않고, 그저 더없이 경멸스러운 표정으로 그를 흘깃 쳐다보기만 했다.

그녀가 열 손가락을 움직여 약을 배열하기 시작했다. 그 움직임이 어찌나 빠른지, 왼손이 올라가면 오른손은 아래로 내려가는 것 같았다.

하나하나 훑어보고 골라내고 다시 한옆으로 정리해 두는 일련의 동작이 정말 명쾌하고 단정했다. 마치 물 흐르듯, 전문적이면서도 우아함을 잃지 않는 모습이었다.

모두가 다시 한번 아연실색했다. 그저 빠르다는 말로는 부족한 속도였다. 그래, 신의 경지라 할 만했다! 그들이 제대로 보지도 못하는 순간에 비연은 모든 약재를 고르고 분류해 냈다. 정말로 한순간도 허비하지 않았다.

게다가 그녀는 무엇인가 발견한 듯했다. 비연의 눈가에 복잡한 빛이 스쳐 갔다.

그녀가 냉정한 목소리로 말했다.

"군의! 멍하니 있지 말고, 모두 서른두 종이니 어서 확인해 봐요!"

모두 겨우 정신을 차렸다. 군의도 시간을 지체할 수 없어 서둘러 약을 확인했고, 곧 결론을 내렸다.

"정확합니다. 종류와 분량이 모두 약방문에 적힌 것과 완벽하게 동일합니다!"

이 말을 듣고 비연은 안도해야 정상이었다. 그러나 그녀의 심장은 오히려 쿵쾅쿵쾅 뛰고 있었다. 아무리 생각해도 보통 잘못된 게 아니었다!

방금 약을 배열하면서 그녀는 약재 하나가 잘못 섞여 있다는 사실을 알아챘다.

소 태의의 약방문을 그녀가 가져오기는 했지만, 읽어 볼 시간은 없었다. 군의가 확인하기 전까지 비연은 문제의 약재를 누군가가 고의로 약 꾸러미에 집어넣었으리라 생각하고 있었다. 하지만 그 약재 자체가 약방문에 그대로 적혀 있으리라고는 꿈에도 생각지 못했던 것이다.

약재의 이름은 하소자[4]로, 제법 유명한 약재였다. 특히 비장과 위장이 허약한 사람에게 효과가 매우 좋은 약재였다.

그러나 위를 따뜻하게 하는 다른 약재와 함께 사용하면 부작용이 생겼다. 약효가 크게 떨어질 뿐 아니라 폐에 심각한 손상을 입힐 수도 있었다.

약효도 좋지 않고 폐에 손상까지 준다면, 지금 장군의 몸으로는 도저히 받아들이기 어려운 약재였다!

'이거, 정말 귀찮아졌는데!'

의사는 병을 알고, 약사는 약을 안다.

의사는 병의 경과와 그 원리에 정통하고, 약사는 약의 성질과 그 원리에 정통하다.

의사는 환자를 직접 대면해 병세를 진단하고 약방문을 쓴다. 약사는 약방문을 살펴보고 그곳에 적힌 약재가 환자에게 적합한지 아닌지, 약재와 약재 사이에 상극이 있지는 않은지, 서로 해치는 작용을 하지는 않는지 살펴보는 게 임무다.

천염국 어약방은 약재를 고르고, 공급하고, 달이는 일보다도

---

4 차조기 씨앗.

더 중요하게 여기는 게 있었다. 바로 약방문을 심사하고, 약물의 사용을 감독, 지도하는 일이었다.

소 태의와 군의는 약에 대해 정통하지 않으니 용서받을 수 있을 것이다.

그러나 어약방은?

이 약방문은 어약방 약사 두 명의 손을 거쳤다.

그런데도 알아채지 못했다니! 분명 그들이 다른 마음을 먹은 것이 분명했다!

여기까지 생각하자, 비연은 홀연히 깨달았다.

음모가 분명하다!

진짜 약방문은 약 꾸러미 속에 있었고, 어약방의 검증도 마쳤다. 그러나 비연의 손에 도착했을 때는 이미 가짜로 바뀐 뒤였다.

그렇다면 그녀에게 약방문을 위조했다는 죄를 뒤집어씌우기 위해 누군가 약재도 바꿔치기한 것이 틀림없었다!

비연은 길에서 만난 자객을 떠올렸다. 그 자식은 약을 빼앗으려 했었지. 보아하니 이 약에 문제가 있다는 것을 몰랐던 모양이었다.

정 장군을 모해하려는 자가 최소한 두 가지 수를 쓴 것이다!

비연은 머뭇거리면서도 진상을 입 밖으로 내지는 않았다. 노부인의 태도로 봐서는 그녀의 주장을 믿어 줄 것 같지 않았다. 그리고 저 늙은 태감 오 공공이…… 흉수를 돕고 있지 않다는 보장이 없었다!

어찌 되었건 정역비의 목숨을 반드시 지켜야만 했다. 무슨 수단을 써서라도 몰래 하소자를 제거하고, 바꿔치기당한 약재를 더해 놓아야 했다.

'다른 일로야, 죽든가 말든가…….'

약을 먹여 크게 호전시키다

이런 응급약은 약재 하나라도 변동이 있으면 전체에 영향을 끼치기 마련이었다. 약을 바꾸려면 반드시 환자의 상황을 살피는 등 여러 가지를 고려해야 하니 상당히 어려운 일이라 할 수 있었다.

그러나 비연처럼 약에 정통한 사람에게 이 정도는 식은 죽 먹기였다. 그녀는 소 태의의 진단과 약방문에 적힌 다른 약재의 배합으로 보아, 바꿔치기당한 약재가 팔각회향이라고 확신했다.

비연은 병사들을 따라 후영으로 갔다. 병졸들이 계속 지켜보고 있었지만, 그녀는 귀신도 모르게 하소자를 약왕정에 집어넣고 대신 팔각회향을 약 꾸러미 속에 집어넣었다.

약을 달이는 동안 노부인이 너덧 번이나 사람을 보내 재촉했다. 비연도 이 일을 빨리 끝내고 싶었다. 약을 약왕정 안에 넣고 신화로 빠르게 달이지 못하는 것이 안타까울 따름이었다.

지금은 약왕정의 존재를 들켜서는 안 될 것 같았다. 그러니 보통의 방법대로 천천히 약을 달이면서 약의 성질이 우러나오기를 기다리는 수밖에 없었다.

달인 약을 가지고 막사로 돌아온 비연이 깜짝 놀랐다. 장군의 상태가 생각보다 더 나빠져 있었기 때문이다. 정말 곧 죽을 것만 같았다!

그는 더 이상 피를 토할 기력조차 없는 듯 노부인의 품에 안겨 있었다. 안색은 종잇장처럼 창백하고 눈동자에도 힘이 풀려 있었다. 겨우 숨만 내쉬는 것이, 언제 그 숨이 끊겨져도 이상하지 않아 보였다. 이런 상황이라면, 약을 반드시 먹일 수 있다는 보장도 없었다.

약이 오자 부장과 군의가 재빨리 자리에서 일어났다.

"어서 장군을 부축해 드려라, 어서!"

"안 되겠다, 약이 너무 뜨거워. 어서 약을 식혀라, 어서!"

"역비, 어서 약을 마셔라. 제발 이 어미를 놀라게 하지 말고! 제발 입을 열어 다오! 어서!"

노부인은 다급한 나머지 눈물마저 글썽이고 있었다. 그녀가 떨리는 두 손으로 약사발을 들어 아들의 입가에 가져다 댔다. 아들이 단숨에 약을 마시지 못하는 것이 안타깝다는 듯한 태도였다.

그러나 정역비는 입을 열지 않았다. 군의며 시녀들 모두 조급해했지만 속수무책이었다.

노부인이 다급한 나머지 시녀에게 입으로 약을 먹이라고 명령했다. 그러자 비연이 시녀를 제지했다.

"마셔서는 안 된다!"

'이 약을 내가 얼마나 힘들게 지켰는데! 아주 귀한 약이라고!'

비연이 앞으로 나서자 노부인이 벌컥 화를 냈다.

"이 망할 계집이! 또 무슨 일을 벌이려고?"

오 공공도 기회를 틈타 함께 비연을 질책했다.

"무슨 일로 또 시간을 끌려는 게냐? 네가 약을 빨리 분류했다 해서 책임을 면할 수 있으리라 생각 마라! 이 약은 어젯밤에 도착했어야 할 것이었다. 너희 어약방은 절대 책임을 피할 수 없을 게다!"

시간이 없었다. 비연은 그와 언쟁을 벌일 생각조차 없었다. 노부인의 허락 여부도 신경 쓰지 않았다.

비연이 정 장군을 밀어 넘어뜨리다시피 하여, 그가 노부인의 팔을 벤 채 고개를 젖히고 눕게 만들었다.

"임 노부인, 장군에게 약을 먹이고 싶으시다면 이쪽 팔을 좀 더 높이 드시고, 다른 한 손으로 장군을 안아 움직이지 못하게 해 주시지요."

그녀의 목소리는 크지 않았지만 듣는 이가 도저히 거역할 수 없게 만드는 힘이 깃들어 있었다. 노부인은 비연이 탐탁하지 않았지만, 마치 귀신에게 홀리기라도 한 듯 그녀의 말대로 움직였다.

비연이 한 손으로 장군의 턱을 꽉 잡았다. 대체 어느 혈을 눌렀는지, 장군의 입이 가볍게 벌어졌다.

그녀가 다른 한 손을 시녀에게 내밀며 차갑게 말했다.

"약! 어서!"

시녀가 머뭇거리며 임 노부인을 바라보았다.

"망할 계집, 정말로…… 먹일 수 있는 것이냐? 만약에……."

노부인이 불안해하는 것을 보니 아무래도 진정제라도 먹여야 할 것 같았다. 비연은 신경도 쓰지 않고 다시 한번 시녀를 향해 차갑게 명령했다.

"어서 약을 주지 못하겠느냐!"

시녀 역시 그런 비연에게 압도되어 약을 건넸을 뿐 아니라, 숟가락으로 약을 한 모금 떠 주기까지 했다.

그러나 비연은 그것을 받지 않았다. 대신 언제나 휴대하고 다니는 작은 약 꾸러미에서 약 가루를 덜어 내는 가늘고 긴 대나무 숟가락을 꺼냈다. 그것으로 약을 떠서 장군의 혀뿌리까지 집어넣은 뒤 약을 목으로 흘려보냈다. 그런 다음 가볍게 그의 턱을 들어 올렸다. 이 방법을 쓰니 혼수상태인 장군도 약을 쉽게 삼킬 수 있었다.

또다시 모두가 비연을 다시 보게 되었다.

'이 약녀는, 정말로 수완이 뛰어나군!'

어째서 이렇게

아들이 약을 삼키자 노부인도 마침내 비연을 믿게 되었다. 그녀가 너무나 기뻐하며 말했다.

"아이고, 너는……."

"시끄러워요!"

비연의 목소리는 아주 진중했다. 어떤 방해도 받지 않겠다는 태도였다.

지금 장군은 기침을 할 여력조차 없으니, 혹시 목이 메기라도 하면 그대로 질식해 죽을 수도 있었다. 그러니 아주 조심스럽게, 신중하게 약을 먹여야만 했다.

노부인은 본래 덕망이 높은 사람으로, 평소 이런 대접을 받아 본 적이 없었다. 그러나 그녀는 즉시 입을 다물고 주변 사람들에게 입을 열지 말라고 눈짓까지 했다.

고요해진 가운데, 비연이 한 숟가락씩 장군에게 약을 먹였다. 그녀는 집중한 표정이었고, 솜씨도 전문적이었다. 어떻게 보아도 일개 약녀로 보이지 않았다. 오히려 경험이 아주 풍부하고 약술이 뛰어난 약사로 보였다.

모두 점점 더 그녀를 보통이 아니라고 여기게 되었다. 무시하던 표정이 감탄하는 표정으로 바뀌었다.

어약방에는 능력 있는 사람이 결코 적지 않았다. 그러나 비연처럼 이렇게 능력이 있으면서 기백이 있는 여자는 거의 없었다.

의술은 생명을 다루는 일이고, 약 또한 마찬가지다. 그러니 의사나 약사는 능력뿐만 아니라 기백도 필요했다.

오늘처럼 이렇게 긴급한 상황이라면 설사 약사藥士라 해도, 아니 그보다 더 높은 일급 약관藥官이라 해도 고비연처럼 이렇게 과감하게 행동하지 못했을 것이다.

모두 비연을 바라보며 감탄하는 와중에, 오 공공은 계속 아무 말 없이 이 모든 것을 경멸의 눈초리로 보고 있었다. 그가 속으로 음흉하게 웃으며 생각했다.

'약을 먹인들, 또 무슨 소용이 있겠는가?'

소 태의의 약방문에 손을 써 두었다는 건 이미 그의 주인이 설명해 준 바 있었다. 이 약은 분명히 목숨을 빼앗는 약이니, 누군가가 죄를 뒤집어쓰기 마련이었다.

약사발 안의 약이 점점 줄어들수록 오 공공의 입꼬리가 의기양양하게 올라갔다. 그는 확신하고 있었다. 저 약을 다 먹일 수 없을 거라고. 왜냐하면 장군이 곧 황천길로 떠날 테니까!

그러나 뜻밖에도 약사발이 바닥을 보이고 있었다. 장군의 병세도 더 이상 악화되지 않고 점차 안정돼 가는 것처럼 보였다. 오 공공은 불안한 마음으로 '약효는 그렇게 빨리 나타나지 않는 법'이라고 스스로에게 타일렀다.

노부인은 기뻐하면서도 계속 긴장하고 있었다. 그녀는 아까와는 태도를 완전히 바꿔, 다정한 말씨로 조심스럽게 물었다.

"저기, 이제 장군을 눕혀도 되겠는가?"

비연이 대나무 숟가락을 갈무리하고는 조심스럽게 장군을 부축해 일으켜 노부인 어깨에 기대게 했다. 그리고 가볍게 그의 등을 두드렸다. 장군이 곧 트림을 했다.

그제야 그녀가 입을 열었다.

"다 됐습니다. 이제 장군을 눕히셔도 좋습니다. 시녀에게 시간을 재게 하셔서, 차 한 잔 마실 시간이 지나면 군의에게 맥을 짚어 보라고 하세요!"

모두가 비연의 말에 따랐다.

비연은 한옆으로 물러나 가볍게 손을 주무르기 시작했다. 그러나 마음속에는 여전히 불안감이 남아 있었다.

그녀는 약사였지 의사가 아니었다!

환자를 구하는 데 있어 가장 중요한 것은 역시 의사의 진단이고, 그다음이 약이었다. 진단이 옳아야만 약이 그 효과를 발휘할 수 있다! 바꾸어 말하면, 정 장군이 살 수 있을지 없을지는 소 태의의 진단이 어떠했는가에 달려 있었다.

차 한 잔 마실 시간은 길지도 짧지도 않은 시간이었다. 모두 긴장한 채 기다리고 있었다.

마침내 시간이 되자 군의가 서둘러 다가가 맥을 짚었다. 다행히도, 결과가 놀라울 정도로 좋았다.

"장군의 맥이 호전되었습니다! 호전되었어요! 소 태의는 확실히 태의원의 우두머리십니다. 약의 효과가 정말 빠르네요! 장군은 이미 위험에서 벗어나셨습니다! 축하드립니다, 부인! 축하드립니다, 장군!"

비연이 마침내 안도의 숨을 내쉬며 속으로 탄식했다.

'환생하자마자 이렇게 생명과 관련된 큰일에 부딪히다니.'

겨우 해결한 셈이니, 마음이 많이 편해졌다!

노부인은 감동을 감추지 못하고 입을 가린 채 웃다 울다 했다. 그녀는 아들을 꽉 끌어안지 못하는 것을 안타까워하며, 계속 아들에게 이불을 덮어 주며 중얼거렸다.

"아무 일 없으면 됐다. 됐고말고!"

오 공공은 눈을 휘둥그렇게 뜬 채 그 자리에 못 박힌 듯 서 있었다. 그 표정이 정말이지 봐 줄 만했다.

약방문과 약재를 모두 검증했고, 약을 달일 때도 누군가가 계속 감시했으니 문제가 생길 리 없는데!

'어찌 이리된 것일까?'

혼약, 이제야 생각났네

노부인이 다가오자, 오 공공이 겨우 정신을 차렸다. 그가 서둘러 웃으며 말했다.

"부인, 경하드립니다! 소 태의가 최선을 다했고, 부인께서 장군을 잘 보살피신 덕분입니다. 황상께 서신을 올리겠습니다. 다행히도 황상의 근심이 줄어들 것 같습니다!"

"황상께서 이리도 마음을 써 주시니, 감사의 말씀을 드려 주시지요."

"부인의 말씀을 반드시 전하겠습니다."

오 공공이 총총히 걸어 나가다, 문 앞에서 고개를 돌려 비연을 바라보았다. 비연도 마침 그를 쳐다보고 있었다. 오 공공이 멈칫하더니 바로 고개를 돌려 자리를 떠났다.

비연은 점점 더 오 공공에게 문제가 있다는 심증을 굳혔다.

'소 태의가 약방문을 쓴 다음, 약방문을 어약방으로 보냈겠지. 어약방에서는 약재를 골라 보내고. 이 과정에서 약방문이건 약재건 모두 궁중 태감의 손을 거쳤어. 그 과정에서 약방문을 고치는 게 그렇게 어려운 일은 아니지.'

정씨 가문의 공적과 병권을 고려하면, 황상이 정씨 가문을 경계하려 한다 해도 이렇게 빠르게 손을 쓸 것 같지는 않았다. 다들 알다시피 천염국은 건국한 지 이제 겨우 9년째였다. 아직 안정적으로 뿌리내리지 못한 상태니 사람을 중용해야 할 때인 것이다!

그렇다면 오 공공과 같은 늙은 환관을 부릴 수 있는 자가 황상을 제외하고 궁에 과연 몇이나 될까?

비연이 생각에 빠져 있는데 노부인이 다가왔다. 이제 그녀는 비연을 '계집'이라 부르지 않았다.

"소저, 이름이 어떻게 되지? 어느 약사 밑에서 일하고 있고?"

비연이 도착했을 때 이미 성명을 밝혔지만 노부인은 귀담아 듣지 않았던 모양이었다.

"고비연이라고 합니다. 막 약녀로 진급해 아직 어느 약사에게도 소속되어 있지 않습니다."

갑자기 노부인의 안색이 크게 변했다.

"고비연? 그렇다면 성 동쪽의 그……, 그 기 장군부와 정혼한 고씨 가문 출신이란 말인가? 너는…….."

정혼이라고?

사람을 구하려는 마음에 조급해하다 보니, 이제야 겨우 그 일이 생각났다. 이 몸의 원래 주인은 분명 정혼한 몸이었다. 약혼자는 바로 기 장군부의 소장군, 기욱이었다.

기씨와 고씨, 두 가문은 본래 현공대륙에서 무술로 이름났으며 대대로 친분이 있는 가문이었다. 그러나 10년 전 현공대륙 무학계에 일대 대참사가 일어났고, 그때 고씨 가문이 몰락했다. 반면에 기씨 가문은 군씨 황족을 따라 군대를 창설하여, 천염국의 양대 개국군 중 하나가 되었다.

힘의 격차가 점점 벌어지자 기씨 가문은 고씨 가문을 안중에도 두지 않았다. 정혼도 계속 미루며 비연을 맞으려 하지 않았다. 표면적으로 드러내지만 않을 뿐이지, 정혼을 취소하려는 의도와 다름없었다.

노부인의 분노한 얼굴을 보니 대강 어찌 된 일인지 감을 잡을 수 있었다. 약방문을 고친 범인은 분명히 기씨 가문의 약혼녀인 그녀에게 누명을 씌울 의도였던 것이다!

정씨, 기씨, 두 가문은 서로 원한이 있었다. 정씨 가문은 기병을, 기씨 가문은 보병을 장악하고 있었고, 정씨 가문은 경기 동군영을, 기씨 가문은 경기서군영을 맡고 있었다. 천염 황제의 두 날개인 두 가문은 서로 동등한 세력으로, 적수를 이룰 만했다.

3년 전, 기씨 가문의 대장군 기세명이 원병을 보내지 않아 정 노장군이 전쟁터에서 전사했다. 모두 기세명이 일부러 그런 것이라 여겼지만 황상만은 그것을 믿지 않고 기세명에게 가벼운 징계만을 내렸다.

그때부터 정씨 가문은 기씨 가문에게 원한을 품었다. 심지어 정씨 가문에 소속된 이들 모두가 기씨 가문에게 적대감을 드러냈다.

비연은 생각하면 생각할수록 등줄기가 쭈뼛해 왔다. 흉수가 무엇 때문에 그녀와 같은 일개 약녀에게 죄를 뒤집어씌우려 했는지 이제야 알 수 있었던 것이다.

그녀는 기씨 가문의 며느리가 될 몸이었다. 이러니저러니 해도 그녀에겐 납득할 만한 범행 동기가 있어 보였다! 그녀로서는 감내하기 어려운 누명이었다.

"흥, 네가 기욱의 약혼녀란 말이지? 정말이지 그걸 생각도 못 했구나!"

노부인의 말이 비연의 생각을 끊었다. 그녀의 말투가 다시 날카롭게 변해 있었다. 원수의 며느리가 될 여자가 제 아들을 구했다는 사실이 더할 나위 없이 치욕적인 모양이었다. 비연에 대한 감사의 마음도 순식간에 사라져 버린 듯했다.

노부인이 몸을 돌리더니 더 이상 비연에게 눈길도 주지 않고 차가운 목소리로 외쳤다.

"여봐라, 약녀에게 상으로 금 백 냥을 내리도록! 그리고 어서 내쫓아 버려라!"

비연은 기씨 가문에 대한 정씨 가문의 원한이 깊다는 사실을 알고 있어 달리 따질 마음이 없었다. 그러나 생각지도 못하게, 시녀에게서 금화 주머니를 받은 노부인이 갑자기 그것을 비연의 얼굴을 향해 사납게 던지는 것이 아닌가. 비연이 재빨리 피한 덕분에 간신히 얼굴에 맞지 않을 수 있었다.

노부인은 그래도 멈추지 않고 분노한 목소리로 외쳤다.

"돈을 집어 들고 어서 꺼져라! 우리 정씨 군영은 기씨가 있을 곳이 아니다!"

비연도 더 이상 참을 수 없었다!

공과 사를 구분해야

비연도 화가 치밀어 올랐다.

그녀가 기욱의 약혼녀인 것은 맞다. 그러나 아직 기욱에게 시집간 것도 아니지 않은가?

설사 기욱에게 시집간 몸이라 해도, 그게 뭐 어떻단 말인가?

노부인은 당당한 장군의 부인인데, 공과 사를 구분해야 한다는 그런 간단한 이치조차 모른단 말인가?

비연은 전날 밤부터 지금까지 잠시도 쉬지 못했다. 그런데 이런 식으로 영문을 알 수 없는 모욕을 당해야 하다니, 이게 대체 무슨 경우란 말인가!

비연이 금화 주머니를 집어 들고 노부인을 노려보았다. 그녀의 작은 얼굴이 차갑게 가라앉아 있었다.

노부인은 조금 전 비연의 강력한 기세를 겪어 보았다. 비연이 자신에게 무엇이건 행동을 취할 거라 생각한 그녀는 뒤로 물러나며 노한 목소리로 외쳤다.

"방자한 계집! 대체 무슨 일을 저지르려는 게냐?"

비연이 안색조차 바꾸지 않고 차갑게 말했다.

"임 노부인, 장군의 병세는 그저 조금 호전되었을 뿐이니 계속 조심해서 살펴보셔야 합니다. 절대 소홀하셔서는 안 됩니다. 좁쌀죽을 끓여 두셨다가 장군께서 깨어나시면 드시게 하되, 배가 부를 때까지 드셔서는 안 됩니다. 방금 드신 약은 다시 드실 필요 없고, 소 태의가 먼저 지어 둔 약을 계속 시간과 분량을 맞춰 가며 복용하시면 됩니다. 오늘 밤 소 태의가 직접 군영으로 올 것이니, 그때 소 태의의 분부를 들으면 될 것입니다."

노부인은 비연이 이런 말을 하리라고는 상상도 못 했다. 의외라고 여기면서도 비연을 무시하고픈 마음이 더 강했다. 그래서 문을 가리키며 노한 목소리로 외쳤다.

"착한 척하지 마라! 어차피 속마음은 다를 것이면서! 어서 꺼지지 못할까!"

그러나 비연은 그 말을 듣지 못한 것처럼 여전히 담담한 태도로 말을 이었다.

"임 노부인, 어약방에서는 이번에 시위 여섯과 마부 하나, 그리고 저를 보냈습니다. 우리는 군영 서쪽의 대추나무 숲에서 자객을 만났습니다. 자객이 약을 빼앗으려 했지만 저만 요행히 도망칠 수 있었습니다. 이 일은 제가 돌아가 대리시에 보고할 것입니다. 하지만 노부인께도 알려 드려야 할 것 같군요."

비연이 이렇게 깨우쳐 주자, 노부인도 자객 일에 겨우 생각이 미쳤다. 자객이 약을 노렸다는 것은 바로 자신의 귀한 아들의 생명을 노렸다는 이야기가 아닌가!

원한으로 눈이 흐려졌던 노부인이 마침내 냉정을 되찾고 부장을 바라보았다. 노부인이 입을 열기도 전에 그가 먼저 말을 꺼냈다.

"부인, 잘 알겠습니다! 당장 사람들을 데리고 조사하러 가겠습니다!"

"어서 가라, 어서. 대리시에도 비둘기를 보내고! 대리시에서 최대한 빨리 사람을 보내올 수 있도록."

부장이 떠나자, 노부인의 시선이 다시 비연에게로 향했다. 노부인이 입을 열기 전에 비연이 선수를 쳤다.

"임 노부인, 또 드릴 말씀이 있습니다만······."

노부인의 말투는 방금처럼 딱딱하지는 않았지만, 여전히 유쾌하지도 않았다.

"또 무슨 일이냐? 전부 말해라!"

어찌 짐작이나 할 수 있었을까.

비연이 갑자기 들고 있던 금화 주머니를 높이 쳐들었다. 노부인이 대경실색했다.

"너······, 무, 무슨 짓을 하려고?"

'무슨 짓을 할 거냐고?'

공적인 일을 끝냈으면, 당연히 사적인 일을 처리해야지!

비연은 담담한 표정으로, 심지어 얼굴에는 살며시 미소마저 띠고 물었다.

"임 노부인, 감히 여쭙건대, 제가 기욱의 약혼녀라는 사실을 아셨다면, 그래도 제가 장군에게 약을 먹이도록 하셨겠습니까?"

이 말을 듣자 노부인의 심장이 쿵 소리를 냈다. 그녀는 감히 생각할 수도, 얼굴을 맞대고 진심을 말할 수도 없었다.

이때, 비연이 냉정하게 손에서 힘을 뺐다. 묵직한 금화 주머니가 그대로 노부인의 발 위로 떨어졌다.

노부인이 비명을 지르기 시작했다.

"악! 내 발! 고비연, 이 방자한 계집이! 여봐라, 거기 누구 없……."

비연이 강한 어조로 임 노부인의 말을 끊었다.

"임 노부인, 제대로 들으시죠. 저 고비연은 어약방의 약녀로, 어약방에서 보수를 받고 있습니다. 이번 일은 명을 받아 온 것뿐이니 이런 상금 따위는 필요 없습니다! 그리고 꺼지라 하셨던가요. 저는 꺼질 수 없고, 갈 수만 있군요! 규정에 따르면 저는 소 태의가 올 때까지 기다려야 합니다. 장군이 약을 먹은 후의 반응을 소 태의에게 자세히 설명한 후에야 떠날 수 있지요. 그때가 되면, 내쫓지 않아도 제가 알아서 갈 겁니다. 그 외에 노부인께서 사적인 원한으로 인해 제 신분을 꺼리신다면, 귀찮으시더라도 어약방에 사람을 보내 한마디 하시지요. 앞으로는 정씨 가문과 관련된 모든 일에 절대로 저를 보내지 말라고 말입니다! 이상입니다!"

이 말을 들은 노부인은 굳어 버렸다. 비연이 몸을 돌려 성큼성큼 그 자리를 떠났다. 그 당당한 태도 덕분에, 마른 체격임에도 전혀 연약해 보이지 않았다.

"망할 계집, 너…… 본 부인이 이번에는 너를 상대하지 않겠다! 나중에 두고 보자!"

노부인은 화가 나기도 하고 부끄럽기도 해서 붉으락푸르락했다. 비연이 공사를 분명하게 구분한 데 비해 자신은 방금 은원을 제대로 가리지 못했다는 것을 깨달았기 때문이었다.

노부인은 자신이 마음속으로 비연에게 감탄하고 있다는 사실을 인정할 수밖에 없었다. 뜻밖에도, 비연이 기욱의 약혼녀가 아니라면 얼마나 좋을까라고도 생각했다!

비연은 울적하게 후영 쪽으로 걸어가면서 자신만의 요주의 명단에 정씨 가문을 적어 넣었다. 겸사겸사 누가 그녀에게 누명을 씌우려 했는지도 깊이 고민하기 시작했다.

후영에 도착했을 때, 오 공공이 은밀하게 약을 달이는 막사 안으로 들어가는 것이 눈에 들어왔다. 비연이 서둘러 그를 따라갔다.

'저 늙은이가 분명 무슨 간계를 꾸미고 있군!'

누명, 걷어차 주마

마침 주변에 아무도 없었다.

비연은 약을 달이는 막사 창에 귀를 대고 몰래 엿듣기 시작했다. 오 공공과 시종의 목소리가 들렸다.

"얼마 안 됐는데, 약 찌꺼기를 벌써 없앴다는 것이냐? 어디다 버렸느냐?"

"공공, 한번 달인 약재는 다시 쓰지 않습니다. 하인이 강에 내다 버렸을 것입니다."

"강에?"

"그렇습니다. 정 장군께서 쓰신 약은 찌꺼기를 모두 강에 내다 버립니다. 군영 뒤쪽에 있는 그 강 말입니다."

"다시 건져 올 수는 없느냐?"

"그게…… 공공, 그 약 찌꺼기는 이제 쓸모가 없습니다. 그 강은 물살이 빨라 아마 씻겨 내려갔을 것 같습니다만……. 공공, 그 약 찌꺼기가 필요하신 겁니까?"

"쓸데없이 말이 많구나! 경고하겠는데, 오늘 이 일이 밖으로 새어 나가서는 안 된다. 그렇지 않으면 네 목을 조심해야 할 것이야!"

비연은 다행이라고 생각하며 안도했다. 노부인과 다투다 보니 약 찌꺼기라는 중요한 증거물을 완전히 잊고 있었다! 다행히도 약 찌꺼기는 이미 처리된 듯했다. 오 공공이 그 약 찌꺼기를 약사에게 가져가 진상을 캐 볼 기회가 사라진 것이다.

오 공공이 누군가의 명령을 받고 있음이 더욱 분명해졌다.

황상이 아니라면 대체 어떤 인물일까? 감히 정 장군에게 손을 쓰고, 그녀에게 누명을 씌우려는 자가…….

비연이 소매 속에서 약방문을 꺼내, 직선이 되도록 두 눈을 가늘게 뜨고 읽기 시작했다. 노부인에 대한 인상이 별로였지만 그래도 공과 사를 구분하는 원칙을 지켜야 했다.

무지막지한 누명을 쓸 뻔했는데 여기서 물러날 수는 없었다. 반드시 홍수에게 되돌려 주어야만 했다! 상대가 지저분하게 놀겠다면, 누가 더 지저분한지 깨닫게 해 줄 생각이었다.

그날 밤, 소 태의가 장군을 진맥하기 위해 군영에 도착했다. 비연은 그의 뒤에 서 있다가, 사람들이 자신에게 주의를 기울이지 않는 틈을 타서 몰래 수정된 약방문을 그의 약상자 안에 넣었다. 소 태의가 약방문이 이상하다는 것을 발견하면 분명 은밀하게 장군에게 귀띔할 것이다.

소문에 이 젊은 장군은 성격이 오만하고 고집스러워 제멋대로 행동한다고 했다. 황상과 정왕 전하를 제외하고는 그 누구에게도 복종하지 않는다는 이야기도 있었다.

그런 그가 깨어나 누군가가 자신을 해하려 했다는 사실을 알게 되면 어디 조심하는 선에서 그치겠는가. 분명 홍수를 찾아 보복하려 할 것이다!

약상자를 닫은 비연이 고개를 돌려 노부인을 한 번 보고, 또

다시 혼수상태인 장군을 보았다. 그녀의 입가에 슬며시 악의 없는 미소가 피어올랐다. 그녀는 소리 없이 몸을 돌려 그 자리를 떠났다. 자신의 공과 이름을 감추고……

비록 장군의 병세가 호전되기는 했으나 아직 그렇게까지 안정된 것은 아니었다. 그러나 소 태의가 남아 있으니 안심이었다. 노부인은 아들을 돌보느라 바빠 비연을 귀찮게 할 여력이 아예 없었다.

막사 밖으로 빠져나온 비연이 소 태의를 수행해 온 태감에게 가볍게 말을 걸었다. 몸의 원주인은 현공대륙에 관해 아는 것이 별로 없었다. 누군가 자세하게 설명해 줄 만한 사람을 찾으려 했지만, 안타깝게도 군영에는 그녀를 상대하려는 사람이 없었다.

태감과 한바탕 잡담을 나누고 나서야 기본적인 내용을 대부분 알 수 있었다.

원래 현공대륙은 무술을 숭상하여 무학 세가들이 셀 수 없이 많았다. 그러나 10년 전에 커다란 변고가 일어나 무학계가 몰락했다. 그 후에 황권, 재단, 무림 등 각 방면의 세력이 균형을 이루는 국면을 맞이했다.

10년 전의 거대한 변고는 대륙 최남단의 신비한 땅 '빙해'와 관련이 있었다. 빙해는 3장 높이의 얼음으로 덮여 있고 이상할 정도로 추웠다. 보통 사람은 도저히 건널 수 없는 곳이었다.

10년 전, 하룻밤 사이에 빙해 전체가 3척이나 되는 해독 불가능한 극독에 오염되었다. 현공대륙에서 기를 수련하고 무술을 하는 자들의 진기眞氣 역시 그날 밤 전부 소실되었다. 누구도 왜 그런 일이 벌어졌는지 알 수 없었다.

그 후 현공대륙 사람들은 빙해라는 말만 들어도 두려움에 떨었고, 빙해는 공포의 금역이 되었다. 사방에 이런저런 말들이 떠돌았지만 그 누구도 감히 빙해 가까이 가지 못했다. 그 원인을 찾으려는 자는 더더욱 없었다.

'빙해, 바로 내가 꿈에서 보았던 그곳이 아닌가?'

감격으로 가슴이 벅차올랐다. 비연이 말을 이었다.

"그렇다면 현공대륙이 빙해 북쪽에 있다는 이야기군요. 빙해의 남쪽은 어떤 곳이죠? 혹시 빙해영경이라 부르는 곳이 아닌가요?"

"빙해 남쪽에도 또 다른 대륙이 있지, 운공대륙이라고. 빙해영경이라……. 그건 들어 본 적이 없는데."

태감이 호기심 가득한 얼굴로 물었다.

"고 약녀, 이런 것들을 물어 뭐 하려고? 빙해 그쪽은 아주 형편없는 곳이라더군. 저주받은 땅이래. 더 이상 입에 담지 않는 게 좋겠어."

비연은 느낌이 와 그 이상 묻지 않았다.

'빙해와 빙해영경은 특별한 관련이 있을 거야. 더 알아봐야겠군.'

백의 사부가 그녀를 그렇게 떠밀었으니, 현공대륙을 충분히 돌아본 후에 반드시 돌아가 그와 결판을 낼 생각이었다!

다음 날 이른 아침, 비연은 성으로 출발했다.

그녀는 이번 일이 기본적으로 자신과 아무 관계가 없다고 생각했다. 그러나 불행하게도 자객을 만난 곳을 지나다가 정가군의 부장과 마주쳤다. 대리시 조사관도 있었다. 그들은 현장을 차단한 채 검시관에게 시체를 조사하게 하고 있었다.

부장이 비연에게 이것저것 묻기 시작했다. 비연은 아무것도 모르는 척하기로 마음먹었다. 부장의 질문에 대답하며 현장을 훑어보다가 그녀는 자객이 보이지 않는다는 사실을 발견했다.

사람은? 아니지, 시체는?

비연이 다급하게 물었다.

"부장, 그, 그……, 자객을 잡았나요?"

부장이 진지하게 대답했다.

"우리가 도착했을 때는 이 시체들뿐이었다. 자객은 틀림없이 도망쳤을 거다. 이 시체들을 보면 전부 일격에 당했지. 자객의 무공은 결코 하수가 아니야. 고 약녀, 요행히 도망칠 수 있었다지만, 정말 운이 좋다!"

비연의 심장이 쿵 소리를 내며 내려앉았다. 온몸이 다 불편할 지경이었다.

자객의 독 내성이 하늘을 거스를 정도란 말인가? 분명히 혼수상태였는데…….

혹시 독이 발작했던 게 아니었나?

대리시 조사관이 자객의 외형적 특징을 물었다. 비연은 그들에게 초상을 그려 주고 싶은 마음을 이성으로 간신히 억눌렀다. 그녀는 일부러 기억을 되살리는 척하며, 말해도 되는 것만 골라 말하기 시작했다.

그러나 비연은 결코 알지 못했다. 바로 그때, 그 '자객'이 부근의 높은 나무 위에서 얼음처럼 차가운 눈길로 그녀를 응시하고 있다는 사실을…….

좋다, 입을 여는 것을 허락하마

비연이 자세하게 자신의 키, 옷차림, 눈과 머리 형태, 패검의 모양 등을 묘사하는 것을 듣자 본래 차갑던 군구신의 얼굴이 더더욱 차갑게 가라앉았다.

그는 여전히 은빛 가면을 쓰고 있었다. 검은 옷을 입은 그의 크고 꼿꼿한 몸은 무성한 나뭇가지 사이에 숨어 있어도 그 우아함과 존귀함을 잃지 않았다.

그는 비연이 끊임없이 소란스럽게 이야기하는 것을 침착하게 들으며 그녀를 가늠해 보았다. 그의 차가운 시선이 그녀의 작은 얼굴에서부터 조금씩 아래로 내려왔다. 하나하나 심사하듯이. 마치 자신의 사냥감을 보는 듯한 시선이었다.

전날 밤엔 그녀를 진지하게 볼 마음조차 먹지 않았다. 그런데 오늘 이곳에서 다시 만나자, 독을 풀고 그를 걷어찬 여자가 어떻게 생겼는지 관심이 생겼다.

지분을 바르지 않아도 찬란하게 빛나는 여자였다. 너무 말라서 아직 성년이 되지 않은 소녀처럼도 보였다.

그러나 그녀는 그에게서 도망칠 능력이 없었고, 감히 정역비의 생명을 두고 도박을 벌일 정도로 대담했다. 임 노부인을 겁박하여 약을 검증하게 하는 등 사람을 톡톡히 놀라게도 했다.

가장 의외였던 것은, 정역비가 그녀가 달인 약을 마신 후 죽지 않고 오히려 회복되었다는 것이다.

얼마 지나지 않아 스무 살 정도로 보이는 시위가 도착했다. 바로 어젯밤에 군구신을 구했던 시위로, 이름은 망중이었다. 그가 재빨리 비연 일행을 피해 소리 없이 군구신 곁으로 다가왔다.

"전하, 약 찌꺼기 분석이 끝났습니다. 하소자를 빼고 팔각회향을 넣었다더군요. 팔각회향은 소 태의가 처음 약방문에 넣었던 약재입니다. 저 약녀에게 분명 뭔가가 있습니다!"

군구신이 나지막한 목소리로 물었다.

"이름은? 내력은 어떻게 되나?"

망중은 빠른 속도로 약 찌꺼기를 훔치고, 더욱 빠른 속도로 비연에 대한 조사까지 마친 후라 바로 대답했다.

"전하, 공교롭게도 그녀는 기 소장군의 약혼녀인 고비연입니다."

파란이 일어 본 적이 없는 군구신의 눈동자에 기이하다는 빛이 스쳐 갔다.

"기욱의 약혼녀?"

망중이 서둘러 설명했다.

"그들은 어린 시절에 정혼했습니다. 15년 전의 일이지요. 고씨와 기씨 가문은 7, 8년 동안이나 왕래가 없었습니다. 정혼과 관련된 일을 언급하는 이도 이미 없습니다. 기씨의 태도를 보면, 이 정혼을 인정하지 않는 것이 분명합니다."

군구신이 잠시 생각에 빠졌다가 중얼거렸다.

"흉수가 기씨 쪽일까?"

이번에 급보를 받고도 그는 공개적으로 저지하지 않았다. 정역비를 죽이려는 배후의 흉수가 누구인지 확신할 수 없었기 때문이다. 풀을 베느라 뱀이 놀라 달아나게 하고 싶지 않았다.

부황은 병이 심하고 태자도 아직 어리다. 하지만 군구신에게는 또 다른 중임이 있었고, 그는 황위에 뜻이 없었다. 정가군과 기가군의 세력이 균형을 이루는 국면이야말로 천염국을 안전하게 유지하는 최고의 방법이었다. 그는 절대로 한쪽 세력이 말썽을 부리게 놔두지 않을 작정이었다.

대체 누가 이렇게 대담한 짓을 벌인 것일까?

군구신은 생각에 잠겼다가 다시 물었다.

"위조된 약방문은?"

망중이 군영에서 몰래 지켜본 상황을 사실대로 보고했다. 군구신이 또 의외라는 듯 고개를 끄덕였다.

"아주 잘했군."

망중 역시 비연의 행동을 기꺼워하며, 그녀가 매우 영리하다고 생각하고 있었다. 그러나 전하가 고개를 끄덕이며 인정하는 것을 보고는 깜짝 놀랐다. 전하를 꽤 오래 모셨지만, 전하가 소리 내어 한 여자를 인정하는 것은 처음 보았기 때문이다.

이때, 설명을 마친 비연은 대리시 조사관에게 자객의 일을 망친 자신의 신변이 위험하다는 점을 강조하고 있었다. 조사관은 사람을 보내 은밀하게 며칠 보호해 주겠다고 약속하자, 그녀가 겨우 안심했다.

망중은 주인이 계속 비연을 응시하는 것을 보고, 한참 머뭇거리다 겨우 일깨워 주었다.

"전하, 낙 태의가 기다린 지 오래되었습니다. 전하 몸 안의 독을 빨리 해독해야 합니다. 더 이상 시간을 끌 수 없으니, 어서 궁으로 돌아가시지요."

자신의 몸 상태를 아주 잘 알고 있는 군구신이 나지막하게 말했다.

"대리시의 조사를 지켜보다 진전이 있으면 즉시 보고하도록."

대리시가 자객을 추적하려면, 분명 약을 배송하는 소식이 어떻게 궁중에서 새어 나갔는지를 먼저 조사할 것이다. 그렇다면 자연히 약방문을 접촉한 모든 이를 조사해야 한다.

군구신이 떠난 지 얼마 되지 않아 비연도 성을 향해 출발했다. 그녀가 탄 마차가 어느새 번화한 거리로 들어섰다. 이 새로운 대륙의 시끌벅적한 공기를 들이마시자 비연의 기분이 꽤 좋아졌다. 빙해영경은 인적이 드문 외딴곳이었지만, 그녀는 원래 시끌벅적한 곳을 좋아하는 사람이었다.

궁문 앞에서 내린 비연은 노래를 흥얼거리며 어약방을 향해 깡충깡충 걷기 시작했다. 그러나 곧 뭔가 이상하다는 것을 깨달았다. 주변의 궁녀며 태감들이 모두 그녀를 바라보며 수군대고 있었기 때문이다.

대체 무슨 일이 벌어진 거지?

이간질, 더러운 누명

사람들이 자신을 가리키는 것을 보자 비연은 심란해졌다. 이 몸의 원주인은 어약방에서 더 낮으려야 낮을 수 없는 신분이었다. 그래서 한 번도 시비를 일으키지 않았을 뿐 아니라, 항상 참고 뒤로 물러나 열악한 환경을 버텼다.

오늘은 또 대체 무슨 일일까?

그러나 그녀에게는 그런 것을 신경 쓸 겨를이 없었다. '영발방'에 서둘러 보고를 올려야 했다.

어약방은 고방, 제약방, 배약방, 화방, 영발방, 이 다섯 방으로 나뉘어 있었다. 약재 하나가 고방에 들어오면 약노가 약재 중 좋은 것만 골라 고방에 보관해 두었다가, 제약방에서 단약이나 가루약을 만들 때 제공하거나, 배약방에서 태의의 약방문에 따라 약 꾸러미를 배합할 때 제공했다. 혹은 화방에서 약을 달이거나, 영발방에서 사람을 시켜 약을 밖으로 보낼 때도 제공했다.

이 다섯 방의 고달픈 잡일은 모두 약노의 차지였다. 약녀와 약공은 약사와 약관을 보좌하며 약을 공부할 기회가 있었다.

그러나 이 몸의 주인은 약노에서 약녀로 막 승급된 참이라 아직 어느 약사 밑에서 수련할지 결정되지 않은 상태였다. 그러므로 각 방의 모든 약사들이 그녀를 부릴 수 있었다.

비연은 8할 정도는 확신하고 있었다. 약 꾸러미와 약방문은 영발방에서 바뀌었을 거라고.

그러나 그녀는 더 이상 깊이 생각하지 않고, 보고를 끝낸 후 자리를 떠났다. 이 일에 대해서라면 이미 소 태의에게 일깨워 준 셈이었다. 그러니 일단 소 태의의 반응과 정역비의 병세를 지켜보는 게 순리였다.

그녀는 생각에 빠진 채 이곳저곳 다니며, 내정과 후궁에 들어가는 약을 관리하는 이곳을 자세히 살폈다. 막 정원에 도착했을 때 약녀 몇이 모여서 이야기를 나누는 게 보였다.

"그 미래의 장군 부인이 조금 전에 돌아왔다는데, 봤어?"

"미래의 장군 부인? 그럴 리가? 미래의 소장군 부인이겠지."

"아니야, 미래의 장군 부인이야. 정 대장군이 장군의 칭호를 갖고 있잖아."

"뭐라고? 대체 무슨 말이야? 기 소장군의 약혼녀가 정 장군과 무슨 관계야?"

이건 또 뭐가 뭐라고?

비연이 허리를 굽히고 소리 없이 더 가까이 다가가 귀를 기울였다. 곧 속이 불편해졌다.

길에서 그렇게 많은 사람들이 그녀를 가리키며 수군댄 것도 이상한 일이 아니었다. 누군가가 그녀에 대해 헛소문을 퍼뜨리고 있었던 것이다!

자객의 검에서 도망친 일은 '그녀가 정역비를 사모한 지 오래되어 그를 구하기 위해 죽기를 각오하고 약재를 빼앗기지 않은 일'이 되어 있었다.

정역비에게 약을 먹여 구한 일은 '그 기회에 그의 품에 뛰어들려 했던 것'으로 되어 있었다. 그리고 정역비가 그녀를 마음에 들어 하여 '일부러 그녀의 품에 기댄 채 약을 먹은 것'으로도 되어 있었다…….

소문을 요약하면 그녀는 경박하게, 수치도 모르고, 지조 없이 정역비를 유혹했다. 그리고 정역비 역시 기욱에게 치욕을 안겨 주기 위해 비연의 유혹을 거절하지 않았다는 이야기였다.

와, 정말!

파도 하나가 잠잠해지니 새로운 파도가 일고 있었다!

누명에서 겨우 벗어났나 싶었더니 다음 누명이 빠르게 다가와 그녀에게 구정물을 뒤집어씌우려 하고 있었다!

오 공공이 아니라면 그녀가 정역비에게 약을 먹인 일을 누가 세간에 흘릴 수 있었을까?

헛소문이 이렇게 빨리 퍼진 것을 보면, 헛소문을 만들어 낸 사람과 약방문을 위조한 사람은 동일인일 것이다. 이런 헛소문은 기씨 가문의 체면을 훼손시킬 뿐 아니라, 동시에 정씨 가문의 체면도 손상시켰다. 이 기회를 틈타 고의로 두 가문을 이간질하고, 갈등을 격화시키려는 속셈이 분명했다.

배후가 대체 누구일까?

한 번도 아니고 두 번이나 그녀를 이용하다니, 사람을 업신여겨도 분수가 있지!

비연은 정말로 화가 났다. 그래서 생각을 바꿔 정역비를 기다리지 않고 자신이 직접 조사해 보기로 마음먹었다.

그녀가 영발방으로 돌아가려 할 때, 등 뒤에서 분노에 찬 여자의 목소리가 들려왔다.

"고비연, 감히 돌아왔단 말이지!"

약녀 하나가 삿대질을 하며 다가오고 있었다.

"고비연, 이제 본색을 드러내시지! 기 소장군 약혼녀의 몸으로 감히 정가군 군영에 가서 약을 먹인다며 장군 품에 뛰어들다니. 그런 저질스러운 짓을 한 것은 바로 정 장군이 잘못을 저지르도록 유혹하려 한 것이 아니냐!"

이 약녀의 이름은 온우유로, 약학 명가 출신이었다. 학식이 풍부하다며 3개월 전 어약방에 들어왔다.

다른 이들은 어약방에 들어오면 약노부터 시작하고, 약녀 선발 시험도 보아야 했지만 온우유는 바로 약녀가 되었다. 들리는 소문에 의하면, 정원에 여유가 생기면 바로 약사로 승격할 거라고도 했다.

사실 이런 것들은 사소한 문제였다. 정말 중요한 것은 온우유가 정역비를 열렬히 사모하고 있다는 사실이었다. 이는 어약방은 말할 것도 없고, 내정과 궁 밖 사람들도 모두 알고 있는 일이었다.

정역비와 기욱은 원수나 마찬가지인 사이였다. 그리고 이 몸의 주인은 명목상으로나마 기욱의 약혼녀였다. 때문에 온우유는 지난 3개월 동안 그녀에게 적지 않은 치욕을 주며 항상 힘든 일을 일부러 시키곤 했다!

비연이 눈을 내리깐 채, 삿대질하는 온우유의 손가락을 쳐다보았다. 분노와 함께 묘책이 하나 떠올라 냉랭하게 말했다.

"손을 치우시지. 아니면 나도 사정을 봐주지 않을 테니까!"

손을 쓰다, 일부러

온우유는 말할 것도 없고, 곁에 있던 약녀들 모두 비연의 차가운 목소리에 깜짝 놀랐다. 항상 작은 목소리로 기운 없이 말하던 이 비천한 계집이 어째서 오늘 갑자기 다르게 행동하는지 이해할 수 없었던 것이다.

온우유는 비연의 변화에 신경 쓰지 않았다. 그녀는 명문가 출신이었다. 어약방에서 누가 감히 그녀를 막을 수 있겠는가? 그녀는 일개 약녀가 이런 식으로 자신을 위협하는 것을 지켜볼 생각이 없었다.

그녀가 손을 치우기는커녕 오히려 손가락으로 비연의 코를 찌르며 말했다.

"천한 것이, 감히 나를 위협……."

말이 끝나기도 전에 참혹한 비명이 터져 나왔다. 왜냐하면…… 비연이 그녀의 손가락을 잡아 비틀어 부러뜨려 버렸기 때문이었다!

"악, 내 손! 여봐라! 어서 태의를 불러라, 어서! 고비연, 감히 내 손을……. 죽고 싶으냐!"

온우유의 비명에 주변이 한바탕 시끄러워졌다.

비연은 그 자리에 그대로 선 채 안색 하나 바꾸지 않았다. 아니, 더욱 날카로운 눈길로 온우유를 째려보고 있었다.

지금 이 순간, 비천한 신분에 몸도 마르고 허약해 보이는 그녀에게서 뿜어져 나오는 기운은 다른 이들로 하여금 그녀를 두려워하게 만들기 충분했다. 평소라면 약녀들이 뒤질세라 온우유를 위해 나섰겠지만, 지금은 모두 비연의 눈빛에 놀라 감히 움직이지 못했다.

　태의가 오기 전에 어약방의 약감인 상관영홍이 소식을 듣고 먼저 달려왔다.

　어약방은 아래에서부터 약노, 약녀와 약공, 약사, 약관, 약감, 대약사의 등급으로 나뉘어 있었다. 마흔 전후의 상관영홍은 어약방의 두 약감 중 한 명으로, 세상 물정을 잘 알고 권력자에게 아부를 잘하는 대신 약학 지식은 평범한 수준이었다. 그러나 대약사를 보좌하여 인사를 관리하는 매우 강력한 권한을 가지고 있어서 모두 그녀를 어약방의 대집사라 불렀다.

　상관영홍은 비연이 온우유에게 상처를 입혔다는 이야기를 듣자 바로 질책부터 했다.

　"고비연, 감히 어약방에서 사람에게 상처 입혔단 말이지? 정말이지 대담하군. 네가 더 이상 어약방에 있고 싶지 않은 것 같구나!"

　비연이 담담하게 대답했다.

　"상관 약감께서는 어째서 온우유가 무슨 말을 했는지는 묻지 않으시나요?"

　"내가 무슨 말을 했다고? 내 말이 틀리기라도 했어? 그렇게 저질스러운 행동을 해 놓고 아직도 인정하지 않겠다는 거야? 너……."

온우유의 말이 끝나기도 전에 상관영홍이 손을 들어 제지했다. 눈가에 날카로운 빛이 스쳐 가는가 싶더니 그녀가 다급하게 말을 잘랐다.

"논쟁할 필요 없다. 어찌 되었건 사람에게 상처 입힌 쪽이 잘못이지! 어약방은 이런 흉포한 여자를 남겨 두지 않는다! 여봐라, 고비연을 데려가 매질을 오십 번 하고, 어약방에서 내쫓도록 해라!"

상관영홍은 바보가 아니었다. 온우유가 어떤 성격인지 잘 알고 있으니, 듣지 않아도 사정이 어찌 돌아간 것인지 대강 짐작할 수 있었다.

온우유는 명문가 출신이니 징벌하기가 쉽지 않았다. 그에 비해 고비연에게는 세력이라 할 만한 것이 전혀 없는 데다 지금 여론의 소용돌이에 빠져 있는 상태였다. 이 기회가 아니면 언제 제거하겠는가?

비연도 마음속으로 탄복했다. 이 대집사는 영리할 뿐 아니라 과감하기도 했다. 과연 보통 사람이 아니었다.

그러나 자신 역시 호락호락한 사람이 아니었다! 그녀가 감히 손을 쓴 것은 이미 준비가 되어 있기 때문이었다.

비연이 평온한 목소리로 말했다.

"상관 약감, 당신의 규칙에 따르면 먼저 손을 쓴 사람이 잘못이라는 거군요. 인정합니다. 그러나 이 일은 당신의 규칙만을 따를 수는 없는 문제기도 합니다."

상관영홍은 사람에게 상처 입힌 대담한 고비연에게 놀란 상태였다. 그런데 이 말을 듣자 더욱 기이하다는 생각이 들었다.

"고비연, 너 같은 일개 약녀를 내가 쫓아낼 수 없다면, 대약사라도 청해 와야 한다는 말이냐? 대체 너 자신을 뭐라 생각하는 것이냐!"

"아뇨, 대리시를 부르셔야죠."

비연이 순진해 보이는 미소를 지었다.

"온우유가 악의를 품고 헛소문을 퍼뜨렸습니다. 제 명예야 별거 아니지만 정 장군의 명예를 훼손한 것은 큰일이지요. 군대의 위엄을 손상시킨 일은 더욱 큰일이고요! 법률에 따르면, 군대를 모욕하는 자는 중죄인이죠. 어약방이 저를 어떻게 징벌하건, 저는 반드시 대리시로 가서 보고해야 합니다!"

이 말을 들은 온우유가 멍한 표정을 지었고, 상관영홍도 크게 놀랐다.

"썩을 계집이, 감히!"

영리하다, 헛소문을 헛소문으로 막다

감히?

비연은 당연히 감히 그럴 작정이었다. 그렇지 않았다면 아예 손을 쓰지도 않았을 것이다.

그녀는 조급하게 헛소문을 일소할 생각이 없었다.

하지만 온우유가 스스로 죽을 길을 찾아 자신에게 부딪쳐 오는데 어쩌겠는가? 그런 그녀를 이용하지 않는다면, 그간 온우유에게 모욕당했던 원주인에게 미안하지 않겠는가?

원주인이 연약한 고양이였다면 비연은 위엄 가득한 호랑이였다. 그녀가 사람을 물지 않는다면 그것만으로도 고마운 일인 것을. 감히 괴롭히려까지 하다니 가소로웠다.

상관영홍의 경고하는 듯한 눈빛에도 아랑곳하지 않고, 비연이 순진한 미소를 지으며 계속 말했다.

"저는 약을 가져가던 중 자객을 만났고, 대리시에서 지금 그일을 조사 중입니다. 대리시 소경인 공 대인께서 혐의가 가는 사람이 있으면 누구라도 보고하라고 하셨습니다. 온우유가 일부러 헛소문을 퍼뜨려 정 장군의 명예를 훼손하는 것은 대체 어떤 동기에서 나온 행동인지, 혹시 누구의 명을 받아 그러는 것은 아닌지 잘 조사해 보는 편이 좋을 것 같습니다. 상관 약감께서는 그렇게 생각지 않으시나요?"

상관영홍이 헉 하고 숨을 들이마셨다. 화가 나고 놀라기도 했었으나 이제는 경악할 수밖에 없었다. 그녀는 어쩔 수 없이 고비연을 다시 봤다.

이 계집은 대담할 뿐 아니라 상당히 총명했다!

첫째, 고비연이 저질스러운 행동을 했건 하지 않았건 이런 일은 본래 공개적으로 비난할 일이 아니었다. 그러니 이 일이 대리시로 올라가면 온우유는 분명 책임을 져야 할 테고, 본보기로 처벌받을 것이다. 온 가문의 가세가 상당하다 하나, 두 대장군부의 압력을 버텨 낼 정도는 아니었다.

둘째, 그녀가 방금 대약사에게서 들은 바에 의하면, 대리시는 어약방에 첩자가 있는 것이 아닌지 의심하는 중이라 했다. 약을 배송하는 노선이 새어 나갔으니 사람을 보내 몰래 조사할 예정이라고. 고비연이 바로 그 당사자고. 그러니 고비연이 온우유를 보고하면, 온우유 본인은 말할 것도 없고 상관영홍 그녀에게도 영향이 있을 수 있었다. 그녀의 추천으로 온우유가 별다른 심사 없이 어약방에 들어왔기 때문이었다.

상관영홍의 안색이 변한 것을 보고 온우유도 마침내 겁이 난 모양이었다. 그녀가 재빨리 변명하기 시작했다.

"아, 아니야! 내가 어떻게 정 장군을 모욕한단 말이냐? 고비연, 내가 욕한 것은 바로 너다!"

비연이 냉소했다.

"그래, 네가 욕한 것은 바로 나지. 내가 정 장군이 잘못을 저지르도록 유혹했다고 했지. 그 말이 바로 정 장군이 잘못을 저

질렀다는 이야기가 아니고 뭐야?"

"나, 난……."

제가 했던 말을 떠올린 온우유가 부끄러움에 얼굴을 발갛게 물들였다. 어떻게 변명해야 할지도 알 수 없어 그저 상관영홍에게 구해 달라는 시선을 보낼 뿐이었다.

상관영홍도 속으로 초조해하고 있었다. 어찌 되었건 이 일이 더 이상 커져서는 안 된다. 반드시 여기서 가라앉혀야 했다!

그녀가 자상한 태도로 진지하게 말했다.

"됐다, 됐어. 이제 그만해라. 화가 나서 몇 마디 입씨름한 것뿐이잖아. 시끄럽게 해서 바깥사람들의 웃음거리가 될 필요는 없다! 이 일은 여기서 마무리 짓자. 너희 두 사람 모두 잘못이 있으니, 각자 조금씩 양보하도록 해라. 더 이상 다투지 말고."

"내 손은……."

온우유가 붉어진 눈으로 억울한 듯 중얼거렸지만 상관영홍은 못 들은 척했다.

비연은 아무 말도 하지 않았다. 그러나 입가가 천천히 비죽이기 시작하는 것을 보면 아무래도 불만인 모양이었다.

이에 상관영홍은 다급해졌다. 달갑지 않아도 한 걸음 더 물러설 수밖에 없었다. 그러나 비연에게 친한 척하고 싶지 않아 그녀는 온우유를 꾸짖을 수밖에 없었다.

"우유, 오늘 일은 네가 먼저 잘못했다! 너도 이제 어리지 않으니 모든 일을 행하기에 앞서 깊이 생각하고, 급한 성격도 좀 가라앉히도록 해라!"

온우유가 더욱 억울해하며, 딱딱하게 굳은 손가락을 받쳐 들고 눈물을 머금은 채 달려 나갔다.

비연이 마침내 웃었다. 눈매가 반원을 그리니 몹시 보기 좋았다. 그 모습을 보고 상관영홍도 겨우 안도의 한숨을 내쉬었다.

"됐다. 모두 자리로 돌아가라. 어서 가서 일들 해야지!"

온우유가 달려가다 말고 결국 못 참고 고개를 돌려 외쳤다.

"고비연, 두고 봐! 반드시 후회하게 해 줄 테니까!"

후회? 비연의 사전에 후회라는 단어는 없었다. 아무리 큰일이라 해도 일단 결정하면 그녀는 후회하지 않았다!

온우유가 갔고 곧 상관영홍도 갔다. 약녀들도 두셋씩 머리를 맞대고 소곤거리며 분분히 사라졌다.

비연은 알고 있었다. 자신이 직접 대리시로 가지 않더라도 이 일은 분명 커질 것이다. 오늘 일에 여러 가지 사연이 덧붙어 여기저기로 퍼져 나갈 터, 곧 사람들은 그녀가 정역비에게 약을 먹인 일이 아니라 온우유가 헛소문을 퍼뜨린 일을 수군댈 것이다.

궁 안은 너무도 적막해서 사람들은 소문을 만들어 내는 걸 특히 좋아했다. 아주 많은 경우, 소문을 잠재우는 것은 진실이 아니라 다른 소문이었다.

귀찮은 일이 해결된 셈이니 비연은 남몰래 안도했다. 이제 좀 쉬고 싶었다.

그러나 누가 알았을까? 영발방 집사가 급하게 찾아와 그녀에게 아주 괴로운 임무를 맡길 줄은······.

또 한 명, 사모하는 사람

비연의 임무는 여간 고달픈 게 아니었다. 후궁에 있는 비빈 십여 명에게 약과 화장품을 전달하는, 어찌 보면 간단한 일이기도 했다. 문제는 후궁에서는 신분이 존귀하지 않으면 수레나 가마에 탈 수 없다는 것이었다.

비연은 무거운 약장 꾸러미를 등에 지고 뛰어다녀야 했다. 늦으면 안 되니 더욱 힘이 들었다. 약을 약왕정 안에 넣어 꾸러미 개수를 줄여 봤지만 힘들기는 여전했다. 그녀는 사흘 연속 제대로 쉬지도 못했던 것이다.

하늘이 어두워질 때쯤에야 마지막 꾸러미 배달을 끝냈다. 그녀는 황궁 벽을 따라 나 있는 작은 골목으로 들어갔다.

그 길을 한참 걸어갔을 때, 앞에서 마차 한 대가 다가오는 것이 보였다. 이곳은 마차가 다닐 수 있는 길이 아니었다! 골목이 너무 좁아 마차가 양쪽 벽에 거의 붙다시피 천천히 움직이고 있었다. 자칫하면 벽 사이에 끼어 버릴 것 같았다.

벽에 찰싹 달라붙더라도 마차가 지나갈 수 없을 것 같아 비연이 지나온 길로 되돌아가야겠다고 생각했다. 그녀가 몸을 막 돌리려 했을 때, 마차에서 시녀가 뛰어내리더니 달려와 앞을 가로막았다.

"대담한 노비로군. 주인의 수레를 보고도 감히 예를 행하지 않다니!"

비연은 일부러 아무 말도 하지 않았다.

마차에서 그리 멀리 떨어져 있었으니 절을 하지 않는 게 당연하지! 골목 입구까지 물러난 후 마차가 그녀 앞을 지날 때 절을 하지 않는다면 잘못이라 할 수 있겠지만!

마차에 대체 누가 타고 있기에 노비가 이렇게 예의범절도 모르는 걸까?

"어느 분 행차이신지 물어도 될까요?"

비연의 물음에 시녀가 아주 오만하게 외쳤다.

"회녕 공주마마 행차시다!"

이 말을 들은 순간 비연은 하마터면 쓰러질 뻔했다.

'아! 정말 재앙은 홀로 오지 않는구나!'

방금 온우유, 그 작은 골칫거리 하나를 겨우 처리했다 싶었다. 그런데 얼마나 지났다고 이렇게 큰 골칫거리와 마주하게 됐단 말인가?

회녕 공주는 비연의 약혼자인 기욱을 사모하고 있었다. 온우유가 그녀에게 간접적인 원한을 품고 있다면, 회녕 공주는 직접적인 원한을 가지고 있었다. 바로 연적이었다!

연적끼리 이 좁은 길에서 마주쳤는데 좋은 일이 있겠는가?

화려한 마차가 빠르게 다가오더니 바로 앞에서 멈췄다. 시녀는 휘장을 걷어 올리지 않았다. 회녕 공주가 마차에서 내릴 생각이 없는 것 같았다.

비연은 속으로 기원했다. 제발 이 시녀가 자신이 누구인지 알아보지 못하기를. 그녀가 꼭 참거나 속임수를 써서라도 이 난관을 넘길 수 있기를.

회녕 공주는 온우유 같은 명가의 아가씨와는 완전히 다른 존재였다. 고비연 같은 일개 9품 약녀는 말할 것도 없고, 어약방의 대약사라 해도 조심스럽게 시중을 들어야 할 대상인 것이다. 계란으로 바위를 치는 것은 패기가 아니라 죽을 길을 찾는 것에 지나지 않았다!

비연은 다시 태어난 이 목숨을 매우 아끼고 있었다. 그런데 아뿔싸! 비연이 애써 고개를 숙인 채 입을 열기도 전에 회녕 공주의 냉소가 들려왔다.

"고비연, 대담하구나! 본 공주의 행차를 보고도 고개를 돌리고 가다니. 게다가 본 공주에게 불쾌한 표정까지 보이면서? 정말이지 뻔뻔하구나!"

눈으로 직접 보지도 않고 회녕 공주는 그녀가 누구인지 알고 있었다.

이에 비연은 즉시 상황을 알아차렸다. 운이 나쁜 것이 아니었다. 회녕 공주가 고의로 길을 막고 시비를 건 것이었다!

참을 수가 없었다. 아무에게나 막 욕을 퍼붓고 싶었다.

'기욱의 약혼녀? 대체 명분뿐인 그게 내게 무슨 쓸모야! 환생한 지 며칠 되지도 않았는데, 귀찮은 일이 어찌 이렇게 줄줄이 이어진단 말인가? 정말이지……'

"고비연, 지금 공주마마께서 꾸짖고 계시다!"

시녀가 날카로운 목소리로 외쳤다.

비연이 고개를 들었다.

상대가 이 모든 것을 철저하게 계산하고 찾아왔다면, 그녀가 참는다고 소용이 있을 리 없었다!

그녀는 몸을 굽혀 절하면서, 비굴하지도 거만하지도 않은 목소리로 말했다.

"소녀 고비연이 회녕 공주마마를 뵙사옵니다. 이 골목이 협소하여 마차 한 대만이 지나갈 수 있습니다. 공주마마께서 행차하시는 것을 보고 소녀가 길을 비켜 드리려 했을 뿐입니다. 공주마마께서 혜량해 주시기를 바랍니다."

"쯧쯧, 말솜씨가 좋아졌다더니, 과연!"

아무래도 공주가 온우유의 일을 들은 모양이었다.

"본 공주의 행차임을 알았다면서 어찌하여 먼저 절을 하지 않고 길만 비키려 했단 말이냐?"

시녀가 서둘러 덧붙였다.

"고비연, 네가 몸을 돌려 가려는 것을 내가 보았다. 너무나 방자하구나!"

이 골칫거리들이 원하는 것이 너무나 눈에 빤히 보였다!

비연은 마음속으로 몇 번이나 자신을 타일렀다.

냉정하자, 냉정해야 해. 제발, 아, 제발!

그녀가 계속 몸을 굽힌 채 재차 설명했다.

"방금 소녀는 마차와 20보 이상 떨어져 있었습니다. 규칙에 따르면 10보 이내에 있을 때에 절을 올려야 예에 맞습니다. 공주마마께서는 혜량해 주십시오."

회녕 공주가 직접 휘장을 걷어 올리더니 시녀의 등을 밟고 침착하고 우아하게 마차에서 내렸다. 그리고 비연 앞에 서더니 소리 내어 웃으며 물었다.

"그렇다면 지금은?"

악랄하군, 진퇴양난

회녕 공주도 비연과 같은 열여덟 살이었다. 결코 미인은 아니었지만 화장과 화려한 복장으로 제법 자색을 드러내고 있었다. 그녀가 비연을 내려다보며 대답을 기다렸다.

규칙에 따르면, 마차에서 10보 이내에서는 두 손을 허리께에 두고 몸을 굽히는 예를 행하면 그만이었다. 하지만 마차 안의 사람이 내리면 신분에 따라 예를 행하는 방식이 달라졌다. 비연과 같은 약녀는 회녕 공주에게 바닥에 무릎을 꿇고 머리를 조아리는 예를 행해야 했다.

일부러 마차에서 내려 비연의 화를 돋우려는 의도였다. 비연은 한눈에 회녕 공주의 생각을 꿰뚫어 보았다.

황상의 총애를 받는 회녕 공주는 손바닥으로 하늘을 가리는 식으로 나쁜 일을 저지르곤 했다. 그런 회녕 공주도 기욱의 약혼자인 비연과 마주치면 조금은 삼가곤 했는데, 별다른 이유는 없었다. 그저 기욱의 체면을 생각한 행동일 뿐이었다. 공주가 정당한 이유 없이 그녀를 괴롭히면 분명 이야기가 퍼져 나갈 테고, 기욱 역시 체면이 깎일 것이기 때문이었다.

심호흡을 한 비연이 특별히 아름답게 미소 지으며 무릎을 꿇었다.

비연이 계책에 말려들지 않자 공주의 눈에 희미하게 안타까움이 스쳤다. 화난 것이 분명했다.

이 비천한 계집 때문에 기욱이 회녕 공주, 그녀를 정정당당하게 아내로 맞이할 수 없었다. 뿐만 아니라 광명정대하게 그녀와 함께 있을 수조차 없었다.

한데 고비연은 군이 정역비가 있는 곳까지 가서 그의 목숨을 구해 주어 그리도 많은 유언비어를 만들어 내다니. 기욱에게 창피를 주어도 분수가 있지!

너무 오래 참았다. 이번에는 참을 생각이 없었다! 기욱을 대신해 이 짐덩어리를 철저하게 제거해 버릴 테다!

생각하면 생각할수록 분한지 회녕 공주의 눈매가 점점 더 사나워졌다. 그녀는 사납게 발을 한 번 구른 후 마차에 올라 차갑게 명령했다.

"가자!"

비연도 안도의 한숨을 내쉬며 몸을 일으키려 했다. 그때 회녕 공주의 앙칼진 목소리가 들렸다.

"본 공주가 일어나도 좋다고 하였더냐?"

뭐라고?

비연은 말할 것도 없고 마부와 시녀마저 경악했다.

회녕 공주는…… 대체 무슨 뜻일까?

길이 이렇게 협소한데 길 한가운데에 무릎을 꿇고 있으라니, 그녀가 몸을 일으켜 물러나지 않는다면 마차가 어떻게 움직일 수 있단 말인가?

회녕 공주는 마차에 단정하게 앉아 음험한 얼굴로 비연을 노려보며 차가운 목소리로 재촉했다.

"너희 모두 게으름을 부리는구나. 출발하지 않고 무엇을 하느냐?"

공주는 이대로 비연을 깔아뭉개 죽일 생각이었다!

마부가 두려운 표정으로 곁에 있는 시녀를 보았다. 시녀는 주인의 표정을 흘깃 보고는 한마디도 내지 못했다.

비연이 놀란 눈길로 그리 멀리 떨어져 있지 않은 마차를 노려보았다. 마음속에서 분노의 불길이 일렁이고 있었다. 허리에 매달려 있는 약왕정도 그녀의 분노를 느낀 듯 요동치고 있었다.

비연은 이제야 회녕 공주가 마차를 타고 이 골목으로 들어온 이유를 확실히 깨달을 수 있었다. 오랫동안 그녀를 증오해 왔던 회녕 공주는 아마도 모든 계산을 마쳤을 것이다.

몸을 일으키지 않는다면 비연은 살아 있는 채로 마차에 받혀 죽는 수밖에 없었다!

공주가 일개 약녀 하나를 마차에 치여 죽게 한들 이야기가 퍼져 나가지도 않을 것이다. 모든 걸 마부가 뒤집어쓰고 사건은 무마되겠지.

하지만 비연이 몸을 일으킨다면 그것은 명을 어긴 죄였다! 회녕 공주는 그녀를 정당한 이유로 징벌하여 아마 살아도 죽느니만 못하게 만들 것이다.

진퇴양난이었다. 악랄하기 그지없었다.

비연에게는 두 개의 선택지만이 있었다. 죽느냐, 아니면 죽음만도 못하게 살아남느냐?

원래 권세 있는 자들은 아무 거리낌 없이 나쁜 짓을 저지르며 사람의 목숨을 풀처럼 여기기 마련이다.

비연이 눈을 들어 회녕 공주를 노려보았다. 그녀의 눈동자에 차가운 빛이 스쳐 갔다.

그녀는 결코 죽고 싶지 않았다. 그러나 죽느니만 못하게 살아야 한다면, 회녕 공주도 함께 끌고 갈 작정이었다!

비연이 몸을 일으킬 준비를 했다. 가볍게 약왕정을 잡고 의식을 사용해 독약을 소환했다. 거의 동시에 회녕 공주의 최후 통첩이 떨어졌다.

"가자!"

마부가 채찍을 들어 올렸다. 약왕정 안에서 연푸른 연기가 피어오르기 시작했다.

마차와 충돌하기 직전, 긴장이 극한에 도달한 바로 그때, 비연이 몸을 일으켰다!

갑자기 등 뒤의 다급한 발걸음 소리가 긴장으로 가득 찬 침묵을 깨트렸다. 모두의 정신이 그 발걸음 소리로 향했다.

비연도 다급하게 고개를 돌렸다. 태감 네 명이 가마를 떠메고 그녀 쪽으로 빠른 걸음으로 다가오고 있었다. 가마 옆에는 열서너 살쯤으로 보이는 어린 태감이 있었다.

후궁에 출입하면서 궁녀가 아닌 태감을 데리고 다니는 사람이라면 대부분 황자들이었다.

다가오는 사람은 대체 누구일까……

우연한 만남, 살았다!

누군가가 오자 형세가 갑자기 바뀌었다.

비연은 독을 써도 좋을지 확신할 수 없었다. 그래서 재빨리 약왕정을 눌러 더 이상 연기가 피어오르지 못하게 하고는 사태의 변화를 조용히 관망하기 시작했다.

회녕 공주도 처음에는 호기심에 가득 차 있었지만, 가마가 가까워지자 어린 태감이 누구인지 알아보았다. 그는 바로 정왕 전하 곁에서 시중을 드는 만 공공, 하소만이었다.

바꿔 말하면 가마 안의 사람이 정왕, 군구신이라는 뜻이다!

회녕 공주가 깜짝 놀라 저도 모르게 말했다.

"정왕 오라버니? 언제 궁에 돌아오신 거지?"

정왕!

비연의 놀람은 회녕 공주보다 더하면 더했지 결코 못하지 않았다. 몸의 원주인은 입궁한 지 수년이 되도록 정왕을 본 적이 없었다. 가까이서 얼굴을 본 적은 더더욱 없었다. 그런데 뜻밖에도 이런 상황에서 우연히 그를 만나게 된 것이다.

그녀가 아는 바로 정왕은 천염국 황자들 중에서도 매우 특수한 존재였다. 왕야지만 신분과 지위, 권한이 태자와 같았다. 그는 황상의 아홉째 아들로 세상을 떠난 황후의 장자이자, 열 살 먹은 어린 태자의 동복형이었다.

그가 태어났을 때는 무학 명가들이 현공대륙을 할거하던 시대였다. 천염국을 세우기 전에 군씨 가문 역시 무학 명가였다. 그는 태어나자마자 가문 대장로의 손에 맡겨져, 무술을 배우러 멀리 떠났다.

후에 현공대륙 세력 국면에 변동이 생기면서 무학이 몰락했다. 여러 세력이 일어나는 가운데 군씨 가문 역시 천염국을 세웠는데도 그는 돌아오지 않았다.

그런 까닭에 세간에는 소문이 하나 돌고 있었다. 그가 속세를 떠나 무술을 수련하는 것이 아니라, 태어나자마자 누군가에게 납치당해 생사가 불명하다는 것이었다. 외모가 추한 데다 장애마저 있어 사람들을 보지 않는다는 소문도 있었다. 후에 사람들은 점점 그를 잊어 갔다.

그런 그가 3년 전에 돌아왔다. 17세인 그는 지극히 훌륭한 몸을 갖고 있었다. 그야말로 옥 같은 돌이 쌓여 있는 듯, 비취 같은 소나무가 줄지어 있는 듯, 그 아름다움은 세상에 유일한 것이었다.

무예도 출중하여 열 걸음에 한 명을 죽일 수 있어, 천리를 가도 가로막는 사람이 없었다. 성격이 냉락하고 고고하여 말이 적은 것 외에는 그야말로 완벽해 트집 잡을 곳이 없었다.

그가 돌아오자 황상은 그를 정왕으로 봉하고 태자와 같은 존엄과 권리를 주었다. 들리는 말에 황상은 황위를 어린 태자가 아니라 그에게 줄 예정이라고도 했다.

곧 가마가 비연 곁에 멈춰 섰다. 회녕 공주의 시녀와 마부가 서둘러 무릎을 꿇고 예를 행했다.

"노비, 정왕 전하를 뵙사옵니다!"

회녕 공주도 서둘러 마차에서 내려 몸을 굽혔다.

"회녕이 정왕 오라버니를 뵙습니다."

비연이 살며시 눈길을 들어 보았다. 휘장은 꼭 닫혀 있었다. 수수께끼 같은 왕야가 대체 어떻게 생겼는지 궁금해 참을 수 없었다.

물론 호기심보다 그녀의 마음을 더 크게 채우고 있는 것은 기쁨이었다!

그녀는 확신하고 있었다. 정왕 전하가 왔으니 그녀는 이제 살았다는 것을!

가마 안의 사람은 가마에서 내리지 않았고, 심지어 휘장조차 걷지 않았다. 다만 냉랭하게 말할 뿐이었다.

"모두 일어나라."

비연은 이 냉정한 음색이 어딘가 익숙하다고 느꼈지만 깊이 생각할 겨를이 없었다. 서둘러 다시 무릎을 꿇고 몸을 가마 쪽으로 돌리며 큰 소리로 외쳤다.

"어약방 약녀 고비연이 정왕 전하를 뵙사옵니다!"

회녕 공주는 그녀를 일어서지 못하게 했지만, 정왕 전하는 그럴 이유가 없으니 곧 일어나라고 하겠지?

회녕 공주가 바로 경고의 눈빛을 쏘았다. 비연은 무시하고 그저 땅에 머리를 조아리며 큰절을 했다.

"정왕 전하, 천세, 천세, 천천세."

과연 가마 안에서 곧 맑고 차가운 목소리가 들려왔다.

"일어나라."

비연이 기뻐하며 서둘러 몸을 일으켰다. 흐트러진 앞머리를 정돈하고 한옆으로 물러서자 회녕 공주가 눈을 가늘게 뜨고 종알댔다.

"무릎을 꿇고 있기 싫었던 모양이군? 좋아, 두고 보자고. 네가 길을 비키는 것이 **빠를지**, 아니면 본 공주의 마차가 **빠를지** 말이다!"

그녀가 말을 마치고 가마 앞으로 가서 인사말을 몇 마디 건네려 했다. 그러자 만 공공이 앞으로 나오더니 읍하며 말했다.

"노비가 공주마마께 문안 올리옵니다."

회녕 공주가 손을 내저어 일어나라고 손짓했다. 그러나 만 공공은 몸을 일으키지 않고 계속 말했다.

"마마, 날이 저물고 있사옵니다. 정왕 전하께서는 출궁하셔야 합니다."

"그래. 하늘이 어두워지고 있으니, 그럼 나는……."

회녕 공주는 무심코 웃었지만, 고개를 돌려 보더니 그만 굳어 버리고 말았다. 자신의 마차가 길을 막고 있는 셈이었다.

비연의 입가에 소리 없이 미소가 떠올랐다. 바로 이 순간을 기다렸던 것이다.

신분의 차이로, 그녀는 회녕 공주를 좁은 길에서 만나면 길을 비켜야 했다. 그리고 회녕 공주는, 태자와 똑같이 존귀한 정왕 전하와 좁은 길에서 만나면 길을 비켜야 했다!

이 은혜, 기억하겠어

비연이 웃는 것을 보자 회녕 공주는 온몸이 뒤틀릴 지경이었다. 그녀는 그 자리에서 꼼짝도 안 하고 있었다.

만 공공이 다시 한번 읍하며 미소 지었다. 재촉하는 것이 분명했다. 가마 안의 정왕은 아무 말이 없었다.

회녕 공주는 정왕이 아무 말도 하지 않을 것이라 짐작하고 있었다. 그러나 그녀가 물러서지 않으면 스스로 더욱 곤란한 상황에 빠질 터였다.

그녀가 악랄하게 비연을 한 번 쏘아보고는 마차로 돌아갔다. 그리고 달갑지 않은 어조로 명령했다.

"뒤로 물러나라. 정왕 오라버니께 길을 열어 드리렴!"

마부와 시녀는 시간을 더 끌지 못했다. 하나는 말을 부리고, 또 하나는 마차를 뒤로 밀었다. 회녕 공주의 마차가 뒤로 물러나자 만 공공이 소리쳐서 가마를 움직일 채비를 했다.

그동안에도 회녕 공주는 여전히 비연을 노려보고 있었다. 그러나 비연이 두어 걸음 옮기자 회녕 공주의 시선이 가마에 가려 보이지 않게 되었다.

회녕 공주가 어떤 꼴일지는 하늘만이 알겠지.

비연이 참지 못하고 피식 웃었다. 그녀는 그대로 빠져나가려다가 발걸음을 멈추고, 가마를 향해 몸을 굽혀 감사를 표시했다. 그 후 그 자리를 떠났다.

우연이라 해도 정왕 전하가 그녀를 구해 준 셈이었다. 이 전설과도 같은 존재인 왕야의 얼굴을 제대로 보지는 못했지만, 어찌 되었건 이 은혜를 그녀는 기억할 것이다.

하늘에 그렇게 많은 우연이 있지는 않을 테니까!

이때, 군구신은 휘장 한끝을 올려 멀어져 가는 비연의 뒷모습을 보고 있었다. 그의 심오한 눈빛에는 그간 여인에게는 보여 주지 않던 사색의 빛깔이 어려 있었다. 아니, 사색에 지나지 않는 빛이기도 했다.

이 계집은 당분간은 별일 없겠군.

정역비가 회복하면 반드시 약방문을 들고 찾아올 것이다. 그는 정역비가 그녀의 입에서 어떤 정보를 빼낼 수 있을지 궁금했다.

한편 비연은 아주 빠른 속도로 골목을 벗어났다. 그리고 일부러 먼 길로 돌아 어약방으로 돌아왔다.

영발방에 보고를 마치고 나니 달이 떠올라 있었다. 그녀는 정말 기진맥진한 상태였다.

비연은 곰곰이 생각했다. 정역비를 사모하는 이가 그녀를 괴롭혔고, 또 기욱을 사모하는 이가 그녀를 괴롭혔다. 당분간은 괴롭히는 이가 없지 않을까? 한숨 좀 돌릴 수 있을까?

하지만 그날 밤, 바로 이 괴로움을 만든 장본인인 기욱이 찾아왔다!

마침 비연이 달게 자고 있을 때였다. 관리 일을 맡고 있는 이 약녀가 문을 두드리더니, 고씨 가문 사람이 궁문 앞에서 기다리고 있다고 했다. 집안에 큰일이 있으니 어서 휴가를 청해 집으로 가라면서.

약녀는 열흘에 하루만 쉴 수 있었다. 오전, 낮, 오후, 하루 3교대제라 대부분의 시간을 궁에서 보냈다. 게다가 휴가를 신청해 출궁을 허락받기가 극히 어려웠다.

이치에 따르면 이 약녀가 직접 거절했어야 옳았다. 뇌물을 받은 경우가 아니라면 말이다.

원주인의 부모는 세상을 떠난 지 오래였다. 조부마저 세상을 떠나자 가문은 둘째 숙부인 고 이야二爺[5]에게 맡겨졌다. 고 이야는 위선적인 구두쇠였다!

비연은 답답했다. 고씨 가문에 무슨 큰일이 벌어졌기에 구두쇠인 고 이야가 큰돈을 쓰면서까지 한밤중에 그녀를 궁으로 맞으러 온 것일까?

이 약녀가 다급하게 재촉하는 바람에 비연은 머리조차 제대로 빗지 못하고 낡은 솜옷만 겨우 걸칠 수 있었다. 그리고 북풍이 부는 길을 달음박질쳐 궁문 앞으로 갔다.

하인을 만난 다음에야 겨우 알게 된 문제의 큰일이라는 것은, 바로 기씨 가문에서 파혼하자며 방문했다는 것이었다.

"지금 이 밤에?"

비연이 이해가 가지 않는다는 듯 물었다.

---

5 둘째 어르신이라는 의미.

"그렇습니다. 어서 마차에 오르시지요. 모두 대소저를 기다리고 있습니다!"

하인의 말투는 결코 예의 바르지 않았다.

비연은 고개를 들어 한밤중의 밝은 달을 바라보고는 욕설을 내뱉었다.

"젠장!"

대체 누가 한밤중에 파혼하러 온단 말인가?

기욱, 재난의 장본인인 그가 이렇게 일각도 지체할 수 없는 지경에 몰렸나? 대체 얼마나 그녀를 싫어하기에!

날이 밝은 다음에 오기라도 하면 죽나? 대체 이렇게까지 사람을 모욕하려는 이유가 뭘까?

"뭐라고요?"

하인은 비연이 욕하는 소리를 제대로 듣지 못했다. 비연은 대답하지 않고 마차에 오른 뒤, 가라앉은 목소리로 말했다.

"돌아가자, 어서!"

파혼을 하고 싶다면, 하면 그만이지!

그녀는 '기욱의 약혼녀'라는 명의 때문에 온갖 귀찮은 일을 겪었고 누명도 썼다. 기욱이 오지 않았다면, 오히려 그녀가 찾아가야 할 참이었다!

예의, 원망스럽기만 하다

집에 도착한 비연은 손님을 맞이하는 풍화당으로 안내되었다. 문 틈새로 고 이야와 정실인 왕 부인이 주인 자리에 앉아 있는 것이 보였다.

기씨 가문에서는 두 사람이 와 있었다. 바로 기욱과 그의 누나인 기복방이었다.

기욱은 흰옷에 옥으로 만든 띠를 두르고 있어 위풍당당해 보였다. 그는 무관이었지만 정역비의 양미간에 서려 있던 그 오만한 영웅의 기운은 보이지 않았다. 그보다는 오히려 문관의 청렴한 분위기를 풍기고 있었다. 비연이 보기에는 거짓된 청렴함이었지만.

기욱의 옆에는 기복방이 앉아 있었다. 그녀는 회녕 공주와 가장 친한 규방 친우였다. 물론 못된 부분에서 서로 의기투합하는. 두 사람 모두 금과 옥으로 치장했지만 속을 들여다보면 악랄한 여인들이었다.

방 안에서는 모두 웃으며 대화를 나누고 있어 파혼을 애기하는 자리 같아 보이지 않았다. 고 이야는 그래도 어른으로서의 태도를 유지하고 있었지만 왕 부인의 얼굴에는 아첨하는 빛이 가득했다.

비연이 나타나자 방 안 사람들 모두 입을 다물었다.

그녀가 얼굴에 지분은커녕 머리는 봉두난발에, 여기저기 기운 낡은 솜옷을 입고 나타난 것을 보고 기욱이 미간을 찌푸리며 고개를 돌렸다. 마치 그녀를 오래 보고 있으면 눈이 더럽혀지기라도 할 것 같은 태도였다.

기복방은 오히려 진지하게 비연을 훑어보았다. 온갖 트집을 잡아내려는 시선이었다.

비연이 그들을 무시하며 허리를 쭉 편 채 대범하게 안으로 들어갔다. 막 기복방의 옆을 지나는데 그녀가 소리 내어 웃기 시작했다.

"고 이야, 이게 바로 당신들 고씨 가문이 손님을 대접하는 방식인가요? 이런 몰골로 손님을 맞이하다니, 우리 두 남매를 너무 존중하지 않는 것 아닌가요?"

고 이야도 비연의 차림새가 마음에 안 들었던 참이라 화난 얼굴로 엄숙하게 말했다.

"비연, 어찌 이리 예의가 없느냐? 어서 가서 단정하게 차려입고 오도록 해라."

존중? 예의?

비연이 발걸음을 멈추고 이상하다는 표정을 지었다.

한밤중에 파혼하자며 달게 자는 그녀를 깨우고, 북풍을 맞으며 여기까지 오게 만든 이들이 아닌가? 저들에게 존중을 이야기할 낯이 있단 말인가?

그리고 예의?

좋다. 오늘 밤 저들에게 무엇이 존중이고 무엇이 예의인지 제대로 가르쳐 주지 않는다면, 저들이 언제 자만에서 깨어날 수 있을지는 하늘만이 알겠지!

"좋아요!"

비연이 상쾌하게 답하고는 기복방을 바라보며 말했다.

"그러면 일단 두 분께서는 대문 밖으로 나가셔서 잠시 기다려 주시지요."

"그게 무슨 뜻이지?"

기복방이 불쾌한 듯 물었다.

비연이 매우 예의 바르게 미소 지었다.

"본 소저가 새로이 단장하고, 길가에 사람들을 세워 두 분이 파혼하려고 오는 것을 환영할 수 있을 때까지 밖에서 기다려 달라는 말입니다! 이래야만 충분히 예의 바르지 않겠어요?"

이 말이 끝나자 모두 멍한 표정을 지었다. 고비연이 변했다는 말은 들었지만 직접 당해 보니 그저 기이하게만 느껴지는 모양이었다.

기복방이 곧 정신을 차리고 외쳤다.

"고비연, 방자하구나!"

고 이야도 다급하게 질책했다.

"비연, 무례하게 굴지 마라!"

비연은 고 이야를 공기 취급하고 기복방을 노려보았다. 그녀의 입가에는 일말의 조소가 떠올라 있었다.

"보아하니 기 대소저께서는 그 정도로도 불만스러우신 모양이군요. 그렇다면 둘째 숙부에게 저택의 등불에 모두 불을 밝히라 하겠습니다. 그리고 위아래에 있는 사람들를 모두 깨워 여러분을 맞이하도록 하지요. 지금은 한밤중이니, 모르는 사람들은 기씨 가문이 사람들에게 보이면 안 될 떳떳하지 못한 행동을 하러 왔다고 오해할 수도 있으니까요!"

비연의 이 말은 기복방을 힐난한 것이었다. 기복방의 얼굴이 발갛게 달아올랐다. 그녀는 화나고 부끄럽기도 해서 외쳤다.

"고비연, 누가 사람들에게 보이면 안 될 행동을 한다는 것이냐! 너도 상황을 명백하게 알고 있으면서! 너처럼 경박하고 수치를 모르는, 여기저기서 남자를 유혹하고 다니는 천한 인간은 우리 기씨 가문에 결코 어울리지 않는다! 본 소저가 말해 주마. 우리가 한밤중에 파혼하러 온 이유는 조금이라도 더 빨리 너와의 관계를 끊고 싶기 때문이다! 오늘 밤 이후로 기씨 가문의 미래 여주인이라는 이름을 여기저기 자랑하고 다닐 생각일랑 접어야 할 것이다!"

말을 마친 그녀가 불시에 탁자 위 찻잔을 들어 비연에게 던졌다. 비연이 재빨리 피하지 않았다면 얼굴에 맞았을 것이다.

비연도 화가 머리끝까지 나 있었다. 거기에 수모까지 당하니 더욱 분노했다.

감히 나에게 원한을 품게 하겠다는 말인가? 오늘 밤 '예의'가 아니라는 명분으로, 이 남매의 가치관을 세 번은 뒤집어 인생을 되새기게 해 줄 테다.

설령 내가…… 지는 한이 있더라도!

혼약, 아쉽지 않은걸

기복방이 화를 내며 욕설을 퍼부으려 하자 비연이 차갑게 말을 끊었다.

"됐어요. 혼사를 물리고 싶다면 그 일만 이야기하지요. 자, 오늘 밤 기씨 가문을 대표해 당신이 동생을 데리고 혼사를 물리러 온 것이 맞나요?"

기복방이 무시하듯 말했다.

"우리 남매가 직접 온 것만으로도 돌아가신 고 노야의 체면을 충분히 고려한 것이지. 왜, 더 요구할 거라도 있느냐?"

비연이 가볍게 미소로 받았다.

"그런 말이 있긴 하죠. 부모가 돌아가시면 누이가 어머니 역할을 한다고. 누이로서 기욱과 함께 오시느라 고생하셨네요!"

이 말이 끝나는 순간, 거대한 풍화당이 단숨에 적막에 빠져들었다. 기씨 남매는 말할 것도 없고, 고 이야 부부까지 모두 굳어 일순간 아무런 반응도 하지 못했다.

부모가 돌아가시면 누이가 어머니 역할을 한다고?

'고비연, 이……, 이게 대체 무슨 뜻이냐? 어째서 갑자기 이런 말을 하는 거야?'

기복방은 생각하고 또 생각해 보다가, 급기야 화약에 불이 붙기라도 한 듯 폭발해 버렸다.

"고비연, 감히 우리 부모님을 저주해? 죽고 싶으냐!"

비연이 전혀 두렵지 않은 듯 엄숙한 표정으로 말했다.

"혼약이란 부모의 명에 따르는 법. 정혼도 파혼도 그래야 합니다. 정혼이건 파혼이건 당연히 부모가 그 자리에 나타나야 하지요. 살아 계시다면요."

기복방이 아연실색했다. 그러나 비연은 여전히 진지하게 물었다.

"항렬이 같은 누이가 남동생의 혼사를 물리러 온 것은 부모님이 돌아가셨기 때문이 아니라면 대체 무슨 경우에 해당하나요?"

말이 떨어지는 순간 주위가 쥐 죽은 듯 고요해졌다. 기복방은 말할 것도 없고 계속 고상한 표정을 짓고 있던 기욱의 얼굴도 붉게 물들었다. 부끄럽기 때문인지 아니면 분노했기 때문인지는 알 수 없었지만.

고 이야 부부도 이해할 수 없다는 표정이었다. 고씨 가문 여자들은 온화하기로 이름이 높은데 고비연, 저 계집의 사람 괴롭히는 재주는 대체 어디서 온 걸까?

기복방이 어떻게라도 반박하려 했지만 방법이 없었다. 화가 나서 폐가 다 터질 지경이었다.

그녀가 탁자를 치며 벌떡 일어나 분노했다.

"고비연, 감히 우리 기씨를 이렇게 모욕하다니! 죽고 싶으냐? 본 소저가 도와주마!"

"그런 터무니없는 소리를 하다니! 고비연, 배운 게 없는 모양이구나!"

기욱도 마침내 앉아 있지 못하고 일어났다.

사실 기욱은 꽤 오래전부터 파혼을 생각해 왔다. 그러나 부유함만 좋아하고 가난함을 혐오한다고 비난받거나, 신용을 지키지 않는다고 욕먹을 것이 두려워 차마 그러지 못했을 뿐이다.

기씨와 고씨는 대대로 교류를 지속해 왔고 관계도 꽤 좋았다. 게다가 10여 년 전에 비연의 조부 기연결이 먼저 나서서 고씨와 혼사를 맺기까지 했다. 또 기욱은 그렇게 빨리 회녕 공주를 아내로 맞아들이고 싶지는 않았다. 그래서 지금까지 파혼을 청하지 않았던 것이다.

기욱은 그동안 조용하게만 지내던 비연이 정역비를 위해 목숨도 아끼지 않고 약을 전달할 줄은 상상도 못 했다. 그녀가 약을 직접 정역비에게 먹여 이렇게 많은 유언비어를 만들어 내 그의 체면을 한없이 떨어뜨릴 줄은 더더욱 몰랐다. 잠시라도 그런 치욕을 용인할 수 없었다!

그는 소문을 듣자마자 서군영에서 성으로 돌아왔다. 그리고 깊이 잠들어 있는 부모님을 대신해 큰누이를 끌고 달려온 참이었다.

그가 보기에는 아무 지위도 없는 가난한 가문과의 파혼은 한두 마디면 될 일이었다. 그런데 비연이 갑자기 변해, 간이라도 부은 것처럼 현란한 말솜씨를 뽐내는 것이 아닌가! 기욱은 주먹을 쥐며 분노를 억눌렀다.

기복방이 손을 쳐들었다. 그녀는 어떻게든 고비연에게 본때를 보여 줄 생각이었다.

이때, 고 이야가 경악에서 깨어나 탁자를 치며 일어났다.

"법도 없고 하늘도 없구나! 정말이지 법도 없고 하늘도 없어! 고비연, 말을 골라 할 줄 모르는 망할 계집! 어서 대소저와 소 장군께 사과드리고, 우리 가문의 법도가 그렇지 않다고 말씀드 려라!"

왕 부인도 일이 커질 것이 두려워 서둘러 소리쳤다.

"여봐라! 거기 누구 없느냐! 어서 차를 내오너라. 대소저가 잠시 혼란하여 실언했으니, 귀한 손님들께 차를 올리며 사죄하 게 해야겠다."

그러자 눈가에 복잡한 빛이 스쳐 가는가 싶더니 기욱이 그냥 자리에 앉았다. 그리고 누이를 향해 성급하게 굴지 말고 조용 히 하라는 눈짓을 했다.

기복방이 달갑지 않은 표정으로 자리에 앉았다. 사실 그녀는 속으로 조금 후회하고 있었다.

고비연이 저렇게 말을 잘하는 줄 알았더라면 차라리 아무 말 도 하지 않고 고 이야만 말하게 둘걸. 고 이야가 고비연을 엄하 게 가르치는 것이야말로 올바른 일 아니겠는가!

방 안이 곧 조용해졌다. 하인이 차를 가져와 비연의 앞에 놓았다.

비연은 차를 힐긋 보고는 주먹을 꽉 쥔 채 오랫동안 움직이 지 않았다. 그녀는 고 이야를 바라보며, 몸의 원주인과 세상을 떠난 조부의 실망까지 담아 그를 경멸했다.

"뭘 꾸물거리는 게야? 어서 사과드려라!"

고 이야가 날카롭게 명령했다.

비연이 심호흡을 하고는 시선을 천천히 찻잔으로 떨어뜨렸다. 그리고 두 손으로 공손히 찻잔을 들었다.

그 모습을 보고 기욱의 입가가 슬며시 올라갔다. 명백한 경멸이었다. 그는 말주변이 좋고 자신이 잘났다고 생각하는 여자를 가장 싫어했다.

까짓 말솜씨 좀 있는 게 무슨 대수란 말인가? 신분도 지위도 없으면서 순순히 복종하지 않고!

막혀 있던 기복방의 마음도 그런대로 풀리고 있었다. 그녀는 자세를 고쳐 앉고 거만한 자태로 사과를 기다리고 있었다.

그러나……. 어찌 짐작이나 할 수 있었겠는가?

비연이 차를 그들에게 건네기는커녕 갑자기 고개를 들고는 한입에 전부 마셔 버렸다. 그러고는 패기만만하게 찻잔을 던져 깨 버렸다.

몸의 원주인은 담도 작고 연약해, 고 이야에게 밉보여 가문에서 쫓겨날까 봐 늘 두려워했다. 그러나 비연은 누구도 두렵지 않았다!

그녀가 냉랭하게 말했다.

"사과라……. 사과받을 생각은 하지 않는 게 좋을 거예요. 파혼이라면 본 소저가 그냥 허락해 줄 테니! 당신들이 파혼하러 오지 않았다 해도 본 소저가 내일 아침 휴가를 내어 당신들 가문에 직접 찾아가 파혼을 청할 생각이었어요! 본 소저는 단 한 순간도 이 혼사를 달갑게 여긴 적이 없어요. 당신네 기씨 스스로를 너무 대단하다 여기지 않았으면 좋겠군요! 본 소저가 오늘 당신들 체면을 생각해 돌아온 것은, 당신들에게 '예의'라는 단어를 어떻게 쓰는지 가르쳐 주고 싶어서였어요!"

말을 마친 그녀는 침착하게 흐트러진 머리카락을 정리하고, 낡은 솜옷을 정돈한 다음 우아하게 몸을 돌려 성큼성큼 밖으로 향했다.

방 안에 남아 있던 이들 모두 아연실색했다.

이걸로 끝이라고? 고비연이 이렇게 오랫동안 가시 돋친 말을 내뱉은 것이 파혼을 거절할 이유를 찾기 위해서가 아니라고? 그들과 조건을 이야기하기 위해서도 아니고? 어떻게 그저 순전히 '예의'만을 이야기할 수 있는 거지?

기욱이 가장 경악했다. 그는 고비연이 '단 한순간도 이 혼사를 달갑게 여긴 적이 없다.'고 한 말에 충격받았다. 그리고 이 순간, 고비연의 대범한 뒷모습이 그 무엇보다도 눈에 거슬렸다.

세상에 얼마나 많은 여자들이 기욱의 부인이 되기를 꿈에서도 그리고 있는데! 심지어 공주조차도 그에게 달라붙는 지경이었다.

그런데 고비연이 어떻게 이 파혼을 아쉬워하지 않을 수 있단 말인가? 어떻게 조건을 하나도 내걸지 않고 바로 포기할 수 있는 거지?

그럴 리 없다. 그는 믿을 수 없었다.

고비연이 분명 연기를 하고 있는 것이다!

기욱이 재빨리 성큼성큼 그녀를 쫓아갔다.

"고비연, 멈춰!"

비연이 고개를 돌리고 불쾌한 목소리로 말했다.

"하고 싶은 말이 있으면 빨리 하고, 뀌고 싶은 방귀가 있으면 빨리 뀌도록 해요. 본 소저는 졸리니까!"

"저속하구나!"

기욱이 혐오스러운 얼굴로 질문했다.

"고비연, 대체 무슨 연극을 하고 있는 거냐? 일개 약녀로서, 기 장군부의 미래 며느리라는 명예를 그렇게 오래 지니고 있었으면서도 아직 만족을 모른다는 말이냐? 대체 어떻게 해야 파혼을 승낙하겠느냐?"

몸의 원주인과의 관계 때문인지 비연은 기욱에 대해 이유 모를 적개심을 품고 있었다. 그녀가 이 말을 듣고 불쾌해하며 말했다.

"기욱, 사람 말을 못 알아들은 것 같으니 마지막으로 한 번 더 말해 주지. 나 고비연은 이 파혼을 절대로 아쉬워하지 않고, 당신에게 시집갈 생각도 없어. 오늘 밤 이후로 혼약은 깨졌으니 누구든 아내로 맞고 싶은 사람을 맞이하도록 해! 다시는 나를 귀찮게 하지 말고! 그리고 부탁인데, 날이 밝으면 천하 사람들에게 우리가 더 이상 아무 관계도 아니라는 사실을 공표해 주면 좋겠군!"

어디를 가건 환영만 받았을 뿐 이제껏 누군가에게 이렇게 무시당해 본 적이 없었던 기욱이었다. 갑자기 그의 얼굴이 뜨겁게 달아올랐다.

기복방과 고 이야 부부도 쫓아오다가 이 말을 듣고 모두 이상하게 생각했다.

눈가에 일말의 복잡한 감정이 스쳐 가는가 싶더니 기복방이 재빨리 파혼서를 꺼내 비연에게 던졌다.

"고비연, 네 말이 진심이라면 이 파혼서에 인장을 찍어라!"

비연은 그제야 파혼서라는 물건이 있다는 것을 기억해 냈다. 그녀는 파혼서를 들여다보며 도장을 찍으려다가 뭔가 이상함을 발견했다.

당신에게 두 가지 선택지가 있어

파혼서는 딱 한 단어로 형용할 수 있었다. 개소리!

파혼서에는 다음과 같이 쓰여 있었다.

기씨 가문은 수년간 고씨 가문이 몰락한 것에 대해 따지지 않았다. 고비연의 능력이 평범하여 겨우 약녀가 된 것도 따지지 않았다. 더군다나 각종 유언비어와 세속의 눈길에도 신경 쓰지 않고 정혼의 약속을 꿋꿋이 지켜 오며 계속 고씨 가문에게 많은 도움을 주었다.

또한 기욱 본인은 여러 차례 방문해 고비연에 대한 관심을 표명했다. 그러나 고비연은 자신이 기욱에게 어울리지 않음을 알고 계속 감사의 마음을 품은 채 기욱에게 아내로 맞아 달라는 약속을 지키라고 요구하지 않았다.

이번에 어약방의 파견 임무로 인해 오해를 사게 되어 세간의 험담들이 기욱에게 영향을 끼치게 되었다. 고비연은 더욱 부끄럽고 미안하여 스스로 기욱에게 파혼을 청했다.

이에 기욱은 그녀의 요구에 응하되, 수년간의 정분을 생각하여 돈으로 보상해 주고자 한다.

마지막 한 글자까지 읽고 비연은 그제야 계속 호인인 척하고 있던 기욱이 무엇 때문에 유언비어가 극심한 상황에서 파혼을 청하러 왔는지 알게 되었다!

그는 그저 파혼뿐만이 아니라 이 기회를 틈타 자신이 다른 사내에게 여자를 빼앗겼다는 소문을 깨끗이 일소하고, 제 존엄을 되찾으려 했던 것이다.

주판알을 정말이지 아주 잘 굴렸는데!

다만 이 파혼서는 글자 하나하나가 겉으로만 번지르르할 뿐, 실제로는 그녀를 모욕하며 그를 추켜세우고 있으니……. 그녀에게 너무 심한 것 아닌가?

비연이 힘차게 파혼서를 접으며 냉랭한 목소리로 말했다.

"이런 파혼서라면 인정할 수 없지!"

이런 말을 들었으니 기욱은 본래 화가 나야 했다. 그러나 왠지 모르게 무거운 짐을 벗은 기분이 되었다.

"과연, 거짓말을 하고 있었군."

"나도 저 계집이 제 분수를 안다고 생각할 뻔했지 뭐야. 원래……."

기복방마저 체면을 꽤 만회했다고 생각했다. 그녀가 의기양양하게 고비연을 쳐다보며 물었다.

"쯧쯧, 더 크게 요구하려고 연기를 하고 있었던 거군! 고비연, 아예 명쾌하게 말해라. 어떻게 하면 파혼에 응하겠느냐? 얼마를 원하지? 3천이면 충분할까?"

그러나 비연의 눈길은 기복방보다 더 오만했다. 그녀가 냉랭하게 말했다.

"귀찮지만 상황을 제대로 파악해 주면 좋겠군. 본 소저는 파혼에 응했을 뿐이지 당신들이 가져온 이런 파혼서에 응한 것은 아니라는 걸 말이다! 당신들이 기왕 이렇게 조건 이야기를 하고 싶어 한다면, 그것도 좋지! 본 소저가 당신들에게 두 가지 선택지를 주겠다!"

기욱이 무시하듯 가볍게 코웃음 쳤다.

"말해 보도록."

"그렇다면 좋아. 본 소저가 당신과 함께 우리 혼약이 아무 조건 없이 깨졌다고 대외적으로 공표하는 게 첫 번째야. 시시비비는 사람들 평가에 맡기는 것으로 하고. 그게 싫다면 두 번째 방법은, 본 소저가 당신네 기씨 가문에 가서 파혼을 청하는 거야. 역시 시시비비는 사람들의 평가에 맡기는 것으로!"

비연의 말이 끝나자 기욱은 말할 것도 없고 모두 깜짝 놀라 눈을 휘둥그렇게 떴다.

'조건 없이 혼약을 깨는 것', '남자가 여자에게 파혼을 청하는 것', '여자가 남자에게 파혼을 청하는 것'. 이 세 가지는 완전히 별개의 문제였다!

비연의 차가운 시선이 기욱의 놀란 눈 속으로 쏟아졌다. 그녀는 그의 대답을 기다리고 있었다.

조건 없이 파혼하겠다고 한 것만으로도 사실 비연은 상당히 성질을 죽이고 기욱에게 귀찮은 일을 덜어 준 셈이었다. 모두 알다시피 여자에게 있어 '파혼을 당한다는 것'은 엄청난 치욕이었고, 평생 가도 지울 수 없는 오점이었다!

그러니 어느 여자가 파혼당하는 것을 달갑게 받아들이겠는가? 그녀가 정말 혼인할 마음이 있었다면 이렇게 기욱이 유리한 대로 해 줄 수 있을까?

본인이 유리한 상황인데도 아직도 더 욕심을 부리다니, 정말이지 기욱에게 따끔한 맛을 보여 주어야 했다!

기욱이 마음속으로 얼마나 놀라고 있는지는 하늘만이 알 터였다. 그는 고비연의 시선을 받으며 한참 동안 아무 말도 하지 않았다.

비연은 피곤해 죽을 지경이라 그와 더 이상 소모전을 할 생각이 없었다.

"물론 기 소장군께서는 두 가지 모두 선택하지 않으셔도 됩니다. 계속 이 개소리를 적어 놓은 파혼서를 가지고 저에게 파혼을 요구하실 수 있어요. 그러면 나, 고비연은 평생 파혼에 응하지 않을 겁니다!"

비연이 고 이야를 바라보며 냉랭하게 말했다.

"당신은 내 숙부지 아버지가 아니에요! 나는 이미 성년이고, 내 동의 없이 마음대로 서명한다면 그 결과는 스스로 감당하셔야 할 겁니다!"

말을 마치자마자 그녀는 파혼서를 매섭게 땅 위에 내던지고 몸을 돌려 걷기 시작했다.

한참 후, 고비연이 멀어진 다음에야 사람들은 겨우 정신을 차렸다. 고 이야와 왕 부인은 파랗게 질렸다. 고 이야가 서둘러 파혼서를 주워 들고 기욱에게 진지하게 말했다.

"기 소장군, 화내지 마시구려. 이 일을 노부에게 맡겨 주시면 노부가 반드시⋯⋯. 사흘, 그래, 사흘 안에는 반드시 저 아이가 순순히 서명하게 할 테니!"

기욱은 화가 나서 말도 안 나올 지경이었다. 그는 고 이야를 무시한 채 사라져 가는 고비연의 뒷모습을 죽어라고 노려보았다. 그리고 비연의 뒷모습이 마침내 안 보이게 되자 사납게 소매를 털고 성큼성큼 그 자리를 떠났다.

고 이야와 왕 부인은 이번에 중간에서 이익을 챙길 생각이었다. 그런데 지금 두 사람은 이익은커녕, 비연이 저지른 일 때문에 기씨 가문이 앙심을 품을까 두려워졌다.

두 사람은 서둘러 기복방에게 사죄했다.

"기 대소저, 오늘 이 일은 너무 급작스러운 일이라 노부 역시 생각지 못한 바입니다!"

"그럼요, 그럼요. 대소저, 우리도 저 천한 계집이 무슨 마귀라도 들린 것처럼 갑자기 저렇게 제멋대로 굴 줄은 몰랐답니다! 며칠만 말미를 더 주시지요. 안심하세요. 곧 이야가 방법을 찾아내 저 아이를 손봐 줄 테니까요."

기복방은 머리끝까지 화가 난 상태였지만 기욱처럼 꽉 막힌 사람이라는 평을 듣고 싶지는 않았다.

그녀가 냉소하며 말했다.

"그녀가 어디 제멋대로이기만 했던가!"

왕 부인은 즉시 기복방의 뜻을 알아채고 서둘러 입을 열었다.

"기 대소저, 저 아이는 이 파혼서에 반드시 서명하게 될 겁니다. 저 아이가 오늘 밤 말한 것은 모두 틀렸고, 다 고쳐야 할 것들이지요. 안심, 또 안심하셔도 좋습니다."

"좋아요, 다시 한번 믿어 보죠. 다시 무슨 문제라도 생기면, 우리 기씨가 과거의 정을 생각지 않는다고 원망하지 마시고요!"

왕 부인은 기복방을 직접 배웅하며 계속 귓속말로 달래 주었다.

기복방이 떠나자 고 이야는 더 이상 분노를 억누르지 못하고 비연을 손보러 가려 했다. 왕 부인이 다급하게 그를 가로막았다.

"노야, 잠시만 기다려 봐요! 방금 당신도 봤잖아요. 저 천한 계집이 정말로 변해 버렸어요. 우리가 강하게 나가다가 만약 소문이라도 나면 그 소문이 소장군에게도 영향을 끼칠 거고, 그렇게 되면 정말 곤란해진다고요."

고 이야가 중얼거렸다.

"정말 이상하단 말이야. 제 부모 모두 말이 없는 사람들이었는데, 저 말솜씨는 대체 누구를 닮은 거지?"

"누군가에게서 배운 것일 수도 있죠."

왕 부인이 고 이야를 끌고 방으로 돌아가며 그의 귓가에 대고 속삭였다.

"이렇게 하니만 못해요. 우리……."

밤이 깊도록 왕 부인과 고 이야는 대책을 의논했다.

비연은 기억에 의지해 원래 몸 주인의 규방인 요화각으로 갔다. 한밤중이니 궁으로 돌아가지 않고 그곳에서 하룻밤을 지낼 생각이었다.

그러나 요화각에 도착하자 비연은 그만 멍해지고 말았다. 아름답고 화려하다는 의미의 이름과는 달리 요화각은 초라하기 짝이 없었기 때문이다.

이렇게 추운 날인데 화로 안에는 불씨조차 없이 재만 한 겹 얇게 깔려 있었다. 침상 위의 이불은 아주 얇았다. 북풍이 불면 창문이 덜컹거리는 소리를 내며 흔들렸다. 창문은 단 한 번도 손을 본 적이 없는 것처럼 계속 바람이 새어 들어왔다!

몸의 원주인은 궁에서 일하며 받은 봉급과 상금을 거의 모두 왕 부인에게 건넸다. 생활비를 보조하고 혼수를 마련한다는 명목이었다.

왕 부인은 자신의 아들과 딸이 필요로 하는 것이라면 뭐든지 구해 주었지만 몸의 원주인에게는 아낄 수 있는 한 아꼈다. 하루 세 끼 식사도 남은 밥과 반찬을 주었고, 가장 기본적인 생활용품은 물론이고 제대로 겨울을 보낼 수 있게 해 주지도 않았다!

비연은 황량한 방을 바라보며 몸의 원주인, 그 가련한 소녀가 매번 피로한 몸을 이끌고 집에 돌아왔을 때를 떠올렸다. 그 소녀가 이곳에서도 배를 곯고 추위에 떨어야 했다 생각하니 마음이 아파 왔다.

그녀는 속으로 결심했다. 이제부터 왕 부인은 더 이상 그녀의 손에서 금화를 받아 낼 생각은 하지 말아야 할 것이다.

북풍이 다시 문틈으로 새어 들어왔다. 비연이 졸음을 참지 못하고 하품을 했다.

그녀가 재빨리 약왕정을 허리춤에서 풀었다. 두어 번 문지르자 약왕정의 크기가 커졌다. 곧 약왕정 속에서 눈에 보이지 않는 신화가 점차 열기를 내뿜기 시작했다.

비연은 작은 난로처럼 따뜻한 약왕정을 끌어안은 채 침상에 웅크렸다. 마침내 온몸이 따뜻해졌다.

그녀는 아주 피곤했으나, 몸이 따뜻해지니 오히려 정신이 맑아졌다. 비연은 황량한 방 안을 바라보며 약왕정을 더욱 꼭 끌어안았다. 그녀는 그 망할 사부를 떠올리고, 잃어버린 8년의 기억을 떠올렸다.

사부는 대체 누구일까? 그녀는 또 누구일까? 그녀에게도 집과 가족이 있을까?

저도 모르는 사이에 비연은 잠이 들었다.

다음 날, 그녀가 잠에서 깨어나니 한낮이었다. 그녀는 재빨리 몸을 단장하고는 궁으로 돌아갈 준비를 했다.

그때 하인이 서신 한 통을 가져왔다. 어약방의 집사가 그녀에게 10일간의 휴가를 주겠다는 내용이 적혀 있었다.

어젯밤 궁을 나올 때는 겨우 하루 휴가를 냈을 뿐인데!

이게 대체 어떻게 된 것일까?

파업, 배 속은 꼬르룩

자세히 서신을 들여다보았다. 그곳에 적혀 있는 이름은 바로 상관영홍이었다.

그녀와 같은 일개 약녀는 물론이고, 약사라 해도 열흘 동안 휴가를 낸다는 것은 결코 쉬운 일이 아니었다. 더군다나 상관 영홍의 비준까지 받아 내는 것은 더더욱 어려운 일이었다.

고 이야와 왕 부인에게는 상관영홍을 매수할 만한 재력이 없었다. 혹시 기욱 남매가 벌인 일일까? 그녀를 집에 계속 머물게 하려는 게 무슨 의도일까?

비연은 화가 나기는커녕 오히려 즐거웠다.

10일간 휴가라니, 사부 곁에 있을 때도 얻을 수 없던 것 아닌가? 마침내 신나게 놀 수 있다! 여기저기 다니며 현공대륙이라는 이 새로운 세계를 깊이 이해해 볼 작정이었다.

기씨 남매나 고 이야 등이 무슨 마음을 먹고 그랬는지에 대해서는 더 이상 생각하지 않기로 했다. 일이 생기면 그때 대응하면 그만이다. 그녀는 두렵지 않았다.

곧 배 속에서 꼬르륵거리는 소리가 들리며 비연의 생각을 끊어 놓았다. 배가 고프다!

요화각에는 시중을 드는 하인이 없어 비연 스스로 주방으로 갔다. 문가에 이르자 아주 맛있는 음식 냄새가 풍겨 왔다. 한창

점심을 먹을 시간이었다.

비연이 안으로 들어가려는데 설 집사가 막아서며 냉랭하게 말했다.

"대소저, 이야께서 분부하셨습니다. 가문의 규칙을 어기고 어른을 공경하지 않는 불효를 저지르셨으니 그 벌로 식사를 하실 수 없습니다. 이야께서 말씀하시길, 잘 생각해 본 후에 잘못을 깨닫고 나면 다시 이야를 찾아오라 하셨습니다. 그 전에는 쌀 한 톨도 입에 넣을 꿈도 꾸지 마십시오!"

설 집사가 비연을 홱 밀어 버리고는 하인들에게 상을 차리라고 명령했다.

오늘 점심 메뉴는 유난히도 풍성했다. 맛있는 냄새가 풍겨 오는 부드러운 고기완자!

배가 고프던 비연은 입맛이 싹 사라짐을 느꼈다. 그녀는 아무 말 없이 허리춤의 약왕정만 문지르며 몸을 돌렸다.

그들은 어떻게든 파혼서에 서명하게 할 생각인 것이 분명했다. 하지만 어림도 없다!

밥을 굶게 할 생각이라면 그것도 어림없는 소리다!

몸의 원주인은 다른 이의 안색을 살피며 밥을 먹었을지 몰라도 그녀는…… 약왕정에 의지할 수 있다!

대문 쪽으로 걸어가며 손가락으로 셈을 했다.

'식당에 가서 밥을 한 끼 먹고, 요화각을 수리해 줄 만한 사람을 찾고, 또 겨울을 보낼 만한 물자를 구입하는 데 돈이 얼마나 들까? 약왕정 안 약초밭에서 천 년 묵은 혈삼 한 뿌리를 캐

어 팔면 충분하겠지? 돈이 좀 남으려나?'

약재 시장에 가서 약을 팔고, 겸사겸사 약왕정에 없는 약재 씨앗을 좀 사기로 했다. 약왕정 안의 약초밭에 씨앗을 뿌려 키운 약재는 효과가 아주 좋아, 약으로 쓰면 금세 효과를 볼 수 있었다.

대문을 나선 비연은 사람이 없는 골목 안으로 들어가 벽에 기대섰다. 그리고 정신을 집중해 의식을 약왕정의 공간 안으로 들여보냈다.

보통 약재를 꺼내려는 거라면 그저 약을 저장한 동굴 안으로 들어가 약재를 소환하겠다고 생각하는 것만으로도 충분했다. 그러나 혈삼 같은 물건을 찾기 위해서는 의식을 약왕정 안으로 들여보내 직접 약초밭에 가서 캐내야만 했다.

비연이 가볍게 약왕정을 문지르며 정신을 집중했다. 그러나 아무리 오래 기다려도 의식이 약왕정 안으로 들어가지 않았다.

이상하다!

다시 한번 시도했지만 오히려 의식이 튕겨 나오기까지 했다.

비연이 재빨리 눈을 떴다. 무엇인가를 깨달은 듯 그녀의 눈동자 안에 공포가 서렸다.

그녀가 재빨리 다시 한번 의식을 약왕정 안으로 들여보내 보았으나 또다시 튕겨 나왔다. 마치 배척당하는 것 같았다.

"이럴 리가?"

비연이 중얼거리며 다시 한번 보통 약재를 꺼내기 위해 시도했다. 그러나 약왕정은 더 이상 그녀의 의식에 지배받지 않았다. 미동도 하지 않았다!

비연이 깜짝 놀라 약왕정을 들고 전날 밤처럼 몇 번 문지르며 신화를 소환했다. 그러나 신화도 나타나지 않았다!

의심할 바 없이 약왕정이 파업 중이었다!

비연은 마침내 이 녀석의 유일한 결점을 기억해 냈다. 그것은 바로 독을 쓸 수 없다는 것이었다.

한번 독을 쓰면 이 녀석은 성질을 부리기 마련이었다. 그러나 언제까지, 얼마나 오래 성질을 부릴지는 아무도 알 수 없었다. 그런데 그녀는 이 며칠 사이에 연이어 두 번이나 독약을 만들었던 것이다!

비연은 생각에 생각을 거듭하다가 저도 모르게 오싹해지고 말았다.

그녀가 정역비에게 줄 약을 바꿔치기할 때 파업하지 않은 것만으로도 얼마나 다행인가? 만약 그때 파업했더라면 그녀는 이미 끝장났을 것이다!

약과 독은 사실 한 뿌리에서 나온 것이었다. 독약도 약으로서의 가치가 있고, 약재에도 독성이 존재했다. 그러나 약왕정은 독약을 추출하고, 배합하고, 달이는 것을 금지했다.

그런데 비연은 두 번이나 독을 사용했다. 억지로 독소를 추출하고, 독약을 합성하고 달이면서 약왕정에게 독을 쓰게 해 금기를 완전히 범해 버렸다. 약왕정이 이렇게 철저하게 파업하는 것도 이상한 일이 아니었다.

사실 백의 사부는 독에 대해서는 잘 알지 못했다. 그러나 비연은 약재의 독성에 상당히 민감해 스승 없이도 홀로 깨우칠 수 있었다. 천부적인 재능을 타고난 것인지, 아니면 여덟 살 이전에 배운 적이 있기 때문인지는 그녀도 알 수 없었다.

그녀는 어린 시절에 항상 사부 몰래 약왕정으로 독을 정련하며 놀곤 했었다.

하지만 이번에는 놀이도, 장난도 아니었단 말이다. 정말로 생명을 구하기 위한 거였는데!

비연이 약왕정을 손 위에 올린 채 가련하게 말했다.

"아이고, 시비를 가리지 않으면 안 되는 거잖아! 독을 달인 것은 내가 살아남기 위해서였어. 놀고 싶어서나, 누군가를 해치고 싶어서가 아니었다고!"

계약을 했으니 약왕정은 주인의 기분을 감지할 수 있고, 주인의 뜻도 이해할 수 있었다. 그러나 약왕정이 성질을 부릴 때는 그 감지 능력도 모두 함께 파업해 버리는 모양이었다. 불만을 표시하기 위해서인지 약왕정은 전혀 반응을 보이지 않았다.

"이봐, 약재를 팔아야 밥을 먹을 수 있단 말이야! 언제까지 성질을 부리고 있을 거야? 혈삼 한 뿌리만 내주고 다시 성질을 부리라고. 알았어?"

비연의 배 속에서 꼬르륵 소리가 들려왔다. 정말로 울고 싶은 심정이었다.

"우리 의논 좀 해 보자. 씨앗을 아주 많이 사 줄게. 돌아가면 아주 깨끗하게 닦아 주고……. 그래, 최상급의 기름으로 닦아 줄게. 어때?"

이 며칠 동안 그녀는 마치 전사라도 된 것처럼 모든 적들에 대해 알맞은 방법으로 대처했다. 그러나 마지막에 친구의 손에 의해 곤두박질치게 될 줄이야!

어쩌지?

온몸 구석구석을 뒤져 보았지만 전당포에 맡길 만한 물건이라고는 하나도 없었다. 요화각에 있는 물건들은 더 말할 것도 없었다.

이곳이 교외였다면 숲속으로 가서 가치 있는 약재를 몇 개 찾을 수도 있었을 것이다. 그러나 이곳은 황성 안이었다. 이제 갈 곳이라고는 궁밖에 없었다.

궁문 호위에게 어약방 약녀 영패를 보여 주자, 호위는 휴가 기간에는 궁에 들어올 필요가 없다며 그녀를 막았다.

예상한 바이기는 했다. 기씨 남매는 그녀 대신 휴가를 청했을 뿐 아니라 그녀가 궁에 들어가지 못하도록 막고 있었다. 고 이야 부부에게 그녀를 핍박할 기회를 주기 위해서일 것이다!

비연은 억지로 들어가려 하지 않고 몸을 돌렸다. 그녀는 거리에 있는 약국 몇 곳을 찾아 혹시 임시로 할 일이 있는지 물어보았다. 아무 소용 없었다. 말할 필요도 없이, 지금까지 먹고 입는 문제를 걱정해 본 적이 없는 그녀가 밥 먹을 돈을 버는 일은 정말로 난감한 일이었다.

그녀는 몸의 원주인을 비난하기 시작했다.

이렇게 자라도록 어떻게 밥 얻어먹을 만한 지인 하나도 만들어 놓지 않았단 말인가?

해가 서쪽으로 기울고 있었다. 비연은 꼬르륵거리는 배를 안고 집을 향해 걷기 시작했다. 마음속으로는, 오늘 밤만 보내면 내일 아침엔 약왕정이 양심을 되찾고 정상적인 상태로 회복되기만을 바라고 있었다.

대문 앞에 이르자 위풍당당한 기병들이 당당하게 장식한 마차 한 대를 호위한 채 다가오는 것이 보였다. 그런데 마차 옆에서 말을 타고 있는 사람은 정역비 장군의 부장 주도였다!

설마, 아니겠지?

정역비를 사모하는 사람에 이어 기욱을 사모하는 사람, 그리고 기욱 본인까지 만났는데…… 정역비까지 찾아온 것일까?

비연이 재빨리 발걸음을 멈추고 마차의 휘장을 뚫어지게 쳐다보았다.

이때, 마차 안의 사람이 휘장을 들어 올렸다.

본 장군이 식사를 대접하지

휘장이 올라갔다. 정역비였다!

병석에 누워 있던 그의 모습을 직접 보지 않았더라면, 지금의 모습만으로는 2, 3일 전에 황천 가는 길을 헤매다 돌아온 사람이라고 절대로 믿을 수 없었을 것이다.

날카롭게 올라간 눈썹에 별 같은 눈, 영민하고 용맹스러운 분위기가 풍기는 잘생긴 얼굴은 병석에 누워 있을 때와는 달리 당당한 기운을 풍기고 있었다.

비연은 정역비의 병이 아직 완전히 치유되지 않았을 거라고 확신했다. 그러나 어떻게 봐도 보통 사람보다 더 건강해 보였다.

3년 전에 노장군이 전쟁터에서 전사하지 않았다면 정역비는 지금도 여전히 소장군일 것이다. 그는 기욱보다 단지 세 살 많았지만, 기운 면에서는 한참 앞섰다.

정역비의 시선은 계속 고씨 대문을 향하고 있었다. 비연을 미처 발견하지 못한 듯했다.

마차가 천천히 멈췄다. 심장이 쿵 내려앉은 비연이 몸을 돌려 걷기 시작했다. 연이어 재난을 만나는 셈인데 도망치지 않을 수 없지 않은가?

그러나 안타깝게도 몇 걸음 옮기기도 전에 단검 하나가 날아왔다. 그것은 그녀의 귀를 스치고 앞에 떨어졌다. 이어서 등 뒤에서 오만한 웃음소리가 들려왔다.

"약녀! 본 장군이 네 집에 왔거늘, 나를 보고도 고개를 돌린 단 말이지? 본 장군이 화를 내야 마땅할 일인데? 하하!"

그럼 그녀를 보고 있었다는 말인데…….

아니지. 그가 어떻게 그녀를 알아볼 수 있단 말인가? 설마 병석에 누워 있을 때 정말로 혼수상태가 아니었단 말인가?

웃음소리로 봐서는 정역비는 화를 낸다기보다는 농담하는 듯했다. 그러나 비연은 똑똑히 알고 있었다. 방금 그녀를 스쳐 간 단검에는 추호의 망설임도 없었다.

귀를 쓰다듬으며 정신을 가다듬고 몸을 돌렸다.

정역비도 마차에서 내렸다. 은빛 갑옷 위에, 가장자리에 여우 모피를 덧댄 붉은 바람막이를 입고 있는 그는 미끈하고 건장해 보였다! 그저 가만히 서 있기만 해도 사람들의 시선을 끄는 남자였다.

그에게선 군인 특유의 당당함이 엿보였다. 그러나 공명정대함은 없었다.

그가 한 걸음 한 걸음 비연을 향해 다가오고 있었다. 입 끝을 올려 사악한 미소까지 지으며. 비연은 상황에 따라 임기응변하는 것 외에 다른 방법이 없었다.

생각지도 않게, 정역비가 그녀 앞에서 걸음을 멈추더니 너털 웃음을 터뜨렸다.

"약녀, 네가 본 장군의 목숨을 구했다던데, 어떤 상을 원하지? 말해 봐라."

앗! 설마 트집을 잡기 위해서가 아니라 감사하기 위해 왔다는 얘기야? 그것도 이렇게 빨리?

그럴 리 없잖아!

기씨 가문의 미래 며느리라는 신분도 신경 쓰일 테고, 여색을 즐긴다는 더러운 유언비어가 온 성안을 뒤덮기도 했는데, 뭐가 그리 급했단 말인가! 아무리 생각해도 이상했다.

정역비가 참을성이 있게, 생각으로 꽉 찬 비연을 흥미롭게 지켜보고 있었다.

마침내 비연이 웃으며 대답했다.

"장군의 말씀이 너무 무겁습니다. 저는 그저 맡은 일을 했을 뿐입니다. 상이라니, 당치도 않지요. 궁에 급한 일이 있어 곧 돌아가야 해 환대해 드리지 못하는 것을 용서하시지요. 그럼 먼저 가겠습니⋯⋯?"

정역비는 아무 말도 없었다. 그저 입가의 미소만 점점 더 장난스러워질 뿐이었다.

그가 묵인한다고 생각한 비연이 재빨리 몸을 돌렸다. 그러나 한 걸음 내딛기도 전에 정역비가 성큼 걸어오더니 앞을 막아섰다. 무슨 생각에 잠긴 듯하던 그가 이내 그녀를 일깨웠다.

"약녀, 본 장군은 지금 어약방에서 오는 길이다. 네가 열흘 동안 휴가를 냈다고 들었는데?"

비연은 당황하여 감히 그의 눈을 똑바로 보지 못했다. 그때 정역비가 약방문을 꺼내더니 그녀의 눈앞에서 흔들며 물었다.

"약녀, 이 약방문 기억나지?"

비연이 흠칫 놀랐다. 바로 그녀가 소 태의의 상자에 몰래 넣었던 그 위조된 약방문이었다.

'내가 상자에 약방문을 넣는 것을 본 사람은 없었을 텐데?'

소 태의가 이상한 점을 발견했다 한들 이렇게 빨리 그녀에게 의심이 떨어질 리 없었다. 약을 달이는 것을 도왔던 시녀들만 해도 몇 명인데!

위조된 약방문에는 수많은 사람들이 복잡하게 연루되어 있었다. 배후의 진짜 범인은 지위가 높고 권세도 있는 인물일 가능성이 매우 높았다.

그녀는 바보가 아니었다. 이런 일에 공개적으로 끼어들 생각이 없었다. 그렇게 되면 자신이 귀찮아질 테니까!

비연은 일부러 한참 동안 약방문을 진지하게 들여다본 다음 대답했다.

"저……, 제 손을 거친 약방문이 너무 많아서요. 이렇게 봐서는 기억이 나지 않는군요."

"그럼 천천히 생각해 보도록."

정역비는 일부러 허리를 굽혀 약방문을 가까이 들이밀었다. 비연이 더욱 똑똑히 볼 수 있도록.

어떻게 대응해야 할지 몰라 하고 있는데 민망하게도 배 속에서 꼬르륵 소리가 울려 나왔다. 비연은 듣지 못한 척하려 했지만 정역비는 똑똑히 들은 모양이었다.

그는 잠시 당황하더니 곧 큰 소리로 웃으며 물었다.

"이 시간에 벌써 배가 고프다니? 점심을 안 먹은 모양이군?"

어디 점심뿐이겠어? 어제저녁부터 지금까지 아무것도 못 먹었다고!

비연이 대답하기도 전에 정역비가 매우 상쾌하게 약방문을 거둬들였다.

"가지. 본 장군이 식사를 대접할 테니!"

개도 먹이를 주는 자에게는 짖지 않는 법이다. 비연은 넘어가지 않으려 했지만 그녀의 배가 더 정직했다. 꼬르륵 소리가 끊이지 않았다.

정역비의 시선이 그녀의 배로 떨어지자 비연은 너무도 당황해 귀까지 빨개지고 말았다.

"가지!"

정역비가 큰 소리로 웃으며 몸을 돌려 걷기 시작했다. 비연이 따라오지 않자 일부러 돌아와 물었다.

"본 장군은 너에게 밥을 먹자는 거지, 너를 먹겠다는 것이 아니다. 대체 뭐가 그리 두려우냐? 뭐 켕기는 거라도 있느냐?"

"그럴 리가요!"

비연이 바로 부인했다. 켕길 것이 없으니 굳이 사 주겠다는 밥을 마다할 필요가 없었다! 배불리 먹으면 힘도 생길 테니, 계속 바보인 척하면 되겠지!

그녀가 살짝 인사하며 말했다.

"비연이 공손하게 명을 받들겠습니다!"

그러고는 문 앞에 서 있던 정역비의 마차에 올랐다.

비연은 정역비가 사람이 없는 곳으로 데려가리라 생각했다.

그녀의 신분이 특수한 만큼 그도 꺼리는 것이 있을 테니까.

그러나 정역비는 뜻밖에도 진양성에서 가장 번화한 거리인 숭복대가로 향했다. 일이 뭔가 이상하게 돌아간다고 생각했을 때는 이미 마차에서 내릴 수 없는 상황이었다.

비연의 안색이 변하는 것을 보고, 정역비가 옅은 미소를 지으며 말했다.

"복만루로 갈 거다. 거기 음식이 꽤 괜찮거든."

복만루?

그곳은 진양성에서 사람들이 가장 많이 몰리는 식당이었다. 평민이건 권세를 가진 귀족이건 모두 가고 싶어 하는 곳. 들리는 소문에 의하면 정왕 전하조차 그곳 음식을 정말로 좋아해 요리사를 왕부로 데려가 버릴 뻔했다고 했다.

이 자식, 이렇게 허풍을 떠는 이유가 도대체 뭐지?

기병들이 마차를 호위하며 거리를 지나가니, 그야말로 일부러 남의 눈을 끌기 위해 과시하듯 지나간다고 할 만했다.

한바탕 거리를 시끄럽게 한 후에 마차가 복만루 앞에 멈췄다. 의심할 바 없이 사람들은 모두 정역비의 마차를 알아보았다.

밖에는 적지 않은 사람들이 구경하러 몰려와 있었다. 여자들의 흥분한 목소리도 들렸다. 궁 밖에도 정역비를 사모하는 이들이, 결코 온우유에게 지지 않을 정도로 미쳐 있는 것 같았다!

비연이 미간을 찡그렸다.

사람들이 보는 앞에서 정역비의 마차에서 내린다면 지난번 온우유에게 반격했던 일은 그야말로 헛수고가 될 테고, 유언비어는 더욱 널리 퍼져 나갈 것이다!

밖이 시끄러운 것과 달리 마차 안은 유난히도 조용했다. 정역비는 마차에서 내릴 생각이 없는 듯 침착하게 약방문을 꺼내 다시 비연에게 건네고는 웃으며 말했다.

"이 약방문을 아는지 모르는지 다시 말해 보지 그래. 본 장군이 식사할 장소를 바꿀 마음을 먹을 수도 있으니까. 아직 저녁을 먹기에는 시간이 이르니까."

그랬던 거군!

이 자식은 애초에 그녀에게 식사를 대접할 생각이 없었던 거다. 그저 이런 방식으로 그녀를 위협하려 했을 뿐!

비연이 마차의 휘장을 살짝 들어 올렸다. 바깥에는 사람들이 마차를 둘러싸고 있어 정말 시끄러웠다.

정역비도 한옆으로 창밖을 보며 말했다.

"계집애, 말해라. 무엇 때문에 이 약방문을 일부러 소 태의의 상자 속에 넣은 거냐? 그에게 무엇을 일깨워 주려 한 거지?"

비연이 천진난만한 얼굴로 물었다.

"정 장군, 대체 무슨 말씀을 하시는 건가요?"

정역비의 목소리가 갑자기 차가워졌다.

"그날 본 장군이 정말로 인사불성이었다고 생각하느냐? 네가 이 약방문을 몰래 넣는 것을 본 장군이 직접 보았단 말이다!"

뭐라고?

비연은 천진난만한 표정 그대로 굳어 버리고 말았다.

명확하다, 유언비어

비연은 자신이 정역비에게 꼬리를 밟혔으리라고는 상상도 못 하고 있던 참이었다.

하지만 밟힌들 뭐 어떻다고? 그녀가 소 태의의 상자 안에 약방문을 넣었다 한들 어떤 증거가 되는 것은 아니지 않은가? 그녀는 그저 공을 내세우지 않는 좋은 사람 역할을 하고 싶었을 뿐이다.

아니, 솔직히 말하면 그녀는 저에게 원한을 끌어오고 싶지 않았다. 은밀하게 정역비를 일깨워 주고, 자신도 조용히 조사해 저에게 누명을 뒤집어씌운 사람에게 복수할 생각이었다. 그녀 자신을 드러낼 필요는 없었다.

비연은 일부러 생각에 잠긴 척하다가 한참 후에야 홀연히 깨달은 듯 외쳤다.

"오, 생각났어요! 이 약방문은 소 태의께서 작성하신 거예요. 그날 제가 명을 받아 군영으로 가져갔죠."

"하하, 생각났군."

정역비가 제법 만족해했지만, 이어지는 비연의 말에 곧 인내심을 잃고 말았다.

"정 장군, 이런 위급한 약방문은 아무 데나 버리면 안 되거든요. 그날 소 태의께서 진맥하고 계시기에 함부로 방해할 수 없어 그냥 상자 안에 넣은 것이지요."

그러고는 일부러 호기심에 가득 찬 표정으로 물었다.

"그런데 무엇 때문에 제가 몰래 넣었다 생각하시는지요? 본래 소 태의의 약방문인데, 제가 무엇 때문에 몰래 넣겠어요?"

"너!"

정역비가 인내심을 잃고 갑자기 비연의 턱을 잡아 올렸다. 가늘게 뜬 눈에 위험한 빛이 스쳐 갔다.

"약녀, 다시 한번 기회를 주겠다. 대답해. 몰래 넣은 것 맞지?"

이 계집이 모친에게 약을 검증하라고 위협하던 때, 모친은 아무런 의심도 안 했지만 그는 그 의미를 알아들었다. 다만 입을 열어 말할 힘이 없었을 뿐이다. 약을 검증하지 않았더라면 그는 그녀가 아무리 약을 먹이려 했다 해도 결코 입을 열지 않았을 것이다.

그도 원래는 비연이 소 태의의 상자 속에 약방문을 넣은 일을 마음에 두지 않았다. 그게 정상적일 테니까.

그러나 소 태의가 약방문이 위조되었다며, 하소자가 첨가되고 팔각회향이 빠졌다고 말했을 때 비연이 일부러 그랬다는 사실을 알아차렸다. 분명 그녀가 약을 바꿔치기한 것이다.

그녀는 막 약노에서 약녀로 승급한 참이었다. 약방문에 문제가 있다는 것을 어떻게 알아챈 걸까?

또 약방문을 원래대로 복원해 약효를 내게 만드는 능력은 어디서 온 것일까? 게다가 무엇 때문에 모든 것을 숨기는 걸까?

기왕 숨기고 드러내지 않을 거였다면 무엇 때문에 약방문을 소 태의에게 주어 그들을 일깨운 걸까?

확실히 이 계집이 그를 구했다. 그러나 그녀에게는 의심 가는 부분과 모순되는 점이 너무도 많았다.

그는 지금 아무 실마리도 찾을 수 없었다. 진짜 흉수를 조사하기 위해서는 당연히 그녀의 입부터 먼저 열어야 했다.

"대답해!"

정역비가 사납게 외쳤다. 갈색으로 그을린 얼굴에 날카로운 입매가 더욱 완강해 보였다.

비연은 더욱 철저하게 바보인 척하기로 했다.

"정 대장군, 대체 무슨 의미죠? 무슨 일이라도 났나요?"

이 정도까지 핍박하는데도 이 계집이 여전히 부정할 거라고는 생각지 못했다.

정역비가 천천히 다가왔다. 몸 전체에서 위험한 기운을 풍기고 있었다.

"망할 계집, 보아하니 정말 배가 고픈 모양이구나."

말을 마친 그가 마차에서 내리려 할 때, 갑자기 비연의 배 속에서 다급한 듯 꼬르륵 소리가 들렸다. 아주 크게!

비연은 그저 울고 싶을 뿐이었다. 어찌나 당황스러운지 벽에 부닥쳐 죽고 싶을 정도였다.

"내려라. 밥을 먹자."

정역비는 그녀를 놓아주고 먼저 마차에서 내리려 했다.

그때 비연이 갑자기 그의 앞으로 나서더니 휘장을 들어 올리고 마차에서 뛰어내렸다.

"이봐!"

정역비가 막으려 했지만 이미 늦었다. 정역비는 멍한 표정을 지었다!

그저 위협하려 했을 뿐이었다. 자기가 마차에서 내리면 그녀는 절대로 내리지 않으려 할 것이고, 그러면 곧 대답할 것으로 생각했다! 그러나 이 계집이 갑자기……

혼약이 있는 아가씨가 이러는 게 금기라는 것도 모르는 건가?

그는 아침에 어약방에 갔다가 온우유와 관련된 일을 이미 들었다. 유언비어에 특별히 신경 쓰지 않는다면 그렇게 화를 낼 이유도 없었던 것 아닌가?

그녀가…… 설마 그렇게나 배가 고팠던 건가?

정역비가 경악하는 사이에 마차를 둘러싸고 있던 사람들도 와글와글 떠들고 있었다.

"고비연이야! 세상에, 어떻게…… 내가 잘못 본 건 아니겠지?"

"고비연이 정말로 정 대장군과…… 대체 무슨 자격으로 정 대장군의 마차에 타고 있는 거지? 불가능해!"

"소문이 사실이었어. 대체 누가 유언비어라고 했지? 어약방의 약녀들이 흘린 헛소문이 아니었단 말이지?"

사람들이 잇달아 소리를 높였다. 그들의 눈빛에는 의문, 경멸, 분노, 그리고 경악이 섞여 있었다. 그러나 비연은 주변에 아무도 없는 것처럼 대범하게 복만루 대문을 향해 걸어갔다.

그녀는 당연히 유언비어를 좋아하지 않았다. 그러나 기욱은 더욱 싫었다.

온우유를 이용해 유언비어를 잠재웠건만 기욱은 다급하게 집으로 쫓아와 사람을 괴롭혔다. 덕분에 그녀는 끼니조차 챙기지 못하는 상황에 이르렀다.

그러니 이제 기욱이 아예 문밖으로 나서지 못하도록 만들어 줄 작정이었다!

사람들이 보는 앞에서 그녀가 정역비의 마차에서 내렸다. 이 일이 또 얼마나 많은 추측을 불러일으킬까? 헛소문은 또 얼마나 생겨날까?

그녀는 정역비가 마차에서 내리지 않을 거라는 사실을 알고 있었다. 하지만 복만루에 정역비 이름을 달아 두고 한 끼 배불리 먹으면 그만이었다. 그럼 소문이 폭풍우처럼 성 전체로 퍼져 나갈 것이다.

그녀는 지켜볼 작정이었다. 기욱이 과연 얼마나 버틸 수 있을까?

소문이 일단 퍼져 나가면, 혼약이 취소되었다고 기욱 혼자 선포한다 해도 결국은 스스로 체면을 크게 깎는 것일 뿐이었다!

여기까지 생각하자 비연은 발걸음이 더욱 굳건해지고 마음도 담담해졌다.

복만루의 높디높은 문턱까지 단 한 걸음 남은 순간, 등 뒤에서 갑자기 사람들 떠드는 소리가 더욱 시끄러워졌다.

무슨 일이지?

비연이 고개를 돌려 보니 정역비가 하인의 등을 밟고 마차에서 내려 그녀에게로 걸어오고 있었다. 주변의 소리들은 이제 완전히 폭발해 버린 것처럼 점점 더 높아졌다.

"세상에, 정말로 정 대장군이야! 소문이 사실이었어! 고비연이 정말……, 정말 정 장군과?"

"어떻게 이럴 수가 있지? 저런 여자는 절대로 정 장군에게 어울리지 않아! 믿을 수 없어."

"기 소장군의 약혼녀 아닌가! 저, 저 여자는…… 기씨 가문에 너무 심한 것 아닌가! 뻔뻔스러워!"

"정씨와 기씨 가문의 원한을 모르는 사람도 있나. 정 장군이 일부러 저러는 것 같은데……. 하하, 너무 소인배 아닌가!"

"지금 자네 감히 정 대장군을 욕한 건가? 고비연, 저 여자가 체면을 모르고 정 대장군을 유혹한 거지!"

대부분은 비연을 비난하는 소리였다. 수많은 사람들이 그 자리에 고비연과 정역비가 있다는 것도 꺼리지 않고 큰 소리로 욕했다.

심지어 여자 몇 명은 정역비에게 저 간사한 계집에게 홀리지 말라고 타이르기도 했다. 병사들이 양옆에서 막지 않았다면 달려들지도 모를 만한 기세였다.

이번에는 비연이 멍한 표정을 지을 수밖에 없었다. 정역비가 마차에서 내리리라고는 상상조차 못 했다! 그저 그의 질문을 피하는 한편 그의 이름을 좀 이용하는 일거양득을 노렸을 뿐이다.

이 자식이, 대체 마차에서 내려 뭘 하려는 거지? 자기의 명예가 더럽혀지는 게 두렵지도 않단 말인가?

아, 그렇군! 사람들에게 상황을 설명하기 위해 마차에서 내린 거구나!

비연이 이렇게 생각하고 있을 때, 정역비가 다가와 갑자기 그녀의 어깨를 끌어안더니 함께 대문으로 들어갔다.

"우리 연아, 복만루의 매화주가 아주 향기롭단다. 오늘 오라비와 한바탕 마셔 보자꾸나. 취하기 전에는 집에 돌아갈 수 없다!"

오라비? 이 '오라비'가 그 '오라비'는 아니겠지!

정역비의 말이 끝나자마자 문밖에 있던 행인이며 문안에 있던 손님들 모두 폭발해 버렸다.

비연의 심장이 깜짝 놀라 쿵쾅거리며 뛰기 시작했다. 그녀는 저도 모르게 정역비에게서 벗어나기 위해 발버둥 쳤다. 그러나 정역비가 더욱 세게 그녀를 끌어안고는 귓가에 대고 다정한 목소리로 속삭였다.

"약녀, 왜 그래? 겁이 나는 모양이지? 그렇다면 장난을 그만두지 그래. 지금이라도 몰래 약방문을 넣었다고 인정해. 아직 늦지 않았으니까."

떼메고 간다, 눈총에 구애받지 않고

겁이 나느냐고?

그녀 고비연은 사부가 화를 낼 때 외에는 그 어떤 일에도 겁을 내 본 적이 없었다. 당당한 대장군인 그가 이렇게까지 명예를 저버리는 모습이 오히려 경악스러울 뿐이었다.

그가 꺼리지 않는다?

그렇다면 좋다. 그녀 역시 꺼릴 이유가 없었다. 무슨 가책 같은 걸 느낄 까닭은 더더욱 없었다!

비연은 발버둥을 멈추고 의미심장하게 한마디 덧붙였다.

"역비 오라버니가 이렇게 흥을 돋우셨으니, 저도 당연히 함께해 드려야지요!"

정역비가 잠시 멈칫하는 듯했으나 곧 상쾌하게 웃기 시작했다. 다른 이들은 말할 것도 없고, 기분이 잔뜩 상한 비연이 듣기에도 그는 기분이 엄청 좋아 보였다.

'본래는 그저 위협만 하려 했는데, 이 여자가 이렇게 대담하다니!'

정역비도 끝까지 가 볼 작정을 했다.

명성 따위가 뭐라고. 원래 그런 것에 특별히 개의치 않는 그였다. 기욱의 약혼녀를 애걸하게 만들 능력이 없다는 사람들의 평가를 받기보다는, 그가 기욱의 명예를 떨어뜨렸다고 사람들에게 비난받는 편을 택한 것이다.

정역비는 기욱이 이미 한밤중에 고비연에게 파혼을 요구했다는 걸 전혀 모르고 있었다. 그는 이 일을 알게 될 기욱의 반응도 상상해 보고, 한편으론 이 약녀가 혼약을 잃는 것을 두려워할까도 궁금해하고 있었다.

이렇게 사람들 눈총을 한 몸에 받으며 고비연과 정역비는 찰싹 붙어 복만루 2층으로 올라갔다. 별실에 도착하자 비연은 정역비가 주의를 기울이지 않는 틈을 타 그의 손에서 벗어났다. 그러고는 재빨리 뒤로 물러서서 거리를 벌렸다.

소문을 두려워하지 않는다는 게, 그녀를 마음대로 해도 좋다는 뜻은 아니니까!

정역비가 눈썹을 들어 올리며 그녀를 훑어보다가 경쾌한 목소리로 점원을 불러 술과 음식을 잔뜩 시켰다. 그러고는 한마디를 덧붙였다.

"빨리 가져오도록."

비연은 그에게서 가장 멀리 떨어진 곳에 앉아 몰래 배를 문질렀다. 어찌나 배가 고픈지 등과 배가 찰싹 달라붙을 지경이었다. 아예 위가 아팠다.

정역비가 흥미로운 듯 아무 말 없이 그녀를 바라보았다. 비연은 고개를 숙이고 손으로 이마를 받친 채 그의 시선을 피했다.

"하하!"

정역비가 다시 웃었다. 기분이 정말 괜찮은 모양이었다.

그가 물었다.

"약녀, 기욱이 혼사를 물릴까 봐 걱정되지 않는 모양이지?"

"그렇다고 내가 지금 뭘 할 수 있죠?"

이 한마디에 좋던 기분이 사라졌다. 정역비가 가볍게 두어 번 기침을 하고는 침묵했다.

그들이 있는 별실은 길가에 면해 있어 창밖이 시끌벅적했다. 의심할 바 없이, 많은 사람들이 그들이 내려오기만을 기다리고 있을 것이다.

정역비는 시끄러운 것을 싫어하는 사람이었다. 그가 조용히 창을 닫았다. 그런 그를 비연은 흘깃 보기만 할 뿐 아무 말도 하지 않았다.

얼마 지나지 않아 술과 음식이 나왔다. 한 상 가득 미주와 진미가 차려졌다. 따뜻한 음식에서는 맛있는 냄새가 솔솔 풍겨 나왔다.

비연이 재빨리 숨을 들이마셨다. 온몸의 모공이 모두 위장으로 변해 크게 열린 것만 같았다!

탐욕스럽게 한바탕 먹고 싶었지만 결국은 참았다. 비연은 점원에게 쌀죽 한 솥과 채소 요리 두 접시를 가져오게 했다.

그녀가 술도 고기도 먹지 않을 작정인 것을 보고 정역비가 불만스럽게 말했다.

"끝까지 취하지 않는다면 집에 가지 않기로 한 것 아니었나? 왜 그래? 문이 닫히자마자 본 장군의 흥을 떨어뜨리기로 마음먹은 건가?"

비연이 여전히 대답하지 않자 정역비가 직접 큰 잔에 독주를 따라 쿵 소리가 나도록 그녀 앞에 놓았다. 그리고 세상 모든 것이 하찮다는 듯 사악한 미소까지 지으며 느릿느릿 말했다.

"약녀, 나 같은 군인은 말이야, 책임지지 못할 말을 하는 사람을 가장 싫어하지! 본 장군이 최후의 기회를 주겠다. 지금 여기 있는 술을 전부 다 마시든지, 아니면 그 약방문에 대해 말하든지……."

또 시작이네!

정역비가 말을 끝내기도 전에 비연이 일어났다. 그리고 쌀죽한 그릇을 퍼서 그의 앞에 내려놓더니, 그의 오만불손한 눈을 똑바로 보며 진지한 태도로 말했다.

"정 대장군, 저 같은 약녀는 의원의 말을 듣지 않는 환자를 가장 싫어한답니다. 장군의 위는 이제 조금 나아졌을 뿐이지 아직 회복되었다 할 수 없을 텐데요. 완치는 더더욱 아닐 거고요! 소 태의가 분명하게 말씀드렸을걸요. 세 끼 모두 담백하고 소화하기 쉬운 음식을, 정해진 시간에 적정량만 드시라고 말입니다. 그리고 분명히 기억하세요. 술은커녕 차도 드시면 안 됩니다. 신 것, 매운 것, 찰기가 많은 것, 그리고 딱딱한 음식도 안 됩니다!"

그녀는 채소를 담은 다른 접시도 쿵 소리가 나도록 그의 앞에 놓았다. 그리고 여전히 엄숙하고 차가운 어조로 명령하듯 말했다.

"이 채소 요리를 드시면 됩니다. 다른 음식은, 그게 뭐든 절대 건드리지 마세요! 술은 더더욱 생각도 하지 마시고요!"

정역비처럼 오만불손한 사람이 어찌 쉽게 다른 이의 가르침을 받겠는가?

그러나 비연의 진지한 눈빛을 보자 갑자기 뭔가에 사로잡힌 듯 꼼짝도 할 수 없었다. 그는 결국 아무 말도 하지 못한 채 눈빛마저 살짝 흐렸다.

비연은 그의 눈빛이 달라진 것은 신경 쓰지 않고 다시 자리로 돌아왔다. 그리고 고개를 파묻고는 음식을 먹기 시작했다. 너무 급하지도, 너무 느리지도 않게 꼭꼭 씹어 삼켰다. 쫄쫄 굶었다가 갑자기 기름진 음식을 너무 게걸스럽게 먹으면 탈이 날 확률이 높았다.

정역비가 정신을 차리고, 꽤 온화해진 목소리로 물었다.

"약녀, 너……, 너도 위가 안 좋은가?"

비연은 고개만 끄덕였을 뿐 아무 말도 하지 않았다.

정역비는 눈앞의 산해진미를 보고, 다시 제 앞에 놓인 쌀죽과 채소를 쳐다봤다. 그리고 결국은 고비연 말대로 순순히 죽을 먹기 시작했다.

물론 큰일을 잊은 것은 아니었다. 죽을 다 마시자마자 비연 옆으로 다가앉아 자못 흥미로운 듯 물었다.

"약녀, 배불리 먹었으면 힘을 내서 솔직하게 말하는 게 어때?"

"정 대장군, 제 말은 모두 사실입니다. 믿지 않으신다 해도 저로서는 어쩔 수 없군요."

비연은 마음을 굳힌 상태였다. 맞아 죽는다 해도 인정하지 않을 것이다. 스스로 자신의 명예조차 포기한 이 녀석이 뭐든

못 할까 걱정되기는 했지만.

우려는 사실로 증명되었다. 정역비에겐 최저선이라는 것이 없었다. 말도 없이 침착하게 그녀를 안아 올리더니 어깨에 떠멘 것이다. 비연은 미처 대응할 틈도 없이 머리가 바닥으로 향한 채 매달린 꼴이 되었다.

정신을 차린 그녀가 있는 힘을 다해 그를 때리고 차기 시작했다.

"놔! 어서 놔요! 정역비, 대장군이라는 사람이 이렇게 잡배처럼 굴다니, 체면이라곤 아예 없나요?"

"약방, 몰래 넣은 거 맞지?"

정역비가 집요하게 물었다.

비연도 화가 났다. 더 이상 발버둥 치지도, 말을 섞지도 않았다. 그 대신 사납게 정역비의 등을 깨물었다.

비명은 없었다. 정역비는 오히려 큰 소리로 웃고는 성큼성큼 문밖을 향해 걷기 시작했다.

그가 이렇게까지 하리라고는 정말 생각도 못 했다. 크게 놀란 비연이 무의식중에 몸의 힘을 뺐다. 말리고 싶었지만 이미 늦었다.

놀라는 목소리가 터져 나왔다. 문가를 지키고 있던, 정역비를 사모하는 여인들이 내는 소리였다. 비명 외에도 분분한 목소리들도 들려왔다.

비연은 귀까지 새빨갛게 달아올랐다. 거꾸로 매달려 있기 때문인지, 아니면 수치스러워서인지 알 수 없었지만 얼굴도 불타

듯 뜨거웠다.

아무리 침착하다 해도 결국은 아가씨 아닌가! 정역비는 그야 말로 건달이나 할 법한 짓을 하고 있었다!

그러나 이곳에서는 정역비를 깨물 수도 없었다! 비연은 얼굴을 단단하고 곧은 등에 묻은 채 감히 주변 사람들을 쳐다보지도 못했다.

정역비는 이렇게 그녀를 떠멘 채 아래층으로 내려가 대문 쪽으로 향했다. 그때 앞에서 키 크고 잘생긴 남자가 걸어오는 게 보였다.

정역비가 갑자기 발걸음을 멈추었다. 오만한 그의 눈이 놀란 듯, 그러나 곧 기쁜 듯 밝게 빛났다. 앞에서 걸어오는 사람은 바로 그가 가장 좋아하고 숭배하는 왕, 정왕 전하였다.

정왕 전하를…… 갑자기 만나다니!

제멋대로, 그는 확신할 수 없다

정왕을 만나다니, 쉽지 않은 일이었다!

정왕 전하가 복만루 요리를 좋아해 자주 들른다고는 하지만, 그의 방문 사실을 알 수 있는 사람은 거의 없었다.

정역비는 거의 석 달 동안 이 전하를 보지 못했는데, 이렇게 만나니 정말 기뻤다. 정왕 전하는 천염국을 통틀어 그가 진심으로 탄복하고 경외심을 느끼는 단 한 사람이었다.

고비연을 내려놓고 앞으로 다가가 예를 갖추려 하자 전하가 눈짓을 했다. 그제야 그는 이곳에 사람이 너무 많고 복잡하다는 사실을 알아챘다. 그리고 정왕 전하가 신분을 드러내는 걸 좋아하지 않는다는 사실도 떠올렸다.

정역비는 주변을 보며 속으로 미소 지었다. 지금 자신과 고비연이 이렇게 사람들의 시선을 끌지 않았다면, 정왕 전하는 그저 걸어오기만 해도 저 존귀한 기질로 인해 사람들의 주목을 받았을 텐데.

예를 갖출 수 없게 되자 정역비는 은밀하게 다리 대신 손으로 무릎 꿇는 동작을 해 보였다. 군구신은 그런 그를 상대도 하지 않고 등에 매달려 있는 고비연에게만 눈길을 보내고 있었다. 정역비는 저도 모르게 조금 켕겼다.

군구신은 고비연을 보면서도 걸음을 멈추지는 않았다. 마치 아무 일도 없다는 듯, 빠르지도 느리지도 않게 정역비 곁을 지나 계단 위로 올라갔다. 그의 신분을 눈치챈 사람은 없는 것 같았다.

사람들을 의식해 정역비는 감히 고개를 돌리지 못했다.

군구신은 위층에서 고개를 돌려 계속 고비연을 바라보았다.

안타깝게도 비연은 이 순간 무슨 일이 벌어졌는지 알지 못했다. 정역비가 멈추자 그녀는 그가 사람들 앞에서 또 무언가 이상한 행동을 해서 그녀를 위협할 거라 생각해, 심장을 단단히 부여잡고 있었다.

잠시 멈췄던 정역비가 다시 밖으로 걸어 나갔다. 비연도 안도의 한숨을 내쉬었다.

그들이 대문 앞에 도착했을 때 주 부장이 다급하게 달려왔다.

"장군님, 방금 정왕 전하께서 들어가셨습니다. 만나 뵈셨는지요?"

이 말을 들은 비연은 홀연히 깨달았다. 정역비가 갑자기 걸음을 멈추고 한참 동안 움직이지 않았던 것도 이상한 일이 아니었다.

정왕 전하가 왔던 거였군! 참 공교롭게도······.

비연이 무의식적으로 대문 안을 바라보았다. 정왕 대신 모여 있는 군중만 보였다. 그녀는 재빨리 머리를 다시 정역비의 등에 묻었다.

정왕 전하가 신분을 드러내지 않았으니, 그녀가 그를 봤다 해도 알아볼 수 없을 터였다. 두 번째 우연히 만난 셈인데······

안타깝게도 그녀는 여전히 그 전설 속 왕야의 진짜 얼굴을 볼 수 없었다.

정역비는 주 부장을 상대하지 않고 성큼성큼 걸음을 옮겨 고비연을 마차 안에 올려놓았다. 그리고 그 역시 마차에 오른 뒤 군영으로 돌아가자고 명령했다.

마차가 멀어졌지만 복만루의 열기는 쉽게 가라앉지 않았다. 복만루가 개업한 이래 이렇게 시끌벅적했던 적이 없었다. 사람들 떠드는 소리에 지붕이 다 들썩거릴 지경이었다.

이 시각, 군구신은 2층 별실에 있었다. 그는 창을 열고 마차가 멀어져 가는 모습을 바라보고 있었다. 그 눈빛은 차갑고도 깊었다. 그 누구도 그의 기분이 어떤지 알아챌 수 없을 것만 같았다.

군구신은 마차가 보이지 않게 될 때까지 계속 지켜보았다. 그가 대체 무슨 생각에 잠겨 있는 건지, 아니면 순수하게 정신을 놓고 있는 건지는 아무도 모를 일이었다.

잠시 후 호위 망중이 정보 보고를 했다.

"전하, 상황 조사를 끝냈습니다. 고비연의 10일 휴가는 기장군부 대소저 기복방의 작품이었습니다. 어젯밤 기씨 가문이 파혼하려 했으나 실패해, 아마도 고비연을 핍박하여 파혼을 성사시키려는 것으로 보입니다. 이 며칠 동안 샅샅이 조사한 결과, 기씨 가문은 약방문과 관련된 혐의가 전혀 없습니다. 다만 고비연, 그 약녀에게는 아직 의심이 가는 부분이 많습니다."

군구신은 그제야 창을 닫고 몸을 돌려 그를 바라보았다.

"어떤 면에서?"

"먼저 그녀가 처한 상황이며, 이 이틀 동안 어약방에서 했던 행동들을 살펴보았습니다. 그녀의 약학 실력은 보통 수준이었고, 어약방에서 고생도 꽤 했다고 합니다. 그러나 그날 밤부터 성격이 변했고, 능력 역시 변했습니다."

그렇게 말하면서도 망중은 이상한 모양이었다.

"전하, 이 계집이 다른 누군가를 사칭하고 있는 건 아니겠지요? 혹은 매수를 당했다든가 말입니다. 설마 누군가가 우리처럼 약방문에 문제가 있다는 걸 알고 정 장군을 구하려 했던 걸까요?"

군구신은 생각에 잠겼지만 결론을 내리지 못했다.

그날 그가 직접 고비연을 막고, 다른 사람을 대신 보내 제대로 된 약을 전달하려 했었다. 그러나 결국 고비연이 먼저 도착했다.

"전하, 정 대장군이 너무 흥분한 것 같습니다. 행동이 평소 같지 않습니다! 정 대장군이 지금까지도 오 공공에 관련한 것을 찾아내지 못했으니, 차라리 우리가……."

군구신의 차가운 목소리가 망종의 말을 끊었다.

"오 공공한테는 소만더러 따라붙으라고 해라. 고비연은 너희가 신경 쓸 필요 없다."

"그럼 누가……."

망중이 말을 멈추고 생각에 잠겼다.

설마 전하께서 직접 살펴보시려는 건가?

정 대장군을 모살하려 한 것은 물론 큰일이기는 하다. 그래도 전하처럼 바쁘신 분이 직접 고비연을 지켜보시겠다니!

황상의 병세가 더욱 심해지고 있고 태자는 아직 어렸다. 전하가 태자를 도와 수많은 골칫거리들을 해결해야만 했다. 또한 스스로의 일도 많았다. 대체 어디에 여유가 있어 직접 고비연을 감시한단 말인가?

망중이 서둘러 말했다.

"전하, 오 공공 쪽은 소만더러 지켜보게 하겠습니다. 증거를 빨리 모을 수 있을 것입니다. 고비연의 일은 저에게 맡겨 주십시오. 제가 반드시 제대로 해내겠습니다."

군구신이 반문했다.

"정역비도 해내지 못하고 있는데, 네가 제대로 해내겠다고?"

이크!

망중은 그만 할 말을 잃었다. 전하는 오늘 일로 정역비가 그 계집을 제대로 다룰 수 없다고 단정한 것이다. 이건 너무 독단적이지 않은가? 전하가 고비연을 너무 높이 평가하는 것인지, 아니면 정역비를 너무 낮게 평가하는 것인지 알 수 없었다.

그는 '그럼 누가 해낼 수 있습니까?'라고 묻고 싶었지만, 결국은 감히 그 질문을 입 밖으로 내지 못했다.

군구신은 자리에 앉아 조용히 식사를 했다. 오늘 그는 흰옷을 입어 평소의 패기가 조금은 덜해 보였다. 식사하는 그의 동작을 보면 인간 세상 사람 같지도 않고, 그렇다고 신선 같지도 않은 것이, 그저 지극히 맑고 차가워 보일 뿐이었다!

복만루 전체가 아직도 들썩이고 있었다. 그러나 군구신은 고요한 세계를 즐기고 있었다. 그는 식사할 때 대화하는 것을 좋아하지 않았다. 망중은 한옆에 서서 한 마디도 하지 않고 기다렸다.

식사를 끝내자 군구신은 성을 나가 동군영 방향으로 향했다.

반나절도 지나지 않아 복만루 사건이 황성 전체에 퍼졌다. 여러 갈래 소문이 돌았지만, 어떤 소문이든 두 가지는 꼭 끼어 있었다. 하나는 정역비가 고비연을 안은 채 복만루로 들어갔다는 것이고, 또 하나는 정역비가 고비연을 떠멘 채 복만루를 나와 군영으로 돌아갔다는 것이었다.

고 이야와 왕 부인은 말할 것도 없고, 기씨네는 아예 가문 전체가 물 끓듯이 끓어올랐다!

기 대장군과 서 부인의 분노는 하늘을 찌를 듯했다. 기욱이 밤중에 찾아가 파혼하려 했다가 고비연에게 망신만 당했다는 것을 알고는 더욱 참을 수가 없었다.

대장군이 노여움을 억제하지 못하고 외쳤다.

"정역비, 이 짐승 같은 놈! 사람을 무시해도 분수가 있지! 너무 심하잖아! 안 되겠다. 본 장군이 즉시 입궁하겠다. 황상께 시비를 가려 달라고 해야겠다!"

서 부인이 급하게 만류했다.

"장군, 그러시면 아니 됩니다! 이 일이 황상 귀에 들어가면……. 그 역시 정역비, 그놈의 꾐에 넘어가는 것이 아니겠습니까! 그놈이 우리 욱이를……, 우리 욱이의 여자를 빼앗았다는 것

150

을 인정하는 셈이 되잖아요!"

"여자는 벌써 빼앗긴 것 아닌가!"

대장군은 도저히 마음을 가라앉힐 수 없어 성큼성큼 밖으로 나가려 했다. 그러자 한 마디도 못 하던 기욱이 그를 막았다.

"아버지, 아버지, 정역비가 일부러 저러는 것입니다. 그는 분명 일이 커지기만을 기다리고 있을 겁니다! 아버지께서 입궁하시면 소자는 정말로 웃음거리가 되고 맙니다!"

대장군은 아들을 보배처럼 여겨, 그에게 화를 낸 적이 거의 없었다. 그러나 이번만큼은 거의 포효하듯 외쳤다.

"대체 아느냐, 모르느냐! 이 일 때문에 네가 잃게 되는 것은 체면만이 아니다. 다른 것을 더 크게 잃을 것이다! 다른 것을!"

기욱은 당황했다. 그가 가장 신경 쓰고 있던 것은 체면이었다. 체면 말고 잃을 것이 또 무엇인지 도무지 알 수 없었다.

다른 것이라고? 그게 대체 뭐지?

비위 맞추기, 군에 남아 시중을 들다

당황하는 기욱을 보자 대장군이 더 크게 분노했다.

"우둔한 것! 바보 천치 아니냐! 그렇게 체면을 따지면서, 어젯밤에는 왜 이런 것들은 생각해 보지도 않고 멋대로 파혼하러 갔느냐? 아비가 당초에 너에게 말하지 않았더냐. 우리는 병사들을 이끌고 전쟁터에 나가는 사람들이다. 그 썩어 빠진 문관들이 말하는 무슨 체면이고 하는 것들은 우리랑 아무 상관 없단 말이다! 일찌감치 파혼하고 회녕 공주를 아내로 맞이했더라면 이렇게 큰일이 있었겠느냐? 체면이라, 그래, 좋다. 지금 체면은 전부 잃었지! 게다가 일이 이렇게까지 커진 이상, 정역비에게 여자를 빼앗긴 너에게 황상께서 회녕 공주를 허락하실 것 같으냐?"

기욱도 마침내 깨달았다. 체면을 잃는 것보다 더 큰일은 황족과 혼사를 맺을 기회를 놓치게 되었다는 것이다.

그는 회녕 공주를 잃었다!

기욱은 회녕 공주를 제 주머니에 들어온 물건처럼 생각해 왔기에, 사정이 이렇게 변할 수 있으리라고는 전혀 생각지 못했다.

기욱이 멍한 표정을 지었다.

"어찌 되었건 황상께 입장을 밝힐 생각이다! 정역비, 그놈에게 가르침을 내려야지! 고씨 그 천한 계집도 앞으로는 편하게 지내지 못할 거다!"

대장군이 이 말을 남기고 노기등등하게 황궁으로 향했다. 그러나 그가 어서방에 도착하자 태감총관인 매 공공이 황상의 몸이 좋지 않아 아무도 만날 수 없다는 말을 전했다.

대장군도 당연히 황상이 아프다는 사실을 알고 있었다. 그러나 소 태의가 틈을 내 군영에 다녀올 수 있는 만큼, 황상의 병이 그렇게 심한 것은 아니라고 생각했다. 분명 복만루 사건을 이미 알고, 황상이 그를 일부러 보려 하지 않는 것일 게다.

대장군은 매 공공과 길게 이야기를 주고받지 않고, 어서방 앞에서 꼼짝하지 않고 기다리기 시작했다.

밤이 될 때까지 기다렸으나 황상을 만날 기회는 얻지 못했다. 대신 기욱이 와서 함께 기다리기 시작했다.

두 부자가 밤을 새우며 황상을 만나려 한다는 것을 정역비와 비연은 전혀 알지 못했다.

그들은 한밤중에 군영에 도착했다. 오는 길 내내 아무 일도 없었다. 성을 나서자마자 정역비가 고비연을 마차 안에 꽁꽁 묶어 놓고는, 본인은 말로 갈아타고 앞에서 신나게 달렸기 때문이다.

군영에 도착하자 정역비는 다시 한번 비연을 어깨에 떠메고 성큼성큼 막사 안으로 들어갔다.

밖에서도 오만하고 멋대로 구는 사람이었다. 제 영역으로 들어온 이상 더하면 더했지 덜하지 않았다. 그는 마치 여인을 보쌈해 온 산적 두목이라도 되는 양 제 형제들에게 손을 흔드는 등 잘난 척하며 걸어갔다.

그의 수하들이 환호성을 지르고 휘파람을 불었다. 조용하던 군영이 갑자기 시끌벅적해졌다.

막사에 도착하자마자 정역비는 비연을 침상 위에 내동댕이 쳤다. 하루 종일 분노해 있던 비연이 이글거리는 눈빛으로 사납게 그를 노려보았다.

곧바로 나가려던 정역비가 그 시선에 멈칫해 되돌아왔다. 그리고 비연의 입을 막고 있는 천을 빼내고는 큰 소리로 웃으며 말했다.

"왜, 약방문을 몰래 넣었다는 것이 기억났나?"

비연이 소리를 꽥 질렀다.

"화장실에 가야 해!"

정역비가 대소했다. 그러나 비연을 풀어 주지는 않고 대신 시녀를 불러 시중을 들게 했다.

일이 끝나자 그는 의자를 끌고 와 침상 옆에 앉더니 자못 흥미롭다는 표정으로 비연을 가늠해 보았다. 그는 평생 이렇게 거친 여자를 본 적이 없었다. 그렇다고 이 여자의 항복을 받을 수 없으리라고는 생각지 않았다!

그가 훑어보든 말든 비연은 눈을 감고 쉬기로 했다. 어찌 됐든 시간도 꽤 늦었으니까.

온우유, 회녕 공주, 기욱만 해도 참 대단하다고 생각했다. 그러나 지금 보니 정말로 대단한 녀석이 바로 눈앞에 있었다.

어쨌든 군영까지 왔다. 정역비가 앞으로 어떻게 할지는 지켜

볼 생각이었다!

사부가 말했었다. 그녀는 용수철과 같아 억누를 수 없다고. 억누를수록 더욱 강하게 튕겨 오른다고!

비연이 눈을 감은 후에도 정역비는 한참 동안 들여다보고 있었다. 그는 결국 감정을 억누르지 못하고, 몸을 일으키며 소리쳤다.

"누구 없느냐!"

비연은 마음속으로 무시하고 있었다. 그러나 누가 알았을까, 정역비가 갑자기 명령했다.

"어약방 대약사에게 전해라. 이 약녀를, 본 장군이 원한다고! 이 여자는 앞으로 군영에 남아 내 시중을 들 거라고!"

비연이 재빨리 눈을 떴다.

"거절하겠어요!"

정역비가 옅은 웃음을 띤 채 말했다.

"본 장군은, 대약사도 감히 거절할지 지켜볼 생각이다!"

비연이 화를 내며 외쳤다.

"당신!"

정역비가 유쾌한 듯 큰 소리로 웃었다.

"약녀, 화를 내니까 훨씬 예뻐 보이는군!"

그리고는 재미있다는 듯 몸을 굽혔다. 그가 막 비연을 약 올리려 할 때 문밖에서 주 부장의 목소리가 들려왔다.

"장군님, 취사영에 문제가 생겼습니다!"

방해를 받은 정역비가 불쾌함이 깃든 목소리로 물었다.

"한밤중에 대체 무슨 문제가 생겼다는 거냐?"

"병사 하나가 갑자기 발병했는데, 천식입니다. 아주 위험한 상태고요. 병사들이 군의를 둘러싸고 어떻게든 치료하라고 핍박하고 있습니다."

주 부장의 말을 들은 정역비의 표정이 진지해지더니, 몸을 일으켜 성큼성큼 밖으로 나갔다.

"치료 가능한가?"

"곽 군의가 침을 세 번이나 놓았습니다. 나아지는가 싶다가 곧 다시 발작을 일으켰다고 합니다. 군의가 곁에 있지만, 빨리 약을 써야지, 그렇지 않으면 내일 낮까지 버티기도 어려울 것 같다고 합니다."

"그렇다면 약을 쓰면 되지 않나!"

"장군님, 약방문에 아주 중요한 약재가 하나 들어가는데, 우리 창고에는 없는 것입니다! 그걸 구해 오라고 성으로 사람을 보냈습니다. 오가는 데 최소한 여섯 시진은 걸릴 테니, 내일 낮까지 도착하기도 어려울 듯합니다. 곽 군의가 은밀히 저에게 말하기를, 아마 목숨을 구하기 어려울 것 같다고 합니다. 취사영 병사들 모두 흥분한 상태인지라, 제가 그들을 위로하려 했지만 소용이 없었습니다."

비연이 여기까지 들었는데 목소리가 사라졌다.

그녀는 약을 10년 동안 배웠다. 약재라는 말만 나와도 보통 사람들보다 민감하게 반응할 수밖에 없었다.

비연은 제 상황도 잊고 미간을 찌푸린 채 열심히 듣고 있었다. 좀 더 많은 이야기를 듣고 싶었다. 그러나 더 이상 아무 소리도 들려오지 않아 답답했다.

정역비가 가 버린 건 아니겠지?

다급한 나머지 그녀가 입을 열었다.

"정역비, 거기 있어요? 할 말이 있어요!"

군의가 완전 돌팔이군!

그녀처럼 약을 배운 사람조차 최후의 순간까지 환자를 포기해서는 안 된다는 사실을 알고 있었다. 그런데 의사인 군의가 이렇게 쉽게 포기하다니, 대체 그 돌팔이는 사람의 생명을 뭐라 생각하는 거지!

정역비는 고비연이 또 입심 자랑이나 하려 한다 생각하고 상대하지 않고, 주 부장과 문가에서 이야기를 나누고 있었다.

비연은 차라리 고함을 치기로 했다.

"필요한 약재가 마황 아닌가요? 나한테 있어요! 있다고요!"

그 순간 정역비와 주 부장이 함께 안으로 들어왔다. 두 사람 모두 놀란 것 같았다.

주 부장이 다급하게 물었다.

"고 약녀, 우리가 필요한 약재가 마황이라는 걸 어떻게 알았습니까? 정말 마황을 갖고 있습니까?"

천식을 치료하는 중요한 약재는 십중팔구 마황이었다. 특히 응급 상황이라면 더욱 그랬다.

비연은 주 부장은 상대하지 않고, 더할 나위 없이 진지한 표정으로 정역비를 향해 말했다.

"나를 풀어 주고, 환자에게 데려가요. 약방문을 봐야겠으니! 어서!"

생명과 관련된 일이었다. 정역비는 일단 묶은 것을 풀어 주고 그녀를 취사영으로 데려갔다.

막사 안에서는 병사 허빈이 다시 발작을 일으킨 참이었다. 군의가 침을 놓고 있었다. 그러나 허빈의 호흡이 매우 급박한 것이, 마치 멈추지 않을 것만 같았다.

곽 군의의 말은 거짓이 아니었다. 침의 효과가 그다지 좋지 않았다. 급하게 약을 쓰지 않는다면, 빈번하게 발작을 일으키다 결국 버티지 못할 것 같았다.

곽 군의는 정역비가 오는 것을 보고 금침 몇 대를 더 놓은 후 몸을 일으켜 인사했다. 정역비는 그에게 예를 갖출 필요가 없다며 손을 내저었다.

비연은 곽 군의의 마지막 침을 보고 환자의 병세가 조금은 누그러졌다는 것을 알았다. 그녀는 서둘러 탁자 위의 약방문을 집어 들었다.

도박, 반드시 이겨야 해

쉽게 생명을 포기하는 의사를 비연은 신임할 수 없었다.

그녀는 먼저 약방문에 적힌 약재의 배합이며 용량이 합리적인지 살폈다. 그렇지 않으면 마황이 있다 해도 쓸모가 없을 테니까!

다행히도 약방문은 그대로 쓸 만했다.

약방문에 별문제가 없다는 것을 확인한 후에도 비연은 여전히 그곳에 시선을 두고 있었다. 그녀는 약방문을 검증하는 척하면서 사실은 정신을 집중해서 약왕정에 명을 내리려 했다.

마황 정도는 어떤 품질이건 약왕정 안에 아주 많이 있었다. 약왕정이 도와주기만 하면 일이 쉽게 풀릴 것이다. 그러나 도와주지 않는다면 직접 숲에 들어가 마황을 찾아야 했다.

군의가 상황을 보고, 낮은 소리로 주 부장에게 어찌 된 일인지 물었다. 주 부장이 고비연이 마황을 갖고 있다고 말하자 군의는 기뻐하며 외쳤다.

"이 약방문은 절대적으로 틀리지 않았습니다! 고 약녀, 뜻밖에도 약을 갖고 있다니, 어서 내놓으시오. 지금 마황 한 가지만 부족하단 말이오!"

비연은 그를 상대하지 않았다. 그녀는 정신을 집중해 약왕정이 반응하기를 기원하며 의식을 움직였다. 그러나 안타깝게도 약왕정은 여전히 파업 중이었다.

비연은 더 이상 시간을 낭비하지 않고 진지하게 말했다.

"마황이 없어요. 하지만 산속에 가서 찾아올 수는 있어요!"

이 말에 모두가 멍한 표정이 됐다.

정역비 얼굴에 바로 불쾌한 기색이 떠올랐다.

"역시 그랬군. 망할 계집, 본 장군을 속였겠다! 네가 나가면 다시 돌아올 수 있을 것 같으냐?"

"당신을 속이지 않았으면 나를 풀어 주고 여기로 데려왔겠어요? 생명과 관련된 일이니 더 이상 당신과 농담할 시간이 없어요. 반드시 약을 찾아야 해요. 하지만 지금 내가 먼저……."

비연의 말이 끝나기도 전에 곽 군의가 정색하고 말했다.

"고 약녀, 당신은 분명히 장군님을 속인 것이오! 숲에 약재가 많다 하나 마황은 아주 귀해요. 제철인 가을에도, 나오자마자 다들 캐다 팔아 버리기 마련이오. 지금은 한겨울이고, 더군다나 한밤중이오. 그런데 어떻게 찾겠다는 것이오? 정말 마황이 있다면, 노부가 어찌 이 병사가 죽어 가는 것을 지켜만 보았겠소?"

비연은 이 돌팔이와 말을 섞고 싶지 않았지만, 겉만 번지르르한 이런 말을 들으니 화가 치밀었다. 그래서 그녀가 진지하게 물었다.

"곽 군의, 마황을 찾아보았나요?"

곽 군의가 당당하게 말했다.

"한 달 전이었다면 노부가 산속으로 들어가 찾았을 것이오.

지금은 절대 찾을 수 없소. 산으로 가 봤자 헛수고일 뿐이오."

비연이 냉소하기 시작했다.

"곽 군의, 당신의 생명을 걸고, 이렇게 넓은 산에서 마황을 절대로 찾을 수 없다고 보장할 수 있나요?"

곽 군의가 진지하게 설명했다.

"고 약녀, 뒷산에는 확실히 약재가 많소. 하지만 마황은 결단코 지금까지 남아 있을 리 없소. 이 산은 노부가 지난달에 가 보았고……."

비연이 강한 어조로 말을 끊었다.

"쓸데없는 말을 많이 할 필요가 없겠지요. 당신에게 나와 도박을 해 볼 마음이 있는지 묻고 있는 거예요. 내가 마황을 찾아 돌아온다면, 사람들이 보는 앞에서 자결할 수 있겠어요?"

곽 군의는 저도 모르게 숨을 들이켰다.

"계집, 어찌 그리 말하느냐? 마황을 찾겠다는 생각은 나쁘지 않다. 하지만 그렇게 말하면 안 되지. 터무니없는 말로 억지를 부리다니, 너……."

비연이 다시 강하게 말을 잘랐다.

"생명과 관련된 일이에요. 당신과 차근차근 이야기할 생각 없어요! 그저 당신이 약을 찾을 것인지, 아니면 찾지 않을 것인지만 궁금할 뿐이에요!"

곽 군의는 대로했다.

"이 계집, 화제를 돌려 사람들을 혼란에 빠트리려 하는구나! 이제 그만……."

비연이 세 번째로 말을 잘랐다.

"곽 군의, 그럼 이렇게 묻죠. 이 병사의 생명을 걸고, 이 산에는 마황이 없다고 확신하나요?"

곽 군의는 순간 제대로 대처할 수 없었다.

"나, 나는……."

비연은 계속 강하게 말을 끊었다.

"그렇게는 할 수 있겠지! 지금 당신의 태도는 바로 다른 이의 생명을 걸고 도박을 하고 있으니까. 이 병사가 위급하긴 하지만, 당신의 침구술로 최소한 내일 낮까지는 생명을 보전할 수 있을 겁니다. 지금부터 내일 낮까지 아직 몇 시진이나 남아 있는데, 대체 무엇 때문에 경험만 이야기하며 약재를 찾을 기회를 포기하는 거죠? 그건 바로 다른 사람의 생명을 걸고 있기 때문이겠지! 자기 자신의 생명이 아니라! 어찌 감히 이럴 수 있는 겁니까?"

"나, 나는 그런 뜻이 아니다!"

곽 군의가 노발대발하며 변명하려 했지만, 그게 그리 쉽지 않았다.

"나, 나는……."

그러나 비연은 그보다 더 화가 나 있었다.

"곽 군의! 환자는 염라대왕과 생사를 다투는 상황이고, 의술에 종사하는 우리 모두 그 도박을 지켜보며 돈을 거는 자들입니다. 우리는 영원히 죽음에 걸어서는 안 되고, 반드시 삶에 걸어야만 해요. 어떻게든, 온 힘을 다해 삶에 걸어야 한다고요!

아직 시간이 남아 있는데, 최후의 순간이 오기 전에 어떻게 포기할 생각을 합니까? 그가 그저 일개 취사병이기 때문인가요?"

마침내 수치스러움이 분노로 변해 버린 곽 군의는 비연을 힐난했다.

"고 약녀, 그대도 약녀니 분명 알고 있을 거 아니오. 모든 약재가 캐 오자마자 바로 약재로 쓸 수 있는 게 아니라는 것을. 마황은 줄기를 약재로 쓰는데, 노부가 쓴 이 응급 약방문은 다른 것과 달라, 꿀을 발라 구운 마황이 필요하단 말이오. 그대가 마황을 캐어 올 수 있다 해도, 꿀을 발라 굽는다는 것이 무엇인지 알겠지? 시간에 맞춰 꿀을 발라 구울 수 있단 말인가?"

비연이 아예 입을 열지 않았다면 모를까, 일단 열었다 하면 사람들의 원한을 사는 데 아주 재주가 있었다.

그녀가 반문했다.

"마황은 천식을 가라앉히는 효능이 최고인 약재죠. 설사 꿀을 발라 구운 것이 없다 해도 똑같이 천식을 가라앉힐 수는 있어요. 최소한 시간을 벌어, 성에서 약을 가져올 때까지 버티게 할 수는 있잖아요. 설령 효과가 없다 해도 당신은 최선을 다해야 해요. 안 그래요?"

본래 당당했던 곽 군의도 고비연이 이렇게 반문하니 마침내 자신감을 잃고 말았다.

단지 인정하고 싶지 않을 뿐이었다.

자신이 틀렸다는 것을 인정하면 정 대장군이 자신을 어떻게 볼 것이며, 병사들은 또 자신을 어떻게 대할 것인가? 앞으로 어떻게 버텨 나가면 좋단 말인가?

곽 군의가 머뭇거리다 서둘러 정역비를 향해 말했다.

"정 대장군, 꿀을 바른 마황이 아니면 약효가 들지 않습니다. 모두 헛수고입니다. 군영에서는 아무래도 제약이 있을 수밖에 없고, 꿀을 바른 약재를 어찌 그리 쉽게 구하겠습니까? 이 계집이 말재간을 부려 저를 질책하는 것은 그저 도망치려는 술수에 지나지 않습니다."

정역비는 이쪽에는 문외한이었다. 그는 곽 군의를 보고, 다시 고비연을 쳐다보았다. 마치 어느 쪽을 선택할지 고민하는 것 같았다.

곽 군의가 망설이다가 필사적으로 외쳤다.

"정 대장군, 생명을 걸고 말씀드립니다. 이 산에는 마황이 없습니다!"

정역비가 가볍게 턱을 쓸면서 진지하게 곽 군의를 바라보았다. 여전히 고민 중인 것 같았다.

비연은 이해할 수 없어 바로 노한 목소리로 외쳤다.

"정역비, 노력도 해 보지 않고 생명을 건다는 건 아무 소용 없는 짓이에요! 내가 도망칠까 봐 그러는 거라면, 당신도 함께 가면 되잖아요! 당신은 장군이잖아요. 당신의 병사들이 전쟁터가 아닌, 이렇게 막사 안에서 헛되이 죽는 것을 당신은 허락하지 않으리라 믿어요! 그가 겨우 취사병에 지나지 않는다 해도!"

비연의 말이 끝나자 모두가 멍한 표정을 지었다. 거대한 막사 안이 갑자기 고요해졌다.

이 군영에서 지금까지 정역비에게 이렇게 큰 소리로 외친 사람은 아무도 없었다. 감히 그의 이름조차도 부른 사람이 없었다. 그러나 모두를 진정으로 흔들리게 만든 것은 '정역비'라는 이름이 아니라 바로 그 뒤에 이어진 말들이었다!

병사는 전쟁터에서만 죽을 수 있다. 막사 안에서 헛되이 죽어서는 안 되는 법이다!

정역비도 깨달음을 얻은 기분이었다. 그는 바람이 불면 날아갈 것 같은 고비연이 이렇게 씩씩하고 굳센 말을 할 거라고는 생각지 못했다. 그리고 바로 이 말 때문에, 그는 그녀를 믿기로 했다!

정역비가 즉시 명을 내렸다.

"주 부장! 횃불을 준비하고, 정예병 몇을 뽑아 길을 열어라. 산으로 약을 찾으러 간다!"

고비연은 마침내 속으로 안도의 한숨을 쉬며 다급하게 말했다.

"잠깐만요. 먼저 지필묵을 주세요."

곽 군의는 화를 내고 있다가 이 말을 듣고는 돌아보았다.

지필묵?

이 계집이 또 무슨 짓을 하려는 거지?

공교롭게도, 자객을 만나다

지필묵은 그림을 그리기 위해서였다. 혼자 이 넓은 산으로 약을 찾으러 갈 만큼 비연은 우둔하지 않았다.

그녀는 곧바로 여러 종류의 마황을 그렸다. 적마황, 중마황, 초마황, 세 종류였다. 이 세 가지 중 약효가 가장 좋은 것은 적마황이었다. 그다음은 중마황, 초마황 순이었다.

길게 설명할 시간이 없었다. 비연은 그림을 그리면서 진지한 표정으로 정역비에게 말했다.

"이 세 가지가 모두 마황이에요. 이 그림을 모사하게 하세요, 여러 장을 말이에요. 그리고 병사들을 많이 보내 근처 숲, 초원, 밭을 모두 찾아보게 하세요. 중요한 것은, 마황은 모래흙이 많은 푸석거리는 땅에서 난다는 거예요. 양지바른 곳에요. 습한 곳은 아니에요. 모래흙이 많은 곳이면 자세히 찾아보고, 습한 지역에선 시간을 낭비할 필요가 없어요. 그 외에, 군영에서 가장 가까운 마을까지는 두 시진이면 다녀올 수 있죠. 병사를 마을에도 보내세요. 어쩌면 마을 사람들 중에 마황을 가진 이가 있을 수도 있으니까."

이 말을 들은 곽 군의는 얼굴을 붉혔다. 속으로는 고비연의 진지한 태도에 탄복하고 있는 것이 분명했다.

정역비가 즉시 주 부장에게 고비연이 말한 대로 하라고 명령했다. 허빈과 곁에 있던 취사병 몇 명의 눈가에 눈물이 어렸다. 그들은 지금까지 자신들의 생명이 이렇게 중요하게 여겨질 거라고는 생각한 적이 없었다.

곧 병사들 무리가 횃불을 들고 출발했다. 비연은 떠나기 전 일부러 고개를 돌려 곽 군의를 바라보았다. 방금까지 기세등등하게 시비를 가리던 모습과는 달리 그녀의 눈길은 솔직하고 진지해 보였다.

"곽 군의, 남은 시간 동안 믿을 사람은 당신뿐이에요! 부디 버텨 주시기를 바라요!"

곽 군의는 멍하니 굳어 버렸다. 달갑지 않았지만, 어찌 된 일인지 저도 모르게 큰 소리로 대답했다.

"안심하시오! 어찌 되었건 노부가 최선을 다할 거요. 좋은 소식을 기다리겠소!"

비연은 그제야 정역비와 함께 막사를 나섰다. 그러나 막사 문 앞에서 임 노부인과 마주치고 말았다.

노부인은 아들이 비연을 데리고 돌아왔다는 말을 듣고 대체 무슨 사연인지 알아보러 왔다. 그러다 취사영에 문제가 생겼다는 이야기를 듣게 되었다.

그녀는 문가에 한참 동안 서서 취사영에서 벌어진 모든 일들을 지켜보았다. 그리고 비연이 나오는 것을 보고 몸을 피하려 했지만 이미 늦어 그녀와 마주치고 말았다.

비연이 살짝 무릎을 굽혀 인사하고는 한마디 말도 없이 서둘러 자리를 떠났다. 노부인은 그녀의 뒷모습을 보다가 갑자기 이유 없이 풀이 죽었다.

이 계집이 뜻밖에도 스스로 예를 행하다니! 지난번의 원한을 기억하지 못하는 걸까? 정말 기억하지 못한다면 무엇 때문에 그녀에게 안부를 묻거나 말 한마디 건네지 않았다는 말인가?

노부인은 아들을 재빨리 잡아끌고는 나지막하게 물었다.

"역비야, 저 애를 데려와 무얼 하려는 게냐?"

"사람을 구할 생각입니다. 보지 못하셨어요? 어머니, 우리 군영에는 약녀가 없습니다. 이미 성으로 사람을 보내 어약방 대약사에게 전하라고 했습니다."

정역비는 진지한 가운데에서도 조금 흥분한 기색을 보이며 발걸음을 떼려다가, 또 갑자기 고개를 돌리고 한마디 덧붙였다.

"반드시 손에 넣어야겠습니다!"

"아?"

노부인이 멍한 표정을 지었다. 그러나 그 말의 의미를 묻기도 전에 정역비는 성큼성큼, 빠르게 고비연을 따라갔다.

마황은 본래 크기가 작은 관목이었다. 산에 적지 않은 초목들이 시든 상태였지만 추위에 강한 초목 대다수가 굳게 버티고 있었다. 이런 곳에서 한밤중에 작은 약초를 찾아낸다는 것은 정말로 어려운 일이었다. 비연과 정역비는 동쪽에서 한참을 찾아보았지만 아무 소용 없었다.

하늘이 밝아 오고 한참 지나서 한 병사가 달려와 보고했다.

"장군님, 고 약녀, 남쪽 산비탈에서 몇 그루 찾았습니다. 그림과 완전히 똑같이 생겼으니 어서 오셔서 봐 주십시오."

비연과 정역비가 기뻐하며 즉시 달려갔다. 정역비는 보자마자 그림과 대조한 후 바로 캐내려 했다. 그러나 비연이 고개를 흔들며 말했다.

"이건 마황이 아니라 절절초예요!"

"뭐라고?"

정역비와 병사들 모두 깜짝 놀랐다.

절절초는 마황 중에서도 적마황과 비슷한 모양새였다. 그러나 둘은 같은 약재가 아니었고, 약효도 당연히 같지 않았다.

비연이 한바탕 설명하자 모두 이해했다. 그러나 모두 조금은 낙심하지 않을 수 없었다. 시간이 얼마 남아 있지 않았다.

비연은 전혀 낙담한 표정을 보이지 않고 모두를 격려했다.

"어서 서둘러요. 누구든 마황을 찾기만 하면 형제의 목숨을 구할 수 있을 테니까!"

설령 취사병이라 해도 수족과 같은 형제였다! 병사들은 다시 힘을 내어 찾기 시작했다.

정역비는 비연의 새하얀 얼굴이 빨갛게 얼어 있는 것을 발견했다. 그녀의 솜저고리는 낡고 해졌을 뿐 아니라 얇아 보였다. 정역비는 저도 모르게 마음이 아파 왔다. 그래서 바람막이를 벗어 그녀에게 건넸다.

"입어라."

비연이 그를 흘깃 보더니 흥, 소리를 내고 몸을 돌려 걸어갔다. 필요 없다고!

주변에 있던 병사들 전부 그 소리를 들었다. 정역비가 어색

한 표정을 지었다. 그러다가 자신이 아직 비연과 화해하지 않았다는 사실을 깨달았다!

비연은 앞에 있는 작은 숲을 발견하고, 정역비도 떨어뜨릴 겸 빠른 걸음으로 걸어갔다.

그녀가 막 숲으로 들어서는데, 검은 옷을 입은 남자가 저 앞에서 그녀를 물끄러미 바라보고 있는 게 보였다. 비연은 급하게 걸음을 멈췄다. 너무 놀라 하마터면 비명을 지를 뻔했다.

세상에! 그 남자야……. 바로 그 사람! 그날 밤 그 가면 자객!

대리시와 주 부장이 계속 이 녀석의 행방을 찾고 있다지만, 어약방 쪽의 실마리를 제외하면 다른 실마리가 전혀 없는 상태였다. 게다가 지금까지 어약방 쪽에서도 별다른 증거를 찾아내지 못하고 있었다.

밤새도록 이 산속은 시끌벅적했고, 곳곳에 병사들이 있었다.

그런데 이 녀석이 감히 지금 여기에 나타났단 말이지? 대체 뭘 하러 온 걸까?

뿐만 아니라 그는 그녀 앞에 일부러 모습을 드러냈다. 그녀가 정역비와 병사들을 불러 모을 것이 두렵지도 않은 걸까?

산 아래는 바로 군영이었다. 그 병력으로 정역비가 이 산 전체를 포위하면 새 한 마리 빠져나가지 못하게 할 수도 있었다.

거리가 좀 멀어 가면 자객의 표정을 제대로 볼 수 없었다. 순간 조금씩 공포가 떠오르기 시작했다.

비연은 사부 단 한 사람만을 무서워했다. 그러나 지금은 이 녀석도 조금 무서웠다. 그녀가 치명적인 독을 썼는데도 죽지

170

않았던 것을 생각하면 이 녀석은 절대로, 절대로 보통 사람이 아니었다.

비연의 심장이 더욱 빠르게 쿵쾅거렸다. 언제나 태연자약하던 그녀도 이 순간만큼은 머리가 텅 비어 버린 것 같았다. 무의식적으로 뒷걸음질을 쳤다.

그러나 가면 자객은 가까이 다가올 생각이 없는 듯했다. 그저 멀리 서서 바라보다가 곧 몸을 돌려 뒤쪽 산길로 접어들었다.

비연은 겨우 정신을 차렸다. 왜인지, 그녀는 소리쳐서 사람을 부르지 않았다. 자신이 사실대로 말하지 않아 켕기는 구석이 있기 때문이었을까? 그게 아니면 너무 놀라서 멍해졌던 걸까? 그녀 자신도 왜 그랬는지 도무지 알 수 없었다.

정역비가 쫓아오자 그제야 그녀는 자객이 사라진 방향을 향해 뛰면서, 무의식적으로 정역비가 그를 발견해 주기를 바랐다.

"이봐, 왜 그렇게 달리는 거야? 기다려! 마황을 찾고 있는 거 아니었어?"

정역비가 성큼성큼 다가왔다. 그가 곧 따라잡을 상황이었지만 비연은 그를 상대하지 않고 오솔길을 따라 있는 힘을 다해 달렸다. 이곳 양쪽으로는 모두 험준한 암석뿐이고, 길은 이곳 하나뿐이었다. 자객은 분명 이 길로 도망쳤을 것이다.

그러나 안타깝게도, 비연이 아무리 달려도 자객의 뒷모습조차 보이지 않았다.

대체 어디로 간 것일까?

증거, 약방문 한 묶음

비연의 행동이 뭔가 이상하다는 것을 깨달은 정역비가 진지하게 물었다.

"대체 뭘 쫓는 거야?"

비연은 대충 얼버무릴 수밖에 없었다.

"여기에 마황이 있는 줄 알았어요. 가요, 다른 곳을 찾아보죠."

그의 시선을 피하며 비연은 몸을 돌려 원래 길로 되돌아가기 시작했다.

조급해하는 그녀를 보고 정역비도 더 이상 추궁하지 않았다. 그러나 얼마 안 돼 그가 뒤에서 갑자기 고함을 질렀다.

"이봐, 여기! 여기 와 봐! 어서!"

정역비가 그 자객을 발견했다고 생각해 깜짝 놀란 비연은 다급하게 고개를 돌렸다.

정역비는 비탈면 쪽을 가리키며 소리치고 있었다. 그가 가리키는 방향으로 눈길을 돌린 비연은 또 한 번 깜짝 놀랐다!

정말로 마황이 있었다! 마침, 딱!

비탈면에 마황이 대여섯 그루 돋아 있었다. 말라 죽지도 않은 상태였다. 최소한 두 그루는 아주 쓸 만해 보였다. 다른 것도 잘 골라내면 쓸 만한 부분이 있을 것 같았다.

정역비가 정말 기뻐하며 물었다.

"약녀, 여기에 마황이 있는 줄 어떻게 알았지? 네가 그냥 헤매다고 생각했는데!"

비연도 당황했다. 그녀가 어찌 알았겠는가? 그녀는 아무것도 알지 못했다!

소리를 듣고 달려온 병사들도 기뻐서 어쩔 줄 몰라 하며 말했다.

"마황인가요? 고 약녀, 이번에는 틀림없겠지요?"

"다행이다! 허빈이 살 수 있어!"

"고 약녀를 믿은 게 다행이야. 그렇지 않았으면 허빈은……."

비탈면이 너무 가팔라 발을 디딜 곳이 없었다. 병사들이 손에 손을 잡고 서로 힘을 빌려 내려갈 수밖에 없었다.

정역비가 제일 먼저 내려갔다. 마황을 발견해 흥분한 그는 비연의 이상한 점을 눈치채지 못했다.

마황에 손이 닿자 그가 소리쳤다.

"약녀, 이거 어떻게 캐면 되지? 어서 말해 봐!"

비연이 겨우 정신을 차리고 다급하게 말했다.

"뿌리 위에서 베어 내요. 뿌리는 남겨 두고요. 조심해요."

보통 마황이라 하면 줄기를 이야기하는 것이었다. 그러나 뿌리에도 약효가 있었다.

마황 줄기는 땀을 내게 해 오한을 가시게 해 주고, 폐를 편하게 해 주어 천식에 효과가 있었다. 뿌리는 체질이 허해 식은땀을 흘리는 이들에게는 효과가 좋지만 줄기만큼 가치가 높지는 않았다. 그러니 이 마황의 뿌리를 남겨 두면 따뜻한 봄에 다시 새로운 줄기가 자라날 것이다.

비연은 한눈에 알아보았다. 꽤 오래 묵은 걸로 보아 이 마황은 누군가가 여러 번 채취한 것들이었다. 정역비가 고비연 말대로 했다.

비연은 여전히 놀란 가슴을 가라앉히지 못한 채 정역비를 보며 계속 생각에 잠겨 있었다.

이건 너무 공교롭지 않은가? 설마 가면 자객이 그녀를 이곳으로 유인한 걸까?

하지만 이곳은 군영 소재지였다. 자객인 그 녀석이 어떻게 이 일대를 그리도 잘 알 수 있을까?

또한 그들은 원한도 있는 사이였다. 결코 좋은 녀석은 아닐 텐데 대체 무엇 때문에 그녀를 도운 걸까?

비연은 자신이 정말 생각이 너무 많다고 생각했!

마황을 손에 넣은 정역비가 병사의 손을 놓고 절벽에 손을 짚더니, 힘을 모아 공중으로 뛰어올랐다. 그리고 비연 앞에 착지하며 마황을 건넸다. 그러면서 방금까지의 문제를 계속 추궁하기 시작했다.

"약녀, 여기에 마황이 있다는 걸 어떻게 알았지? 어제 우리가 이곳을 지나지도 않았는데?"

비연은 그의 눈을 똑바로 바라보지 못했다. 그리고 헛수고인 줄 뻔히 알면서도 지형이며 흙의 성질 등을 이유로 늘어놓았다. 정역비가 믿고 안 믿고는 관심 밖이었다. 빨리 하산해 사람을 구해야 한다며 그를 재촉했다.

그들이 사라지자 가면 자객, 군구신이 오솔길에 몸을 드러냈다. 마치 그림자처럼, 아무것도 없는 곳에서 갑자기 나타난 듯했다. 어찌나 빠르고 조용한지, 누군가가 지켜보고 있었다 하더라도 그가 어디서 나타났는지 알 수 없을 정도였다.

동군영은 그에게 익숙한 곳이었다. 아니, 동군영뿐 아니라 서군영도 마찬가지였다.

이 두 군대는 천염국의 두 다리였다. 익숙하지 않다면 그가 어떻게 천염국을 안전하게 자리 잡게 하고, 멀리 내다볼 수 있겠는가?

그는 평소 성에 있지 않고 이 군영 부근 숲속에 잠복해 있곤 했다. 그는 의술도 약술도 이해하지 못했지만 의약과 관련된 물건들은 한번 보면 결코 잊지 않았다. 자신의 생득적인 능력인지, 아니면 어린 시절 배운 적이 있기 때문인지는 그도 알지 못했다. 열네 살 이전의 일을 그는 전부 잊었기 때문이다.

비연 무리가 멀리 사라진 후에도 그는 떠나지 않았다. 대신 굵은 나무 위로 가볍게 뛰어올랐다. 그러고는 손목에서 염주를 하나 벗겨 내 조용히 굴리기 시작했다.

그것은 모두 108개의 구슬로 이루어져 있었는데, 보통 쓰이는 단목으로 만든 염주가 아니었다. 기남침향이라는, 지극히 희귀한 향료로 만든 것이었다.

그는 자신이 어떻게 이 염주를 가지게 되었는지도 알지 못했다. 다만 이 염주가 자신에게 매우 중요한 물건이라는 사실만 알고 있을 뿐이었다.

군구신은 고개를 숙이고 조용히 염주를 굴렸다. 마치 무엇인가를 생각하는 듯, 혹은 정신이 나간 듯. 외롭고 차가운 그림자가 산을 가득 채운 마른 풀이며 나무들과 소리 없이 조화를 이루어 쓸쓸하고 황량한 그림을 만들어 냈다.

한참 후에 검은 그림자 하나가 나타났다. 망중이었다.

"전하, 오 공공과 관련한 증거를 찾았습니다. 모두 약방문입니다. 낙 태의가 은퇴한 약사 중 믿을 만한 이들 셋에게 보여 주었는데, 그들 모두 단서를 찾지 못했습니다."

"그 약방문들이 누구 손에서 나온 거지?"

"모든 태의, 약사들 필적과 대조해 보았는데 전부 맞지 않았습니다. 궁 밖에서 온 것이 분명합니다. 저와 낙 태의는 이 약방문이 밀서가 아닌지, 진짜 흉수가 오 공공에게 내린 지령을 숨기고 있는 것은 아닌지 의심하고 있습니다. 파해하려면 오 공공을 직접 심문해야 할 듯합니다."

"그렇다면 오 공공의 주인이 궁 안 사람이 아니라는 뜻인가?"

군구신은 상당히 놀랐다. 나무에서 뛰어내려 약방문 뭉치를 받아 몇 장 넘겨 보았다. 이 약방문이 어떤 병을 치료하기 위한 것인지는 대략 알 수 있었지만 그 안에 무엇이 숨어 있는지는 알아낼 수 없었다.

망중이 나지막하게 말했다.

"전하, 손을 쓰는 것이 어떻겠습니까? 오 공공을 심문하면 진상을 밝힐 수 있을 것입니다! 오 공공을 그대로 두는 것은 너무 위험합니다."

군구신의 생각은 달랐다. 지금 오 공공을 잡는 게 시기상조라는 건 둘째 치고, 오 공공을 잡는다 해서 그가 바로 입을 열리라고 장담할 수도 없었다.

적을 상대할 때는, 그는 언제나 시간을 충분히 들이고 인내했다. 이 적이 궁 안에 숨어 있건 아니면 궁 밖에 있는 인물이건 그는 그 일당들을 모두 제거할 생각이었다!

"그럴 필요는 없다. 괜히 풀을 건드려 뱀을 놀라게 할 필요 없지."

말을 마친 군구신이 산을 내려가기 시작했다. 그는 비연이 간 길과는 다른 쪽 길로 내려갔다.

비연과 정역비는 최대한 빨리 군영에 도착했다. 정오까지는 겨우 한 시진이 남아 있었다.

허빈의 병세는 곽 군의의 예견대로 계속 악화되고 있었다. 원래 2각에 한 번 발작을 일으켰는데, 지금은 1각에 한 번 발작을 일으키고 있었다. 발작 간격이 짧아지면서 강도는 높아지고 있었다. 침은 더 이상 효과가 없었지만 곽 군의는 여전히 버티며 계속 침을 놓고 있었다.

상황을 이해한 비연이 바로 결정을 내렸다. 시녀에게 마황을 생으로 끓이게 해 일단 허빈에게 복용시켰다. 남은 마황은 꿀에 조릴 생각이었다.

모든 약재가 생으로 사용할 수 있는 것은 아니었다. 생으로 사용 가능한 약재는 '생용'이라 했고, 조제 후에 사용 가능한 약재는 '숙용'이라고 불렀다.

약재의 조제 방법은 아주 다양해, 꿀에 조리는 것도 그중 하나였다. 약의 성질을 돋우고, 약효가 발휘되도록 돕고, 인체에 흡수되도록 도와주는 것으로, 구체적인 약방과 함께 쓰면 더 효능이 있었다.

비연이 물러나려 하자 곽 군의가 진지하게 말했다.

"고 약녀, 노부가 실책을 범했구려! 노부가 좀 전에 했던 말은 궤변이었소. 이 약재를 전부 생용으로 쓰는 게 나을 것 같소. 약효가 충분하다면 시간을 좀 더 끌 수 있을지 모르니까. 꿀에 조리려면 시간이 너무 오래 걸리지 않겠소!"

곽 군의의 태도를 보자 비연의 마음도 평온해졌다.

고개를 돌려 보니 곽 군의만 그녀를 바라보고 있는 것이 아니었다. 막사 안의 사람들 모두가, 숨을 헐떡이고 있는 허빈을 포함하여 모두가 그녀를 바라보고 있었다.

그들의 눈에 의심이라고는 없었다. 다만 걱정만이 가득할 뿐이었다.

당신에게 목숨 두 개를 빚졌어

걱정스러워하는 그들의 표정을 보면서도 비연은 설명하지 않았다. 대신 입가가 보기 좋은 각도로 올라가는가 싶더니 그녀가 웃으며 대답했다.

"모두 안심해요! 금방 돌아올 테니까!"

약을 조제하는 것은 약학 수련의 필수적인 소양이었다. 비연은 백의 사부에게서 무엇이건 배웠다. 사부는 심지어 하늘을 거스르는 비기까지도 그녀에게 알려 주었다. 꿀에 조리는 정도쯤이야 그녀에게는 식은 죽 먹기나 마찬가지였다.

반 시진도 채 안 돼 비연이 꿀에 조린 마황을 곽 군의 손에 넘겨주었다. 곽 군의가 멍한 표정을 지었다. 그는 이제 이 젊은 약녀가 보통 사람이 아니라는 사실을 깨닫게 되었다.

곁에 있던 병사들 역시 감탄과 존경이 서린 눈길로 비연을 바라보았다. 정역비는 비록 아무 말도 하지 않았지만 비연을 바라보는 눈과 입가에는 계속 미소가 걸려 있었다. 누가 보더라도 그가 매우 유쾌한 상태라는 걸 알아챌 수 있었다.

약을 먹은 후에도 허빈의 병세는 바로 회복되지 않았다. 그러나 명백하게 나아지고 있었다.

다시 두 번 발작을 일으켰지만 간격도 길어졌고, 강도가 심하지도 않았다. 비연도 바로 그 자리를 떠나지 않고 계속 말없이 환자를 지켜보았다.

저녁 무렵이 되자 허빈이 위험에서 벗어나 마침내 조용히 잠들었다. 계속 머리카락 하나하나 쭈뼛한 상태로 긴장하고 있던 비연도 마침내 안심할 수 있었다.

비연이 진지하게 말했다.

"자, 곽 군의, 이제 여기는 당신에게 맡기겠어요!"

그러자 곽 군의가 그녀 앞을 막아서더니 두 손을 모으고 공손히 인사했다.

"고 약녀, 노부가 부끄럽소! 이번에 그대가 아니었다면, 노부는 목숨을 들풀처럼 취급하는 흉수가 되었겠지! 노부는……, 노부는……."

곽 군의가 부끄러운 나머지 무릎을 꿇었다.

"곽 군의, 이러지 마세요. 당신이 아니었다면 이 사람을 구할 수 없었어요!"

비연이 곽 군의를 부축해 일으키려 하자 막사 안에 있던 다른 취사병들 역시 나란히 그녀를 향해 두 손을 모으고 경례했다. 병사들이 이렇게나 진지하고 엄숙하게 예를 다하니 비연은 어쩔 줄 몰라 서둘러 말했다.

"마황을 찾은 것도 여러분 공로인걸요. 허빈은 이제 아무 일도 없을 테니, 모두 돌아가 쉬세요. 하루 내내 한숨도 자지 못했잖아요."

그 말이 끝나자마자 막사 밖에서 갑자기 커다란 외침이 들려왔다.

"경례! 고 약녀, 감사합니다!"

비연이 고개를 돌려 보니 뜻밖에도 밖에 병사들이 열을 지어서 있었다. 모두 함께 마황을 찾으러 갔던 병사들이었다. 3백여명이 함께 두 손을 모으고 그녀에게 경례하고 있었다.

비연과 곽 군의가 다투던 얘기가 퍼져 모두가 알고 있는 상태였다. 병사들은 한마디도 하지 않았지만 그 진지한 표정이며단호하게 쥔 주먹, 그리고 그 태도에서 단순한 감사만이 아니라 일종의 인정, 혹은 존경을 드러내고 있었다.

비연은 그들을 보며 대체 어찌해야 할지 몰라 마음이 상당히복잡했다. 군대에서 경례란 아주 융숭한 대접이었다. 그러나그녀의 신분은 경례를 받기에 걸맞지 않았다.

그녀는 그저 약녀일 뿐이고, 더군다나 그들의 대장군이 납치하다시피 데려온 적의 약혼녀였다!

기씨는 그들이 가장 존경하던 장군을 죽음으로 몰아넣었다.기씨는 그들을 치욕이라 부를 만한 패전으로 몰아넣었다. 임노부인과 정역비만이 기씨에게 원통해하는 것이 아니었다. 정가문 병사 하나하나가 기씨와 관련된 모든 것을 비할 데 없이증오하고 있었다.

그러나 이 순간에 그들은 이런 방식으로 그녀를 인정하고 있었다.

정역비도 이 상황에 조금 놀라기는 했다. 그러나 그보다는기쁨이 더 컸다!

심지어 다행이라는 생각이 들었다. 고비연이 기욱에게 시집을 간 건 아니니 아직 그녀는 기씨 쪽 사람이 아니었다.

그가 막사 밖으로 나가 큰 소리로 외쳤다.

"본 장군의 목숨 역시 그녀에게 구원받은 바 있다! 본 장군은 본래 그것을 치욕이라 생각했지! 하하, 지금 보니 다행이었다! 그녀 덕분에 본 장군이 막사 안에서 죽지 않았으니까! 형제들이여, 모두 기억하라! 우리 정가군은 이 여인에게 목숨 두 개를 빚졌다. 오늘 이후로, 누구라도 그녀를 괴롭히고 싶다면 먼저 우리 정가군을 상대해야 할 것이다. 알겠느냐!"

병사들은 모두 이구동성으로 대답했다.

"알겠습니다!"

비연이 정역비를 바라보았다. 그녀는 비록 그라는 사람을 인정하지 않고 있었지만 저도 모르게 마음 한구석이 따뜻해졌다. 그녀가 이곳으로 온 후 제법 시간이 흘렀지만, 그녀는 처음으로 이 대륙 전부가 악의로 충만한 것은 아니라는 사실을 알 수 있었다.

그녀에게 마치…… 친구가 생긴 것 같았다!

잠시 머뭇거리다가 막사 밖으로 성큼성큼 걸어 나간 비연이 진지하게 병사들에게 경례를 되돌려 주었다.

"당신들 대장군의 말처럼 제가 대단한 일을 한 게 아닙니다. 사람을 구하는 것은 약녀의 의무니까요. 모두 하룻밤 고생했으니 돌아가 쉬도록 하세요!"

정역비가 명을 내린 후에야 병사들은 몸을 일으키고 흩어졌다. 또한 정역비는 곽 군의의 석 달 치 봉급을 감액하는 벌을 내렸는데, 결코 중벌이 아니었다. 곽 군의는 스스로 자리에 남아 계속 허빈을 돌보겠다고 말했다.

모두가 떠나자 비연이 마침내 참지 못하고 하품을 했다. 그 모습을 보고 정역비가 특별히 자상한 목소리로 물었다.

"졸린 모양이지? 가지. 본 장군이 쉴 만한 곳으로 데려가 줄 테니까!"

오해의 여지가 있는 말이었다. 비연이 날카롭게 노려보자 정역비가 파안대소하며 서둘러 시녀를 불렀다.

"고 약녀를 모셔 가라. 시중을 잘 들도록 하고!"

정역비가 앞으로도 약방문에 대해 계속 물을지, 또 그녀를 성으로 돌려보내 줄지도 알 수 없었다.

하지만 비연은 잠시 다른 생각은 접기로 했다. 정말이지 너무 피곤했다. 이곳에 온 후 며칠이 지나도록 단 하룻밤도 편안하게 쉰 적이 없었다. 그녀는 일단 수면을 보충한 다음에 다시 정역비와 전투를 벌이기로 마음먹었다.

비연이 떠난 지 얼마 되지 않아, 임 노부인이 정역비 곁으로 다가오더니 진지하게 물었다.

"역비야, 보아하니 저 계집을 정말 남겨 둘 생각인 모양이지?"

"제가 농담하는 것 같으신가요?"

정역비가 반문했다.

"궁에서 소식이 왔다. 기씨 부자 둘이 어서방 앞에서 하룻밤 하룻낮을 꼬박 꿇어앉아 있다는구나. 지금까지도 말이다. 그들 주장에 따르면, 네가 그들 집안 약혼녀를 납치해 갔다고 하던데."

노부인의 옅은 미소에는 경멸이 서려 있었다.

안 그래도 꽤 괜찮던 정역비의 기분이 이 말을 듣자 더욱 좋아졌다. 그는 큰 소리로 웃으며 대답했다.

"그들보고 고해바치라고 하지요! 그들이 고하지 않을까, 그게 더 걱정입니다!"

정역비가 명예를 생각지 않고 비연을 납치한 것에는 사실 계산이 깔려 있었다.

첫째, 그는 황상에게 화가 나 있었다. 기씨가 그의 부친을 죽음으로 몰아넣었는데도 황상은 가벼운 벌만 내렸다. 이번에 황상이 그를 벌할지, 벌한다면 어떻게 벌할지 두고 볼 생각이었다!

둘째, 그는 이 일을 시끄럽게 만들어 기욱이 과연 회녕 공주를 아내로 맞이할 수 있을지 없을지 보고 싶었다!

모든 것이 예상대로 맞아떨어졌다. 게다가 비연은 예상외의 인물이었다. 지금 그는 원래의 의도와 상관없이 진심으로 비연을 자신 곁에 두고 싶었다.

노부인은 아들을 흘깃 보기만 했을 뿐 질책하지는 않았다. 대신 잠시 생각에 잠겨 있다가 진지한 표정으로 말을 이었다.

"됐다, 네가 인정한 여자라면 어미는 네 뜻을 따를 테니까. 다만, 병에서 회복한 지 얼마 되지 않았으니 너무 소란을 피우지는 마라. 오늘 약은 먹었니? 어째서 아직도……."

노부인이 잔소리를 시작하려 하자 정역비는 바로 도망치고 말았다. 노부인은 화가 났지만 그렇다고 달리 어떻게 할 도리가 없었다.

노부인은 괜히 마음이 들썩거려 비연을 만나러 가고 싶었다. 그러나 한참 생각한 끝에 당분간은 그러지 않기로 했다.

비연은 너무 지쳐 있었다. 그래서 정역비가 어약방에 사람을 보낸 것도 완전히 잊고 있었다.

지난번에 머물렀던 막사보다 따뜻한 막사로 안내받은 비연은 시녀가 떠나자마자 바로 따뜻한 침상 위로 쓰러졌다. 누우면 곧바로 잠들 거라 생각했지만 어째서일까. 눈을 감자마자 그녀의 머릿속에 떠오른 것은 그 자객의 차가운 눈빛이었다.

제기랄, 공주가 채 갔다

눈을 감은 비연 앞에 마치 그 자객이 서 있는 것만 같았다.

그녀는 이번에 그를 제대로 보지 못했다. 그러나 지난번 첫 만남만으로도 평생 잊을 수 없는 기억이 되기에 충분했다.

도무지 잠이 오지 않아 계속 이런저런 생각에 빠졌다. 점점 그 녀석이 마황이 있는 곳으로 그녀를 유인했다는 생각에서 멀어지고 있었다.

"나를 죽여 입을 막으러 온 걸까?"

생각이 여기에 이르자 그녀는 갑자기 튕겨 오르듯 일어나 앉았다.

마침내 깨달았다! 무엇을 하러 왔건 그 녀석은 절대로 좋은 일을 하러 온 것일 리 없었다! 그런데 정역비에게 그에 대해 말하지 않았다!

마땅히 소리를 질러, 정역비를 불러 쫓아가게 해야 했다. 그리고 병사들을 시켜 산 전체를 포위하게 해야 했다!

그때 무엇에 홀리기라도 했던 걸까?

하지만 그때 아무 말도 하지 않았는데 지금 새삼스레 뭐라 설명할 방법도 없었다!

이런저런 생각에 빠져 비연은 잠들 수 없었다. 잠을 자지 못하니 또 피곤했다. 그래서 잠이 더 오지 않았다. 결국 얼마 지나지 않아 두통이 밀려왔다.

처음에는 너무 지쳐서 두통이 오는 거라 생각했다. 그러나 시간이 지나면서 평범한 두통이 아니라는 것을 깨닫게 됐고, 이마를 짚어 보니 열이 오르고 있었다. 허약하기 그지없는 그녀 몸이 아무래도 전날 밤 산에서 감기라도 든 모양이었다.

이런 작은 일로 시녀를 부를 생각은 없었다. 그녀는 힘주어 약왕정을 두드렸지만 반응이 없었다. 일어나 세수를 해 정신을 차린 다음, 감기에 좋은 약을 만들 준비를 했다.

그녀가 막 막사 밖으로 나가려는데 시녀가 다가왔다. 나쁜 소식을 가지고. 어약방에서 두 사람이 와서 군영에서 기다리고 있다는 소식이었다.

비연은 곧바로 정역비가 전날 밤 어약방으로 사람을 보낸 것을 기억해 냈다. 대약사에게 그녀를 달라 하겠다고 했던가!

일반적인 상황이라면 대약사가 군대 쪽 요구를 거절할 리 만무했다. 바꿔 말하면, 어약방이 사람을 보낸 것은 대약사의 결정을 통지하기 위한 것이 분명했다.

"빌어먹을 정역비!"

비연은 화가 나서 자신이 열이 오르고 있다는 것도 잊고, 가라앉은 얼굴로 시녀를 따라갔다. 정역비를 만나면 한참 따질 생각이었다. 자신에게 목숨을 두 개 빚졌다면서, 그 두 목숨으로 그녀의 자유를 억압하다니 그게 말이나 되는 소리냐 말이다.

그녀는 군영에 남아, 매일 최저선이라고는 없는 녀석의 얼굴을 볼 생각이 절대로 없었다!

비연은 앙심을 품은 채 걸어갔다. 그러나 군영에 도착하자 뭔가 분위기가 이상했다. 아무래도 일이 그녀가 상상하던 것과는 다르게 돌아가고 있는 모양이었다. 언제나처럼 당당한 자세로 앉아 있는 정역비의 표정이 매우 심란해 보였다!

그 앞에는 두 사람이 있었는데, 한 사람은 관사인 이 약녀였고, 다른 사람은 태감이었다. 태감은 어약방 소속이 아닌 듯 고비연 눈에 낯설어 보였다.

설마…… 대약사가 정역비의 요구에 화답하지 않은 걸까? 그녀를 동군영 소속으로 옮겨 주겠다고 사람을 보낸 게 아니라면, 정역비의 요구를 거절하기 위해 사람을 보내왔단 말인가?

비연이 크게 기뻐하며 속으로 생각했다.

대약사는 확실히 천염국 약학계의 거두라 할 만하다! 인품이 이리도 훌륭할 줄이야!

그녀는 서둘러 앞으로 걸어가 웃으며 인사했다.

"이 약녀."

이 약녀가 고개를 돌려 그녀를 보더니 역시 웃으며 말했다.

"고 약녀, 축하해!"

축하한다고? 무엇을?

비연이 발걸음을 멈추고 무의식적으로, 불쾌한 표정을 짓고 있는 정역비를 바라보았다.

그때 한옆에 있던 태감이 엄숙한 태도로 다가오더니 고비연 앞에 멈춰 큰 소리로 외쳤다.

"회녕 공주마마의 명을 받자와, 어약방 약녀 고비연은 앞으로 1년 동안 방화궁에서 공주마마의 시중을 들게 되었노라. 고 약녀는 어서 궁으로 돌아갈 채비를 하라. 공주마마를 오래 기다리시게 해서는 아니 될지니!"

그러고는 비웃는 기색 가득한 얼굴로 이어 말했다.

"고 약녀, 승진을 축하하네. 비록 차출이긴 하지만, 회녕 공주마마 아래서 일을 하게 되었으니. 그곳은 모두가 갈 수 있는 자리가 아니지 않은가!"

그야말로 청천벽력이었다!

마침내 정역비의 잘생긴 얼굴이 왜 저렇게 굳어 있는지 알 것 같았다. 지금 이 순간, 그녀의 마음은 정역비의 안색보다 백 배는 더 울적한 상태였다!

정말이지, 회녕 공주! 이 악연을 끊어 버릴 수가 없었다!

이 약녀가 놀리듯 말했다.

"설 공공의 말씀이 맞지. 고 약녀, 이건 승진이야. 최근 무슨 운수라도 대통한 모양이지? 회녕 공주마마께서 너를 원하시고, 정 대장군도 너를 원하시니. 회녕 공주마마께서 먼저 이야기하지 않으셨다면, 앞으로 너를 보고 싶어도 볼 수 없었을 텐데."

승진? 승진은 개뿔!

그녀는 어찌 되었건 어약방에서 일하는 정식 약녀였다. 그런데 회녕 공주에게 가면 잡일을 하는 궁녀가 되어야 했다!

게다가 회녕 공주는 지난번에 마차로 그녀를 깔아뭉개려 했을 만큼 악독했다. 그러니 그녀가 회녕 공주에게 가면 길한 일보다는 흉한 일이 많을 게 분명했다!

비연은 미간을 찌푸린 채 아무 말도 하지 못했다. 그때 정역비가 가볍게 코웃음 치며 물었다.

"이 약녀 말의 뜻은, 회녕 공주가 만약 한 걸음 늦었다면 본 장군이 고비연을 양보하지 않아도 되었을 거라는 건가?"

어약방은 본래 후궁 복무가 우선이었다. 그다음으로 황족과 귀족, 문무관원 순으로 복무하게 되어 있었다. 그러니 후궁의 그 누구라도 어약방에서 사람을 차출해 갈 권리가 있었다.

정역비가 먼저 이야기했건 아니면 나중에 이야기했건, 대약사가 결정하지 않은 상황이었다면 정역비가 반드시 양보해야만 했다!

심지어 비연이 이미 동군영으로 옮겨 와 있었다 해도, 회녕 공주라면 딱히 이치를 논하지 않고 군영에 와서 비연을 데려갈 수 있었다.

이 대륙은 원래 무를 숭상하여, 개인의 무력 고하에 따라 존귀함과 비천함이 갈렸다. 그러나 10년 전 변고로 무학이 몰락해 귀족이며 황권 세력이 세워짐에 따라 신분 질서가 철저하게 바뀌고 말았다. 즉 정역비가 아무리 능력이 있다 해도 회녕 공주를 받들어야 하는 신분이라는 의미였다.

정역비의 말투는 지극히 풍자의 뜻을 담고 있었다.

이 약녀가 무안한 얼굴로 서둘러 몸을 굽혔다.

"그런 뜻이 아니었습니다. 제가 실언을 했으니 장군께서는 용서해 주시지요!"

"실언이라?"

정역비의 입가가 사악하게 올라가더니 잠긴 듯한 목소리로 말했다.

"여봐라, 저 입을 스무 대 쳐라!"

이 약녀가 깜짝 놀라 재빨리 무릎을 꿇고 용서를 빌었다. 그러나 정역비는 꼼짝도 하지 않았다.

시녀가 재빨리 다가왔다. '철썩' 소리가 연이어 울리기 시작했다. 시녀가 한 대 때리면 이 약녀도 비명을 한 번 지르며 용서를 구했다. 정역비는 이 약녀를 돌아보지 않고 말없이 설 공공을 노한 눈길로 바라보고 있었다.

비연은 정역비가 비할 데 없이 분노했다는 사실을 읽어 낼 수 있었다. 그리고 그가 어쩔 수 없다는 사실도 함께. 그가 정말로 때리고 싶은 것은 설 공공이었지만, 이 약녀를 때리면서 분노와 불만을 표시할 수밖에 없었다.

백성은 관리와 다툴 수 없고, 관리는 황궁과 다툴 수 없다. 정역비는 공개적으로 기씨 가문에게 도전할 수 있고, 조정의 어떤 신하와도 다툴 수 있었다. 그러나 회녕 공주와 직접적으로 싸울 수는 없었다.

정역비도 그러한데 고비연이야 말해 무엇할까?

됐다!

복이건 화건 상관없다. 화라 해도 피하지 않는다. 그대로 응하면 그만이지. 이러나저러나 한 목숨 아니겠는가! 비연은 겁나지 않았다!

그녀는 몰래 심호흡을 하고는 꽃처럼 웃으며 정역비에게 예의 바르게 인사했다.

"정 대장군, 정말 죄송합니다만 이만 작별을 고해야 할 것 같군요!"

그녀가 설 공공을 바라보며 호쾌하게 몸을 돌려 걸어갔다.

"정 대장군, 저도 인사드리겠습니다!"

설 공공이 의기양양한 목소리로, 이 약녀는 돌아보지도 않고 제멋대로 비연과 함께 막사 밖으로 나가려 했다.

그러나 그들이 문가에 다다랐을 때, 정역비가 탁자를 치며 일어났다. 그리고 쏜살같이 달려와 비연을 잡아끌고 나지막하게 말했다.

"약녀, 제정신이냐? 가면 죽음뿐이다! 약방문에 거짓이 있었다는 것을 네가 인정하기만 하면, 조사한다는 명목으로 너를 군영에 남도록 할 수 있다!"

비연이 살짝 멈칫했다. 그녀가 입을 열려고 하자 정역비가 덧붙였다.

"맹세한다! 네가 멋대로 약을 바꾸고 상부에 보고하지 않은 책임은 결코 묻지 않겠다! 대리시가 너를 추궁하려 한다면, 정 가군 전체가 너를 지켜 줄 것이다! 나를 믿어 줘!"

따뜻해, 너무 좋아

정역비는 진지했고, 충동적이기도 했다.

병권을 손에 쥐고 있다 해도 그는 일개 장군일 뿐이었다. 그가 회녕 공주에게 대항하여 약녀를 지키기 위해서는 광명정대한 이유가 필요했다!

비연이 정역비를 응시했다. 그의 오만한 얼굴에는 진지한 빛이 떠올라 있었다. 비연의 마음이 이유 없이 쓰라려 왔다.

굉장히 영리한 녀석인데, 어째서 갑자기 이렇게 바보처럼 구는 걸까?

비연이 나지막하게 속삭였다.

"정역비, 됐어요. 약방문이 거짓이라는 걸 발견했던 건 맞아요. 인정하겠어요. 하지만 나에게는 결코 당신을 해칠 뜻이 없었어요. 그 일을 숨긴 것도 누군가를 비호하기 위해서가 아니었어요. 약을 검증한 후에야 약방에 문제가 있다는 사실을 발견했고, 그 순간에는 몰래 약을 바꾸는 방법밖에 없었어요. 나는 귀찮은 일에 말려들고 싶지 않았을 뿐이에요. 그리고 당신도 지금, 괜히 풀을 건드려 뱀을 놀라게 할 필요 없어요."

"네가 인정하기만 하면 된다!"

정역비가 그녀를 잡은 손에 힘을 주었다. 그러나 비연은 다른 손으로 그를 밀어냈다.

"정역비, 우리 두 사람이 일을 이렇게 만든 거예요. 기욱은 이제 절대로 회녕 공주를 아내로 맞이할 수 없어요. 기씨 가문이 황족과 인척 관계를 맺지 못하는 이상, 당신네 두 가문이 영원히 균형을 맞출 수 있겠지요. 지금 상황으로는 당신이 더 유리해요. 일부러 귀찮은 일을 더 만들지 마세요. 정가군의 이름으로 대리시에 대항하고, 또 천염국의 법률에 대항하면 황상께서 당신을 어떻게 보실까요? 설마 진심으로 기씨에게 약점이라도 잡히고 싶은 건 아니겠지요?"

이 말을 듣자 정역비도 냉정해졌다.

그의 오만한 얼굴이 팽팽하게 긴장했다. 아무리 가라앉히려 해도 분노가 계속 치밀고 있었다. 자신이 했던 약속이 여전히 귓가에 맴도는 것 같았다.

그러나 이 약녀와 관련된 일이라면 그는 아무것도 할 수 없었다. 이 느낌은 3년 전과 비슷했다. 그는 부친의 복수를 하고 싶었지만 그럴 수 없는 이유가 백 개, 천 개도 넘게 있었다.

"정역비, 나에게 식사를 대접했던 보답으로 비밀을 하나 알려 줄게요."

비연이 그의 귀에 대고 나지막하게 속삭였다.

"오 공공이 홍수를 돕고 있어요. 그를 조사해야 할 거예요. 그럼 조심해요!"

말을 마치자마자 그녀는 정역비에게서 팔을 빼내고 설 공공을 향해 성큼성큼 걸어갔다.

정역비는 결국 설 공공을 막지 않았다. 다만 주먹을 꽉 쥔 채 아무 말도 하지 않았다. 그는 군영 대문까지 그들을 따라가 마차가 멀리 사라질 때까지 바라보았다.

군영의 병사들은 무슨 일인지 알지 못했지만, 처음 보는 정역비의 그러한 모습에 부장들조차 감히 와서 물어볼 엄두를 내지 못했다.

마차의 뒷모습이 사라져 갔다. 정역비는 여전히 계속 서 있었다…….

마차들이 빠르게 질주하고 있었다.

설 공공과 비연은 각자 다른 마차에 타고 있었다. 두 대의 마차가 앞뒤로 달리고, 그들을 시위들이 지키고 있었다.

흔들리는 마차 안에서 비연은 다시 두통이 밀려옴을 느꼈다. 그녀는 약을 가져오는 것을 잊었다는 것을 기억해 냈다.

회녕 공주 거처에 도착하면 약을 마시고 싶어도 마실 수 없을 것이다. 그녀는 옆으로 기댄 채 눈을 감고, 앞으로 이 몸이 버텨 낼 수 있기를 조용히 기원했다. 그리고 약왕정이 가능한 한 빨리 원 상태로 돌아오기를 빌었다.

그러나 점차 그녀는 낙담하고 있었다. 비연은 몸을 웅크린 채, 마차의 흔들림에 따라 힘없이 몽롱해지고 있었다.

그때였다. 마차가 갑자기 멈춰 섰다. 밖에 있던 시위가 고함을 질렀다.

"자객이다!"

자객이라고?

그때와 같은 길에, 그때와 같은 깊은 밤이다. 대체 누구일까?

비연이 깜짝 놀라 정신을 차렸다. 지난번과 다르다. 이번에 그녀는 온몸에 기운이 없었다. 심지어 휘장을 들어 내다볼 힘조차 없는 상태였다. 도망은 꿈도 꿀 수 없었다.

밖에서는 무기들이 부딪치는 격렬한 소리가 들려왔다. 그녀는 무의식적으로 약왕정을 꼬옥 쥐었다. 불가능하다는 것을 알면서도 정신을 집중해서 독약을 소환하려고 노력했다.

그러나 헛수고였다. 그녀가 온 힘을 다해 정신을 집중하려 해도 머릿속에는 그 가면 자객 모습만이 또렷해졌다.

그녀는 알고 있었다. 십중팔구 그가 다시 온 것이다!

그녀는 산에서 그를 보았을 때 어째서 자신이 정역비를 소리쳐 부르지 않았는지 지금도 이해할 수 없었다.

갑자기!

검이 날아왔다. 비연의 얼굴 바로 앞이었다. 곧 그녀를 찌를 기세였다.

비연은 놀란 나머지 피하지도 못하고 굳어 있었다. 그러나 날카로운 검은 더 이상 앞으로 나오지 않았다. 좌우로 잠시 흔들리듯 움직이더니 두툼한 휘장을 찢어 버렸다.

찢어진 비단 조각이 흩날리는 가운데, 비연은 그 어두운 밤처럼 검은 눈을 알아볼 수 있었다. 저 깊고 차가운 눈빛. 사람을 천 리 밖으로 밀어내는 듯한 저 눈빛.

그래, 그였다. 가면 자객.

그리고 그의 뒤에서 서로 싸우고 죽이는 모습이 보였다. 이번에는 혼자 오지 않고 가면을 쓴 수하들을 몇 명 데려온 모양이었다. 그의 능력으로는 이 정도 시위들은 여유만만하게 처리할 수 있을 텐데, 무엇 때문에 수하들까지 데려온 걸까?

비연은 더 이상 생각할 겨를이 없었다. 그저 얼이 빠져 있었다.

가면 자객의 눈빛이 가라앉았다. 장검이 사납게 움직이는가 싶더니 찰나의 순간 마차가 반으로 쪼개졌다. 그 거대한 검기에 비연의 몸마저 떨렸다.

"악……!"

비연은 비명을 지르면서 자신이 죽었다고 생각했다. 그러나 가면 자객이 그림자처럼 재빠르게 날아오르더니 그녀의 허리를 안고 한옆에 착지했다. 그리고 시위들이 정신을 차리기도 전에 경공술을 사용해 숲속으로 도망쳤다.

이건…… 납치를? 그렇다면 죽이러 온 게 아니란 말인가?

비연은 더 이상 생각할 힘도, 발버둥 칠 힘은 더더욱 없었다. 그저 가면 자객이 하는 대로 몸을 맡기고 있었다.

원래 온몸에 열이 나고 있었는데 뼈가 시릴 정도로 차가운 산바람을 맞으니 전신이 덜덜 떨려 오기 시작했다. 점차 의식이 흐려졌다. 그녀는 무의식중에 가면 자객의 품으로 파고들며 조금이라도 온기를 얻을 수 있기를 바라고 있었다. 그가 누구인지 전혀 머릿속에 없었다.

군구신도 고비연이 이상하다는 것을 바로 알아차렸다. 지난번에 꽤 고생을 했기에 이번에는 계속 경계심을 늦추지 않고 있었다. 그런데 발버둥은커녕 뜻밖에도 자신에게 달라붙는 것이 아닌가? 그는 더더욱 경계심을 높였다.

뒤에 추격병이 없다는 사실을 확인하자마자 그는 즉시 고비연을 밀어내려 했다. 그러나 그가 움직이기도 전에 고비연이 갑자기 손을 뻗어 그의 허리를 끌어안았다. 마치 물에 빠진 사람이 지푸라기라도 잡는 것처럼 그를 단단하게 끌어안고 작은 몸을 붙여 왔다.

군구신의 눈에 혐오가 스쳐 갔다. 그가 조금의 주저함도 없이 그녀를 사납게 밀쳐 냈다. 고비연이 땅 위에 쓰러졌다.

그녀는 몸을 둥글게 말고 두 눈을 살짝 감고 있었다. 의식은 혼미해지고 있지만 작은 손은 본능적으로 약왕정을 꼭 잡고 있었다.

군구신은 그녀의 손이 움직이는 것을 주의 깊게 살피며 냉랭하게 말했다.

"연기는 그만두지."

고비연은 몸서리를 치는 것 외에 어떤 반응도 보이지 않았다. 군구신은 성큼성큼 그녀에게 다가가 위에서 내려다보다가, 발로 가볍게 툭툭 찼다. 그래도 비연은 꼼짝도 하지 않았다.

군구신은 더 이상 사정을 봐주지 않고, 비연의 손을 밟고 그녀 손에서 약왕정을 빼앗았다. 그러나 비연은 여전히 아무 반응도 보이지 않았다.

군구신은 약왕정에 독이 없다는 것을 확인하는 동시에 이 여자가 연기를 하고 있는 게 아니라 병이 난 거라는 걸 깨달았다.

그는 그녀의 이마를 짚어 보고 한참 머뭇거리다가, 그녀를 제 어깨에 떠메고 성큼성큼 산속으로 걸어갔다.

비연은 원래 혼미한 상태였지만 머리를 아래로 향하게 되니 뜻밖에도 의식이 약간이나마 돌아왔다. 그녀는 자신이 어떤 상태에 처해 있는지 전혀 모르는 상황에서, 따뜻한 무언가에 기대어 있다고 생각하고 무의식적으로 군구신의 등을 쓰다듬었다.

그녀가 등을 어루만지자 빠르게 걷던 군구신이 갑자기 발걸음을 멈췄다. 그 깊은 눈빛 속에는 단 한 번도 담겨 본 적 없는 놀라움이 섞여 있었다.

비연은 여전히 그를 쓰다듬고 있었다. 그녀의 작은 손이 그의 등 뒤에서 앞으로 더듬어 오더니 그를 꽉 끌어안았다. 마치 작은 나무라도 된 것처럼 그의 곧은 등에 달라붙은 채 그의 온기를 탐욕스럽게 끌어들이고 있었다.

그녀는 심지어 이렇게 중얼거리까지 했다.

"따뜻해, 너무 좋아……."

추측, 궁 안 사람인가

군구신 눈에 담겨 있던 놀라움이 냉혹함으로 바뀌었다. 힘을 주어 비연의 두 손을 푼 그는 그녀를 땅 위로 내동댕이쳤다.

비연은 흐느끼는 듯한 소리를 한 번 내고는, 미간을 찌푸리고 눈을 감은 채 두 손으로 바닥을 더듬었다. 마치 방금까지의 온기를 찾고 있는 듯했다. 그녀가 지금 얼마나 추운지 하늘만이 알 것이다!

그런 그녀를 보면서도 군구신은 미동도 하지 않았다. 그는 곁에 있는 나무에 기댄 채 팔짱을 끼고 하늘의 별을 바라보았다. 다시는 이 여인과 닿고 싶지 않았다. 그저 망중이 오기를 기다릴 생각이었다.

그러나 얼마 지나지 않아 저도 모르게 그녀를 곁눈질했다. 비연은 더 이상 땅을 더듬지 않고 몸을 웅크린 채 떨고 있었다.

군구신은 오던 길을 살폈지만 망종은 보이지 않았다. 그의 미간에 어지간해서는 나타나지 않는 번뇌가 어렸다.

결국 그는 비연에게 다가가 그녀를 안아 올린 뒤 어깨에 떠멨다. 그는 여인을 안는 법 따위는 알지 못해 정역비가 하던 동작을 그대로 따라 했다.

다시 따뜻함을 느껴지자 비연은 바로 꽉 끌어안았다. 처음보다 더 강한 포옹이었다. 마치 이 따뜻함이 다시 사라질까 두렵기라도 한 모양이었다.

군구신은 경공술로, 가장 **빠른** 속도로 움직이기 시작했다. 그의 찌푸려진 미간은 길을 가는 내내 풀어질 줄을 몰랐다.

얼마나 흘렀을까?

이윽고 비연은 완전히 정신을 잃었다. 그녀는 혼수상태에서도 여전히 군구신을 꽉 끌어안고 있었다.

그 악몽을 제외하면 그녀는 빙해영경에서는 꿈을 꾸어 본 적이 없었다. 그러나 지금 그녀는 아주 이상한 꿈을 꾸고 있었다.

꿈속에는 끝이 없는 빙해가 펼쳐져 있었다. 그녀는 누군가의 손을 잡은 채 걷고 있었다. 그 사람의 손은 아주 컸고, 무척이나 따뜻했다. 그녀는 그의 얼굴을 똑똑히 보고 싶었지만 아무리 해도 얼굴을 볼 수 없었다.

그녀가 어디로 가느냐고 묻자 그는 대답 없이 웃기만 했다. 갑자기 그녀는 허공을 밟았고, 얼음 구덩이 속으로 **빠지고** 말았다. 그가 뜻밖에도 그녀의 손을 놓았다.

"안 돼……!"

놀란 비연이 비명을 지르며 침상에서 튕겨지듯 일어났다. 그리고 자신이 악몽을 꾸었다는 것을 겨우 알아차렸다.

입 안에 약 냄새가 남아 있었다. 열은 내렸지만 머리는 여전히 무거웠다. 기억은 납치당하던 순간에서 끊겨 있었다. 그 따뜻했던 온기에 대한 기억은 아예 없었다.

"여기가 어디지?"

그녀는 현기증을 참으며 낯선 방 안을 둘러보다가, 가면의 남자가 소리 없이 곁에 서서 냉랭한 눈길로 자신을 바라보는 것을 발견했다. 바로 그 가면 자객이었다!

"아⋯⋯!"

비연은 깜짝 놀랐다. 그녀가 제일 먼저 한 행동은 바로 허리춤을 뒤지는 것이었다. 그러나 그곳에서는 아무것도 잡히지 않았다.

약왕정이 어디로 갔을까?

그녀의 동작을 지켜보던 가면 자객이 가까이 다가왔다. 그리고 등 뒤에서 약왕정을 꺼내더니 천천히 몸을 굽혀 비연에게 건넸다.

"왜, 또 독을 쓸 생각인가?"

그는 온통 검은 옷을 입고 있었다. 쭉 뻗은 몸에 큰 키, 몸을 굽히는 동작조차도 우아하면서 충분히 강해 보였다. 그를 이렇게 가까이에서 보는 게 처음도 아니건만 비연은 그에게서 풍기는 신비스러운 위엄과 패기에 압도당하고 말았다.

그녀는 무의식적으로 뒤로 물러났다. 남자가 가까이 오면 올수록 압박감이 점점 더 커졌다. 그들 사이의 공기조차 점차 억눌리는 것처럼, 호흡조차 곤란해져 도저히 생각을 할 수가 없었다.

다행히도 가면 자객은 아주 가까이 오지는 않고 냉랭한 목소리로 질문했다.

"독술은 어디서 배운 거지?"

간신히 냉정을 되찾은 비연은 아무 말도 하지 않았다. 대신 불시에 손을 뻗어 약왕정을 빼앗으려 했다. 가면 자객이 재빨리 그녀의 손이 닿지 않는 곳까지 팔을 높이 들었다.

"대답하도록."

가면 자객이 차가운 목소리로 말했다.

"너는 대체 어떤 사람이지? 독에 대한 내성이 어떻게 그렇게 강하고? 나를 죽여 입을 막으려는 것도 아니면서 왜 나를 납치해 온 거야?"

비연도 눈앞의 남자가 대답하지 않으리라는 것을 알고 있었다. 그저 그의 주의력을 분산시키려 했을 뿐이었다. 질문하면서 기운을 모아 불시에 가면 자객을 향해 달려들어 높이 뻗은 그의 팔을 끌어안았다.

"내 거야. 돌려줘! 이 빌어먹을 불량배 녀석, 무뢰한!"

비연은 화가 나 있었다.

이곳에 온 이상 잘 지내다가 돌아가서 사부에게 복수할 거라고 자신을 다독거리긴 했지만, 정말로 돌아갈 수 있을지 확신할 수는 없었다. 사부는 그녀의 유일한 가족이었고, 약왕정은 사부의 유일한 선물이었다. 이 낯선 세계에서 약왕정만이 그녀의 유일한 소유물이었다. 파업하건 아니건, 약왕정을 다른 이에게 넘길 수는 없었다!

"놓아라!"

가면 자객이 냉랭하게 말했다.

"돌려줘! 여자의 물건을 빼앗다니, 이 망할……."

가면 자객이 맹렬하게 손을 흔들어 비연을 떨쳐 냈다. 그녀는 현기증이 밀려와 제대로 앉지 못하고 침상 위에 쓰러지다 이마를 부딪혔다.

막 열이 내린 즈음이라 머리가 어지러운 데다, 이렇게 부딪히고 나니 더욱 정신이 없었다. 눈앞이 한참 동안 어둡기만 했다. 그러나 가면 자객의 그 깊고 차가운 눈동자는 아무 변화도 없이, 그저 높은 곳에서 그녀를 바라보고 있을 뿐이었다.

비연이 현기증을 참아 내며 이를 악물고 굳세게 자리에서 일어나 그를 노려보았다.

"이 개새끼, 돌려줘!"

그녀 얼굴에 힘이 들어가 있었다. 군구신보다 키는 한참 작았지만 기세만은 지지 않았다.

군구신 눈에 일말의 감탄이 지나갔다. 오랜만에 타인에게 감탄하면서도 그는 여전히 예의를 차리지 않고 차갑게 질문했다.

"고작 일개 약녀면서 독술은 물론이고, 그 어려운 약방문을 보자마자 거짓이라고 알아냈단 말이지? 어디서 그런 능력을 지니게 된 거야?"

"이……."

비연은 깜짝 놀랐다!

가짜 약방문에 대한 일은 비밀인데 이 녀석이 어떻게 알고 있는 걸까? 어쩌면 약방문을 위조한 범인들과 한편이 아닌지도 모르겠다! 혹시 그날 밤에 약방문을 막으려고 나타났던 걸까? 설마…….

"너……, 당신도 약방문에 문제가 있다는 걸 미리 알고, 그날 밤 약방문을 막으러 온 거였어?"

비연의 대담한 추측이었다. 그녀로서는 확신할 방법도 없었고, 감히 확신할 수도 없었다.

군구신은 대답하지 않는 대신 그녀에게 약방문 하나와 약 꾸러미 하나를 건넸다. 비연이 자세히 들여다보고는 더욱 놀랐다. 의심할 바 없이 그녀의 추측이 맞았다!

그것은 바로 소 태의의 진짜 약방문이었다. 약 꾸러미 안의 약재도 진짜 약방문에 따라 배합한 것들이었다. 바꿔 말하면, 비연은 처음부터 이 녀석을 오해하고 있었던 것이다.

이 녀석은 정역비를 해치기 위한 가짜 약방문을 막아 정역비를 구하려 했던 것이다!

비연이 군구신의 차가운 눈을 바라보며 물었다.

"혹시, 당신도 궁에 있는 사람인가요?"

진짜 약방문을 얻어 낼 수 있는 능력에, 그녀가 그날 밤 약을 가져가던 경로까지 알아냈으니, 그가 궁에 있는 사람이 아니라면 궁과 아주 관련이 깊은 인물임이 분명했다.

이 녀석은 어떻게 보아도 다른 사람 밑에서 참고 견딜 만한 사람이 아니었다. 분명히 누군가의 주인일 것이다!

또한, 정역비와 대리시가 모두 쫓고 있는데 진짜 약방문을 손에 쥐고도 무엇 때문에 정역비를 찾아 자신을 변명하지 않는 걸까? 설마 그녀처럼 사람은 구하되 귀찮은 일에 휘말리기는 싫어서일까?

하지만 그녀야 일개 약녀에 불과하니 그렇다 치고, 그는 대체 무엇을 겁낸단 말인가?

비연은 어지러운 머리를 맑게 유지하려고 노력하며 재빨리 두뇌를 회전시켰다.

그의 무공 실력에 그녀가 가장 먼저 후보로 꼽은 사람은 정 왕 군구신이었다. 그러다 금세 그 생각을 버렸다.

정왕 전하는 비록 왕야의 신분이지만 태자의 친형이고, 태자와 동등한 대우를 받고 있었다. 태자가 아직 어려 동궁의 모든 업무를 대신 보고 있는 사람이 대체 어디서 시간이 나서 지금 그녀와 다투고 있겠는가?

가장 중요한 것은, 전설처럼 존재하는 정왕 전하는 절대로 이 녀석처럼 불량스럽고 무뢰하지 않을 거라는 것이었다.

비연은 정 장군부와 비교적 사이가 좋은 황자들을 떠올려 보았다. 그러나 그녀는 그들을 본 적이 없어, 감히 멋대로 결론을 내릴 수가 없었다.

그녀가 다시 탐색하듯 물어보았다.

"궁의 어느 전에 계신 나으리신지요?"

가면 자객의 차가운 눈빛엔 여전히 놀라는 기색이 없었다. 아주 작은 실마리조차 잡아낼 수 없었다. 그는 진짜 약방문을 건넸을 뿐 아니라 그녀의 추측도 겁내지 않았다.

함정에 빠지다

비연이 머릿속으로는 열심히 추측하면서 질문을 이어 갔다. 군구신이 그녀의 말을 끊었다.

"보아하니, 몰래 약재를 바꾼 건 인정하는 모양이군."

앗!

비연이 생각을 멈추고 당황했다.

열심히 그의 신분을 분석하는 와중에 그가 쳐 놓은 올가미에 걸리고 말았다. 정역비에게는 죽기를 각오하면서 버텼는데 가면 자객에게는 그냥 쉽게 인정해 버린 꼴이 됐다.

'고열 때문에 내가 바보가 됐군.'

다시 가면 자객의 그 차가운 눈을 마주하자 비연은 더욱 난처해졌다. 스스로를 위로하는 방법밖에 없었다. 이 녀석이 누구건 간에 어쨌든 둘 사이가 적대적이지는 않으니, 그녀가 목숨을 잃을 일은 없을 것이다!

그녀가 명쾌하게 말했다.

"같은 길을 가는 모양인데, 서로 솔직해지기로 하죠. 나를 납치한 까닭이 무엇인가요?"

군구신이 그녀보다 더욱 명쾌했다.

"먼저 말하도록. 너는 누구지? 무엇 때문에 고씨 소저로 위장해 어약방에 잠복해 있었던 건가?"

이 녀석이 이렇게 놀라운 질문을 던질 줄은 상상도 못 했다!

비연이 무의식적으로 그의 시선을 피했다. 고열 때문에 자신이 바보가 된 게 아니라 상대가 너무 영리하다는 사실을 그제야 깨달았던 것이다.

군구신의 차가운 시선이 계속 비연을 놓아주지 않았다. 그는 인내심을 갖고 기다리고 있었다.

그는 원래 정역비로 하여금 비연을 상대하게 할 생각이었다. 그러나 생각지도 않게 회녕 공주가 끼어들었다.

그동안 회녕 공주는 기욱의 체면을 생각해 공개적으로 이 계집에게 별다른 위해를 가하지 못했다. 그러나 유언비어가 퍼진 지금은 상황이 달랐다.

공주가 정역비와 다퉈 가며 비연을 데려가려 하는 것으로 보아 이 계집의 생명을 원할 가능성이 높았다. 그는 이 계집을 회녕 공주에게 빼앗기기 전에 심문을 끝내야 했다.

난처해진 비연, 그러나 곧 대범하게 군구신의 눈을 직시했다. 이렇게 영리한 남자 앞에서 난처해하고만 있을 수는 없었다. 그래 봐야 결국은 질 게 뻔하니까!

그녀는 몸의 원래 주인이 마차 안에서 어떻게 죽었는지 알지 못했다. 그러나 그녀 자신의 시신은 분명 빙해영경의 심연에 빠져 있으리라고 확신하고 있었다.

그녀의 영혼은 이곳에서 다시 태어났지만, 그렇다는 증거는 어디에도 없었다. 그녀만 진상을 밝히지 않으면 이 대륙의 어느 누구도 그녀가 고비연이 아니라는 사실을 알아내지 못할 것이다. 바로 눈앞에 있는 이 얼음처럼 차가운 녀석을 포함해서 말이다. 그러니 그를 겁낼 필요가 있겠는가?

"저는 고비연입니다. 이름도 성도 바꾼 적이 없음을 확언합니다! 사람을 납치하고도 얼굴을 드러내지 않고, 성명조차 말하지 않는 사람과는 다르지요."

비연이 대답하며 일부러 그를 자극했다.

안타깝게도, 가면 자객은 그렇게 자극받은 표정이 아니었다. 그가 안색 하나 바꾸지 않고 차갑게 말했다.

"너는 어린 시절 무술에 천부적인 재능이 있었다. 여덟 살에 물에 빠진 후 1년 동안 혼수상태에 있었다고 하더군. 그러면서 익힌 무공을 모두 잃었고. 그래서 약술을 배우기 시작했다. 5년 전 어약방 시험에 응시했지만 성적은 별로였지. 그 후 5년 동안 약노로 잡일만 맡다가 석 달 전에야 겨우 약녀로 승진했지. 지금도 역시 잡일을 하고 있고. 그런 네가 어디서 약학과 독술을 배웠지?"

그녀에 대해 조사했나? 얼마든지 조사해 보시지. 그래 봤자 이 몸의 원래 주인을 조사하는 걸 테니까!

몸의 원래 주인은 진양성 전체에서 가장 성실한 사람이니 조사할 것도 별로 없었다. 비연은 여전히 담담했다.

"스스로 공부했습니다. 불가능하다고 보시나요? 조사하셨으면 아시겠죠. 고씨 조상 중에는 의약에 능했던 분들이 많습니다!"

군구신이 계속 추궁했다.

"도대체 왜 그동안 실력을 감추고 약노로 지내며, 일부러 참고 유약한 척했느냐?"

비연이 바로 대답했다.

"별 계산이 있었던 건 아니에요. 본 소저는 본래 심지가 선량하고 마음이 아주 넓어요. 시끄럽게 흥분하기보다 다툼 없이 조용히 지내는 것을 좋아할 뿐이죠."

"가짜 약방문을 몰래 넣고, 온우유에게 누명을 씌우고, 파혼서에 서명하기를 거절하고, 정역비를 이용해 기씨 가문에 수치를 안겨 결국은 온 성을 시끄럽게 만들었는데도?"

군구신의 입가에 조소하는 듯한 쓴웃음이 퍼졌다.

"다툼 없이 조용히 지내는 것을 좋아한다라!"

비연이 노한 목소리로 대꾸했다.

"계속 따라다녔군!"

이 녀석이 다른 일을 아는 것은 그렇다 쳐도, 기욱이 한밤중에 파혼하기 위해 왔다가 그녀에게 치욕을 당한 일까지 확실하게 아는 것을 보면 의심할 바 없었다. 계속 그녀를 주시하고 있었다는 뜻이다!

군구신이 약왕정을 꽉 쥐고 경고하듯 말했다.

"네가 누구인지 말해라. 가짜 약방문과 진짜 흉수에 대해 얼마나 알고 있지? 제대로 말하지 않으면 이걸 부수고 말 테다!"

마침내 비연이 침착함을 잃고 말았다.

"안 돼!"

군구신은 여전히 평온했다. 영원히 그 무엇에도 영향받지 않을 것 같은 평온한 표정이었다.

"보아하니 이 물건이 너에게 아주 중요한 모양이군."

그리고 조금도 머뭇거리지 않고 약왕정을 잡은 손에 힘을 더했다.

비연이 오히려 차가운 숨을 내쉬었다. 또 그의 함정에 빠졌다는 느낌이 왔다.

그는 사실 이 약왕정이 그녀의 약점이라는 걸 결코 알지 못했을 것이다. 처음에 약왕정을 그녀에게 주려 했던 것, 방금 한 위협 등은 모두 그녀를 시험한 것이었다.

영리할 뿐 아니라 꿍꿍이속도 아주 깊은 녀석이었다! 지금까지 그가 한 말 한마디 한마디가 모두 목적이 있었다!

비연은 제가 대체 무슨 개똥 같은 운을 타고나서 이런 녀석을 만나게 되었는지 모르겠다고 한탄했다. 생각했던 것보다 훨씬 힘든 상대였다.

그녀는 가면 자객을 노려보며 아무 말도 하지 않았다. 그리고 속으로 저를 타일렀다. 이런 녀석을 상대하려면 반드시 냉정, 또 냉정해야 한다.

군구신도 아무 말 없이 그녀를 바라보며 손에 점점 더 힘을 주고 있었다. 순간, 비연은 더 이상 냉정할 수가 없었다.

약왕정은 상고 시대부터 내려오는 신기였다. 이 녀석이 약왕정을 부순다면 그대로 끝이었다.

그러나 부수지 못한다면 이 녀석은 약왕정이 좋은 물건이라는 것을 깨달을 것이다. 녀석이 약왕정을 갖겠다고 하면 어떻게 하지?

선택의 여지가 없어진 비연이 차가운 목소리로 물었다.

"그래요. 나에게 중요한 물건이에요. 대체 무엇을 원해요? 확실하게 말해 봐요!"

군구신의 목소리가 그녀 것보다 훨씬 차가웠다.

"솔직하게 말해!"

솔직하게 말하라고? 그녀가 다시 태어났다고 하면, 그가 믿을까?

비연이 심호흡을 하며 엄숙한 얼굴로 거짓말을 늘어놓기 시작했다.

"나는 정말로 고비연이에요! 나는 선량하지도 않고, 마음이 넓지도 않아요! 나는 꿍꿍이도 있고, 원한도 기억하고, 돈 몇 푼까지도 꼼꼼히 따지는 사람이죠! 누가 나를 열만큼 괴롭히면 백으로 천으로 만으로 돌려주는 사람이고요! 내가 지금까지 원래의 성격과는 달리 얌전히 굴면서 참아 왔던 이유는, 내가 너무 약하고 무능했기 때문이에요! 약자가 참는 것 외에 무엇을 더 할 수 있겠어요? 1년 전에 조부의 유물 중에서 약전을 한 권 발견해 몰래 공부했어요. 약과 독은 본래 한 뿌리에서 나온 것이라 약학과 독술을 모두 할 수 있게 되었죠. 내가 무엇 때문에 하릴없이 괴롭힘을 당하고 있겠어요? 가까스로 약녀가 되어 그간 익힌 재주를 겨우 펼 수 있는 기회를 얻게 되었는데, 하필이면 그 가짜 약방문과 관련한 일에 엮이고 만 거예요! 내가 진상을 이야기하면 가장 골탕을 먹는 건 바로 나였다고요! 몰래 약을 바꾸지 않았다면 정 대장군은 죽었을 거고, 나도 함께 땅에 묻혔겠죠!"

비연은 거짓말을 늘어놓으면서도 조금도 켕기는 기색이 없었다. 오히려 점점 비분강개하여 당당한 태도로 외쳤다.

그녀가 한 말은 거짓말이었지만, 이 세계가 약육강식인 것은 맞았다. 그 잔인한 법칙에 원래 몸 주인의 비애와 그녀 자신이 이곳에서 겪은 억울함이 뒤섞이고 있었다.

비연이 군구신의 차가운 눈을 마주 보며 진지하게 반문했다.

"당신이 나였다면, 어떻게 했겠어요?"

군구신은 평생 처음으로 인내심을 갖고 한참 동안 한 여인의 말을 듣고 있었다. 그러나 비연의 말을 얼마나 믿는지는 아무도 알 수 없었다.

그는 고개를 숙인 채 침묵했다. 마치 사색에 빠진 듯했다. 그러나 손의 힘은 결코 늦추지 않았다.

그가 조용히 사색하는 모습은 어쩐지 더욱 냉정해 보였다. 마치 혼자만의 세계에 빠져 있는 것 같았다. 그 누구도 그의 세계에 들어갈 수 없고, 그의 마음을 꿰뚫어 볼 수도 없었다.

고요한 가운데 비연은 더욱 다급해졌다.

승낙, 내가 너를 거두겠다

비연은 입이 마르도록 이야기했다. 그러나 가면 자객은 여전히 손의 힘을 풀지 않았다. 이렇게 상대하기 어려운 사람은 처음이었다.

그녀는 마침내 뭔가 가치 있는 정보를 이야기해야 한다는 사실을 깨달았다. 그러지 않으면 그를 설득할 수 없었다.

비연이 진지하게 말했다.

"오 공공이 진짜 흉수의 세작이에요. 그가 약 찌꺼기를 조사하려 하는 걸 내가 우연히 발견했어요. 나는 처음엔 진짜 흉수가 궁에 있을 거라고 생각했어요. 하지만 나중에 좀 더 깊이 생각해 보니 흉수는 궁에 있는 사람이 아니라는 확신이 생겼죠."

이 말에 군구신이 마침내 손에서 힘을 빼고 냉랭하게 물었다.

"어째서?"

비연은 가만히 한숨을 쉬고 대답했다.

"왜냐하면 흉수의 진정한 목표는 정역비를 죽이는 게 아니었어요. 정가군과 기가군, 두 군대를 도발하는 것이었죠! 첫째, 기욱의 약혼녀인 내가 정가군으로 파견 나갈 이유가 딱히 없는데도 그들은 굳이 나를 선택했어요. 둘째, 흉수는 약만 바꾸고 약방문은 바꾸지 않을 수도 있었어요. 그런데도 굳이 가짜 약방문을 남겨 증거를 심었죠. 그날 밤 정역비가 가짜 약방문으로 인해 죽었다면 정씨 가문 사람들이 나를 어떻게 생각했겠어요? 이 일을 모두 기씨 가문이 꾸민 것이라 의심하지 않았을까요?”

군구신이 고개를 끄덕이며 비연을 재촉했다.

“내가 궁으로 돌아간 다음 날, 바로 헛소문이 사방에 퍼져 있었어요. 기씨 가문과 정씨 가문을 동시에 모욕하는 소문이었죠. 이것 역시 두 가문 사이에 갈등을 이끌어 내기 위한 도발이었어요. 두 군대가 부딪치면 천염국에는 난리가 일어나겠죠. 흉수의 진정한 목표는 천염국을 어지럽히는 것이라 생각해요. 반당이 아니면 분명 외적이겠죠! 반당이건 외적이건 분명 준비를 하고 있을 거예요. 반란을 일으킬 기회를 엿보면서요!”

이 말을 들은 군구신은 크게 놀랐다.

사실 비연을 납치한 이유는 그저 그녀를 핍박하여 진짜 흉수에 대한 실마리를 알아내려던 것뿐이었다. 그러나 생각과는 달리 그녀가 아는 것은 별로 많지 않았다.

하지만 그녀는 제한된 실마리만으로도 이렇게 많은 정보를 분석해 냈다. 그것도 아주 명철하게! 정역비나 기씨 부자가 생각하지 못한 추측을 일개 젊은 여자가 해낸 것이다.

이 계집, 재미있는데!

감히 그에게 이런 말을 하는 것을 보자 그는 그녀를 믿고 싶어졌다.

군구신이 약왕정을 탁자 위에 놓고 자리에 앉았다.

그 모습을 보고 비연은 은밀히 기뻐했다. 눈가에 교활한 빛이 스쳐 가는가 싶더니 재빨리 그를 따라 자리에 앉고는 계속 분석을 늘어놓았다.

"소 태의의 처방은 최고라고 할 수 있어 파해하는 것이 그렇게 쉽지 않아요. 하지만 흉수는 하소자 하나를 바꾸는 것만으로도 약방을 파해하고, 폐를 상하게 하여 치명적인 상황을 만들수 있다는 걸 알고 있었죠. 이건 흉수가 약학의 고수거나, 곁에약학 고수를 두고 도움을 받고 있다는 것을 의미해요. 이번에정역비를 죽이지 못했으니 분명 다음 기회를 노리겠죠. 어약방의 힘을 빌려 다른 귀족들에게 손을 쓸 수도 있어요. 바꿔 말하면, 약이 바로 흉수의 흉기예요!"

여기까지 말하고는 가면 자객의 눈치를 살폈다. 그가 자신의추측에 이견이 없는 듯하자 더욱 대담하게 이어 갔다.

"약학 방면으로 나는 아주 기쁜 마음으로 당신을 도울 마음이 있어요!"

비연은 마음속으로 주판알을 튕기고 있었다. 이 녀석 앞에서라면 회녕 공주고, 기씨 가문이고, 정역비까지 포함해도 모두아무런 문제가 안 될 것 같았다. 그의 손에서 벗어날 수 없다면차라리 그에게 의지하는 게 좋을 듯했다.

그가 황자라면 회녕 공주와 다툴 수도 있지 않을까? 회녕 공주는 아직도 궁에서 그녀를 기다리고 있을 터였다!

군구신이 비연의 이런 마음을 꿰뚫어 보았는지는 알 수 없었다. 그는 그저 눈썹을 들어 올리고 냉랭하게 그녀를 바라볼 뿐이었다.

비연이 아첨하듯 웃으며 말했다.

"제 약학 실력에 분명 만족하실 거예요! 잠시만이라도 저를 믿고 곁에 두어 보는 것이 어때요?"

군구신은 이 고집 세고 완강하던 계집이 갑자기 이렇게 비위를 맞추듯 이야기하리라고는 상상도 못 하던 차였다. 그의 눈가에 고민의 빛이 스쳐 갔지만 아무 대답도 하지 않았다.

비연의 마음도 즐겁지는 않았다. 그러나 열심히 스스로를 설득하고 있었다.

'기회를 잃어서는 안 돼. 상황에 따라 굽힐 수도 있고 당당해질 수도 있는 거야. 이 녀석을 모시는 것이 그래도 회녕 공주 시중드는 것보다는 낫잖아!'

그녀는 두 손을 맞잡고 물기 어린 큰 눈을 깜빡이며 가련한 목소리로 말했다.

"절대로 귀찮은 일을 만들지 않겠어요. 대리시에 당신과 관련한 일을 말하는 일도 없을 거고요. 나를 받아들여 주세요!"

군구신은 그녀의 가련한 모습을 충분히 감상한 듯 마침내 귀한 입을 열었다.

"좋다!"

비연이 기뻐하며 감사의 말을 하려는데 그가 약방문을 하나 건넸다.

"오 공공 방에서 베껴 온 약방문이다. 흉수의 밀서일 가능성이 높지. 이것을 파해할 수 있다면 너를 받아들이겠다."

이 녀석의 동작이 이렇게 빠르리라고는 생각지 못했다. 오 공공을 조사했을 뿐 아니라 증거까지 수집했다니!

보아하니, 그녀의 추측이 틀리지 않은 모양이었다. 그의 신분은 분명 평범하지 않을 터였다.

비연이 가련한 표정으로 열심히 약방문을 들여다보았다. 그러나 아무리 보아도 약방문에 무슨 큰 문제가 있는 것 같지는 않았다.

"환부에 바르는 약의 약방문이군요. 넘어지거나 맞아서 다친 경우에 쓰는 것인데, 조제량은 너무 중요시할 필요가 없고요. 하지만…… 솔직히 말하면 한 가지 약재의 쓰임이 별로 타당하지 못한 것 같아요. 다만 그 약재를 더 쓴다 해도 큰 문제는 없고, 약효에 영향을 끼치지는 않죠."

군구신이 서둘러 물었다.

"어느 약재지?"

"견혈수라는 약재예요."

비연이 잠시 생각하다가 다시 입을 열었다.

"아니다. 정확히 말하면 쓰임이 타당하지 못한 정도가 아니라 쓰인 방식이 좋지 않아요. 이 약재는 쓰고 매운 데다 차가운 성질이 있어서 몸 안의 열을 내리고 해독 작용을 하죠. 또 붓기를 내려 주고 통증을 줄여 주기도 하고 어혈을 흩어지게 해요. 어혈이 없는 사람에게는 신중하게 써야 하는 약재죠. 이 약방문은…… 사실 이 약재를 쓰지 않았으면 더 좋았을 거예요."

군구신은 비연의 진지하고 전문적인 모습을 보고 마음속으로 감탄했다.

망중이 은퇴한 약사 몇 명에게 이 약방문을 보여 주었으나 모두 단서를 찾지 못했다. 이 젊은 약녀의 전문성은 나이 든 선배들에게 추호도 뒤지지 않았다.

그가 물었다.

"이 약방문에 그것 외에 다른 문제는 없나?"

비연은 확신에 찬 어조로 말했다.

"이 약재에 문제가 있어요. 하지만 약재 하나로 뭘 전달할 수 있겠어요?"

군구신이 남아 있던 약방문을 전부 꺼냈다.

"여기 전부 있다. 밀정이 오 공공의 방 밖에서 훼손된 약방문 뭉치를 발견했지. 방 안에 숨겨져 있던 것들이다."

비연이 다급하게 받아 한 장 한 장 열심히 살펴보았다. 전부 다 읽어 봤지만 별다른 문제점을 발견하지 못했다.

"이 약방문들은 모두 완벽해요. 약재의 선택은 물론이고 조제량도 모두 문제없어요."

군구신이 대답하기도 전에 그녀가 첫 번째 약방문부터 다시 읽으며 중얼거렸다.

"처방에 문제가 없다는 것이 그 안에 숨어 있는 게 없다는 의미는 아니죠. 혹시 숨겨진 글자가 있지는 않을까요?"

비연의 두 눈이 약방문에 꽂혔다. 표정이 진지하고 엄숙해, 지켜보는 이로서는 감히 방해할 수 없었다.

그녀는 막 열이 내린 참이라 안색은 창백하고 초췌한 데다 심지어 조금 더럽기도 했다. 머리며 옷도 엉망진창이었다. 그러나 그녀가 맑은 미간을 찡그리자 왜인지 모르게 무어라 이름

붙일 수 없는 아름다움이 배어 나왔다. 마치 무한한 재능과 아름다움이 가볍게 찡그린 그녀의 미간에 스며든 것 같았다.

무심결에 눈을 들었다가 그런 그녀를 본 군구신은 그대로 시선을 멈췄고, 입에서 나오려던 말도 그대로 멈춰 버렸다. 차마 그녀를 방해할 수 없었다.

적막 속에서 시간이 조금씩 흘러갔다. 비연은 약방문을 읽고 있었고, 군구신은 그녀를 보고 있었다. 두 사람은 마치 주변의 모든 것을 잃어버린 것 같았다.

방 밖에서 몰래 안을 보고 있던 망중이 이 장면을 보고 놀라서 입을 감쌌다. 전하는 재능이 넘치는 아름다운 여인들과 나라를 무너뜨릴 만한 미인들을 무수히 봐 왔다. 그러나 언제 그 절세미인들에게 시선을 멈춘 적 있었던가? 게다가 저렇게 넋까지 잃은 적은?

망중은 자신이 헛것을 보고 있다고 생각했다. 그가 다시 몰래 고개를 들이밀고 안을 들여다보았지만, 주인은 분명 넋을 잃고 있었다. 망중은 차마 안으로 들어가지 못하고 약을 든 채 문가에서 기다릴 뿐이었다.

'구'라는 글자, 왜 그리 조급해하는 거야

방 안이 고요했다.

비연이 무엇인가 발견한 듯 예고도 없이 고개를 들었다. 그러다 군구신의 깊은 눈과 마주치자 깜짝 놀랐다.

그녀는 그가 자신을 살펴보고 있다 생각했다. 아무래도 여전히 그녀의 능력을 믿지 못하는 모양이었다. 비연은 군구신의 눈을 똑바로 쳐다보며 진지하게 말했다.

"그렇게 나를 볼 필요 없어요. 내가 당신을 만족시켜 주겠다고 했으면 분명히 그럴 테니까."

군구신이 일순간 어색해했지만 곧 일관된 냉랭한 눈빛을 회복하고 물었다.

"무엇을 알아냈나?"

비연이 열정적으로 말했다.

"종이와 붓을 줘요! 어서!"

군구신이 직접 종이와 붓을 가져왔다.

비연은 첫 번째 약방문을 내려놓고 남아 있는 열 장의 약방문에서, 약방문 하나당 약재 하나를 골라 군구신에게 하나하나 받아 적게 했다.

이 약재들의 이름을 차례대로 쓰면 다음과 같았다.

토이풍, 인동화, 백면고, 홍동청, 현급, 조황종, 용조엽, 토

삼칠, 포엽목, 야천문동.

비연이 진지한 표정으로 설명했다.

"약방문 열 장에 열 가지 약재가 숨어 있었어요. 그리고 이 열 가지 약재 안에 절묘한 계책이 숨겨져 있죠."

군구신은 단서를 찾을 수가 없었다.

"대체 어떻게?"

"별명!"

비연은 어지러움을 참으면서, 군구신이 적은 열 가지 약재의 이름 아래에다 차례대로 그 별명을 적었다.

일지향, 이보화, 삼백초, 사계청, 오미자, 육이령, 칠엽련, 팔선초, 십량엽, 백부.

이 이름들을 보자 군구신도 바로 그 의미를 알 수 있었다. 그리고 눈앞에 있는 여자를 다시 보지 않을 수 없었다.

망중이 이 약방문을 적지 않은 수의 은퇴한 약사들에게 보여 주었다. 그 고수들은 이 안에 숨어 있는 단서나 계책을 전혀 알아내지 못했다. 그러나 이 계집은, 차 한 잔 마실 시간에 풀어 냈다.

그가 중얼거렸다.

"숫자, '구'가 부족하군!"

비연이 고개를 끄덕였다.

"맞아요! '구' 자가 부족하죠!"

군구신이 이 밀서의 방식을 이해하고 물었다.

"견혈수는? 별명이 뭐지?"

"견혈수는 별명이 많아요. 그중에서 극히 소수의 사람만이 아는 별명이 하나 있는데, 바로 견혈……비랍니다!"

비라는 글자는 누가 보아도 정역비를 가리키고 있었다. 그리고 '구'라는 글자와 관련해서 비연이 가장 먼저 떠올린 사람은 바로 정왕 군구신이었다. 그 전하 이름에 '구'라는 글자가 있을 뿐 아니라, 황자들 중 아홉째기도 했다!

비연은 눈앞에 있는 남자가 정왕 군구신이라고는 전혀 생각하지 못하고 조급하게 말했다.

"정왕 전하께서 위험해요. 어서 방법을 생각해 일깨워 드려야 해요!"

그러나 군구신은 매우 담담하게 말했다.

"예상외군. 오 공공이 이렇게 약학의 고수라니."

이런 약방 밀서에서 주인의 뜻을 알아챌 수 있는 걸 보면 오 공공은 정말 여간내기가 아니었다.

그러나 비연은 오 공공의 능력에는 관심이 없었다. 그녀는 다급해하며 다시 강조했다.

"그들의 다음 목표가 정왕 전하라고요! 정역비 쪽에서 실수가 있었으니 그들은 분명 서두르고 있을 거예요. 분명히 곧 정왕 전하께 손을 쓸 거예요!"

비연의 흥분한 모습을 보고 군구신이 참지 못하고 물었다.

"대체 왜 그렇게 조급해하는 거지?"

비연이 별생각 없이 반문했다.

"당신은 조급하지 않나요? 듣기로 황상께서 편찮으시다는

데, 정왕 전하께서 뜻밖의 재난이라도 당하면 어린 태자 전하께서 무슨 일을 하실 수 있겠어요? 기씨 가문과 정씨 가문의 갈등도 저렇게 심하니, 조정이 어지러워지지 않겠어요?"

사실 이것은 그녀가 정말로 조급해하는 이유가 아니었다. 그녀는 목숨을 구해 준 적이 있는 정왕 전하에게 보답하고 싶었다. 그러나 눈앞의 이 녀석에서 사실을 말할 생각이 없어 다른 이유를 댄 것뿐이었다.

군구신이 그녀의 분석에 꽤 흥미를 느낀 듯 생각에 잠겨 고개를 끄덕였다.

"계속 말해 보도록."

비연은 생각에 잠겼다가 계속 말하기 시작했다.

"듣기에 정왕 전하께서는 당파를 만들지 않으신다고 했어요. 기씨와 정씨 가문에 대해서도 한쪽으로 치우치지 않는다고 하시고요. 당신이 진짜 흉수를 찾아내어 정왕 전하께서 재난을 피할 수 있다면, 정왕 전하께서 당신을 다시 평가하겠지요."

비연이 아는 바에 따르면, 정왕이 진양성에 돌아오기 전에는 황위를 둘러싼 다툼이 매우 치열했다. 적지 않은 황자들이 태자의 나이가 어리다고 무시하며 음해했다. 그러나 정왕이 돌아온 후 황자들은 감히 태자를 괴롭힐 엄두를 내지 못했다.

정왕은 스스로 황위를 다투지 않으면서, 다른 이들이 자신의 친동생 자리를 빼앗는 것 역시 허락하지 않았다. 황자들이 아무리 충동질하며 자기편으로 끌어들이려 해도 소용없었다.

황자들은 그를 두려워하고 증오하는 동시에 사이좋게 지내고 싶어 했다.

군구신이 대답하지 않는 것을 보고 비연이 서둘러 한마디 덧붙였다.

"정왕 전하와 적이 되는 것보다는 사이좋게 지내는 편이 좋아요. 최소한, 정왕 전하가 당신에게 빚을 지게 될 테니까요. 그건 천금으로도 살 수 없는 거예요."

"하하, 천금으로도 살 수 없다?"

군구신의 입매가 아름다운 각도로 휘어졌다. 그는 자리에서 일어나 탁자를 사이에 두고 몸을 굽혀 약왕정을 비연 앞으로 밀었다. 그리고 그녀의 눈을 보며 진지하게 말했다.

"과연 나를 만족시키는군. 이것은 돌려주마. 그리고 너를, 내가 받아들이겠다."

그의 눈동자가 너무 진지해 보여서일까, 아니면 그가 너무 가까이 다가와서일까. 비연은 살며시 멍해지고 말았다. 심장이 쿵 소리를 내며 떨어지는 것 같았다.

말을 마친 군구신이 떠나려 하자 그제야 비연은 정신을 차렸다. 너무 기뻐 재빨리 군구신 앞으로 달려가 물었다.

"회녕 공주가 어약방에서 나를 차출해 가려 했어요. 나를 지켜 줄 수 있는 거죠!"

비록 대범하게 정역비의 호의를 거절하긴 했지만 그녀도 잘 알고 있었다. 일단 회녕 공주가 있는 곳으로 가면 비연 자신은 죽을 수밖에 없었다.

그러나 그녀로서는 손쓸 방도가 없었다. 그러니 이 기사회생의 기회를 당연히 꽉 붙잡을 생각이었다!

비연의 작은 얼굴에 흥분과 기대가 어려 있었다. 군구신이 무표정하게 말했다.

"여기서 몸이나 회복하고 있도록. 내일 오전에 너를 맞으러 사람이 올 것이다."

비연은 너무 기쁜 나머지 무릎을 굽혀 열심히 절을 하고는 물었다.

"주인님, 제가 어떻게 부르면 될까요?"

그녀는 생각했다.

이 녀석이 과연 진짜 신분을 알려 주고 얼굴을 드러낼까?

그러나 군구신은 그저 그녀를 흘깃 보고는 몸을 돌려 나갔다.

대체 무슨 의미지?

비연이 쫓아갔지만 이미 그의 모습은 보이지 않았다. 그녀는 제멋대로 중얼거리기 시작했다.

"조만간 무슨 관직에 있는지 말하게 될걸? 뭐, 말해 주지 않는다면 나는 당신을…… 썩을 불량배라고 부르면 되겠지!"

그녀는 잠시 생각하다가 그건 아니다 싶어 바꾸기로 했다.

"아니, 얼음이랑 닮았으니까 망할 얼음이라고 부르지, 뭐!"

문 뒤에 있던 망중이 그 소리를 듣고는 가면 아래에서 소리 없는 비명을 질렀다.

썩을 불량배? 전 세계 모든 남자들이 불량배라 해도 그의 주인만은 절대로 불량배가 아니었다!

망할 얼음? 그의 주인은 확실히 얼음처럼 냉랭하지만 그래도 '망할'이라는 형용사는 절대로 어울리지 않았다!

자신의 주인이 이런 호칭을 들으면 어떤 반응을 보일지 궁금했다.

비연이 안으로 들어가자 망중도 겨우 약을 들고 따라 들어갔다. 비연은 그제야 시위가 남아 있었다는 것을 깨닫고 몇 마디 시험하듯 물어보았다. 그러나 망중은 말을 못 하는 것처럼 단 한 마디도 하지 않고 약을 내려놓고는 사라졌다.

비연은 더 이상 깊이 생각하지 않고 즐겁게 약을 마셨다. 비록 망할 얼음과 한바탕 겨룬 끝에 자신이 철저하게 패배했지만 심정은 의외로 꽤 괜찮았다.

약녀라는 신분은 확실히 너무 비천했다. 기씨 가문의 약혼녀 신분 역시 어디를 가도 환영받지 못했다.

그녀가 아무리 능력이 있다 해도 어약방에서는 재능을 펴고 입지를 굳히기 너무 어려웠다. 회녕 공주는 말할 것도 없고, 그녀보다 등급이 높은 약사라면 누구라도 그녀를 쉽게 짓밟을 수 있었다.

그러나 이제 그녀에게 의지할 곳이 생겼다. 그러니 모든 것이 달라질 것이다!

다시는 당신을 보지 않겠어

이날 밤엔 아주 편하게 잠들었다.

다음 날 아침 일찍 눈을 뜨니 감기 기운이 싹 사라진 것 같았다. 기지개를 켠 비연은 온몸이 개운함을 느꼈다.

대충 정리를 끝내고 문밖으로 나왔다. 그녀는 그제야 이곳이 산속에 있는 소박한 집이라는 것을 알 수 있었다. 근처에는 아무도 보이지 않았다.

"사람은?"

비연이 집 주변을 한 바퀴 돌아보았지만 사람의 흔적은 없었다. 불안해진 그녀는 과감하게 결정을 내리고 이곳을 떠나기로 마음먹었다!

그녀가 막 집 안으로 들어섰을 때 부상당한 가면의 흑의인 세 사람이 들이닥쳤다. 바로 전날 밤에 그 망할 얼음과 함께 그녀를 납치했던 자들이었다!

"당신들……."

비연은 이해할 수 없었다. 망할 얼음은 혼자서도 시위 여럿을 제압할 수 있는 능력자였다. 어젯밤엔 적지 않은 수하들도 데려왔다. 그런데 설마 아직까지도 관병들에게 쫓기고 있다는 말인가?

비연이 이해할 수 없어 어찌 된 일인지 물어보려는데 대문

쪽에서 관병 한 무리가 추격해 왔다.

어찌 된 일이지?

비연이 너무나 놀라 다급하게 물었다.

"당신들 주인은?"

가면 자객들은 그녀를 상대하지 않았다. 비연도 더 이상 묻지 않았다.

관병들이 그들을 포위했다. 가면 자객들도 즉시 대응하기 시작했다. 비연이 가까이에 있었으나 그들은 그녀를 인질로 삼지 않고 뛰어나가 관병들과 싸우기 시작했다.

비연은 곧 관병들에 의해 한옆으로 끌려가 보호를 받았다. 생각하면 생각할수록 뭔가 이상했다.

'내일 오전에 너를 맞으러 사람이 올 것이다.'

그녀는 갑자기 망할 얼음이 전날 밤 했던 말을 떠올렸다. 그리고 무엇인가 이해한 것처럼 멍하니 그 자리에 멈춰 섰다.

가면 자객들은 수가 적어 관병들을 상대하기에 무리였다. 그들은 곧 무기를 던지고 투항했다.

관병이 자객들을 꽁꽁 묶은 후 가면을 벗겼다. 모두 낯선 얼굴들이었다.

얼마 지나지 않아 설 공공이 헐떡이며 다가왔다. 그리고 비연이 멀쩡하게 서 있는 것을 보고는 자못 실망한 듯 외쳤다.

"고 약녀, 명이 길기도 하구나! 하하!"

비연은 설 공공을 상대하지 않았다. 넋이 나간 듯한 그녀의 작은 얼굴은 음울한 기운으로 가득 차 있었다. 마음속에서는 분노가 더욱 활활 타오르고 있었다.

또다시 함정에 빠지다니!

그녀는 전날 밤 계속 그 얼음 같은 녀석이 고강한 무예 실력을 지니고 있으면서도 무엇 때문에 사람들을 이끌고 마차를 가로막았는지 궁금했다. 지금, 그녀는 이 모든 것이 그가 벌인 판이었음을 깨달았다!

그 녀석은 정말로 그녀를 납치하려던 것이 아니었다. 또한 진심으로 그녀를 받아들일 생각도 없었다. 그는 전날 밤 일부러 사람들을 데려와 그녀를 납치하고, 오늘 아침에 이들을 시켜 그녀를 관병들에게 인계한 것이었다!

정말이지 너무하잖아!

자신이 전날 밤 그렇게 공을 들여 열심히 이야기했던 것을 생각하자 비연은 태어나 처음으로 자신이 너무 우둔하다고 생각했다!

설 공공은 비연이 자신을 상대하지 않는 것을 보고 자객에게 질문하기 시작했다.

"누구의 명을 받고 사람을 납치했던 거야? 다른 무리들은 어디 있지?"

"정역비는 죽어야 한다. 그를 도운 사람도 죽어야 한다!"

가면 자객이 분노한 목소리로 외쳤다. 모르는 사람이 보면 정말로 그가 정역비와 어마어마한 원한이라도 있다고 생각할 것이다!

그러나 비연은 확실하게 알고 있었다. 자객은 연기를 하고 있었다. 그 망할 얼음을 위해 정역비와 대리시의 주의를 다른 곳으로 돌리려는 것이다.

그녀가 그 망할 얼음의 외모며 무공을 그렇게나 자세하게 설명했다. 대리시에게 꽤 도움이 되는 길잡이가 생긴 셈이었다. 그러나 오늘 이 자객들이 거짓 자백을 한다면 대리시의 판단을 그르치게 될 것이고, 대리시는 영원히 그를 찾지 못할 것이다.

망할 얼음이 지난밤에 신분을 이야기하지 않은 것도 이상한 일이 아니었다. 그리고 오늘 아침에 누군가가 그녀를 데리러 올 거라 한 것도 이상한 일이 아니었다!

비연은 화가 나서 이를 갈았다. 그가 바로 앞에 있다면 물어 버리고 싶었다!

설 공공이 심문하는 소리가 들려왔다. 자객들은 거짓말을 쏟아 내고 있었다. 그들은 지난번에 약을 가져가려 했던 이들이 그들의 동료라고 인정하면서, 정역비와 불구대천의 원수가 있다고 거짓말을 늘어놓았다.

비연은 그들의 대화를 들으며 마음속으로 저주했다.

'개새끼! 나쁜 놈! 썩을 불량배! 망할 얼음!'

설 공공과 관병 모두 자객들의 말을 믿는 것을 보고 그녀는 진상을 털어놓지 않았던 것을 후회했다. 안타깝지만, 거짓말에는 대가가 따르는 법이다. 지난번에 사실을 말하지 않은 이상 이번 사건에 대해서는 더더욱 진실을 말하지 못하게 된 것이다. 이제는 모면할 방법이 없었다.

자객들의 심문을 끝낸 설 공공이 그들을 대리시로 이송하도록 명령했다. 그러고 나서야 비연 앞으로 와서 조소하는 듯한 얼굴로 말했다.

"고 약녀, 큰 재난에도 살아남으면 반드시 복을 받는다는 말이 있지 않은가. 가세! 나를 따라 궁으로 들어가 홍복을 누려야지!"

이 말은 정말이지 차가운 물 한 바가지를 비연의 머리에 뒤집어씌운 것 같았다. 그녀 안에서 분노의 불길이 타올랐지만, 동시에 그녀는 정신이 맑아졌다.

한 바퀴 돌아왔을 뿐 일장춘몽이었다. 쓸데없이 한바탕 기뻐했을 뿐이었다. 회녕 공주라는 재난에서 결국 도망칠 수 없는 것이다.

이제 어쩌지?

주변을 둘러보니 병사들이 그녀를 둘러싸고 있었다. 설 공공은 의미심장한 눈빛으로 그녀를 바라보았다. 비연은 힘이 빠지고 말았다.

사람이…… 언제나 희망을 가져야만 하는 것은 아니겠지? 희망을 품으면 항상 쉽게 실망하기 마련이잖아.

"망할 얼음! 다시는 내 앞에 나타나지 마!"

그렇게 중얼거린 비연이 고개를 들고 웃으며 굳센 목소리로 말했다.

"홍복이라……. 어서 가죠. 정말이지 기대되네요!"

설 공공은 그 말이 귀에 거슬렸는지 갑자기 날카롭게 외쳤다.

"여봐라, 이 계집을 마차로 압송하라! 제대로 감시하고!"

궁에 도착하기도 전에 재난이 시작된 모양이었다.

궁으로 가는 길 내내 설 공공은 물 한 방울도 주지 않았다. 먹을 것은 말할 것도 없었다. 다행히도 비연은 몸이 회복된 상태라 그럭저럭 버틸 수 있었다.

일행은 다음 날 오전에 성에 도착했다. 대리시의 심문이 끝난 시간에 맞춰 설 공공은 즉시 비연을 데리고 궁으로 들어갔다. 그들은 곧바로 회녕 공주의 방화궁으로 가지 않고 먼저 어약방으로 향했다.

어약방에 도착하자 설 공공이 음산한 목소리로 재촉했다.

"망할 계집, 회녕 공주마마께서는 기다리는 것을 제일 싫어하신단 말이다. 본 공공이 너에게 차 한 잔 마실 시간을 줄 테니 물건을 챙겨 나오도록 해라. 어서! 차 한 잔 마실 시간을 넘긴다면 본 공공은 네가 회녕 공주마마 안전까지 기어가도록 만들어 줄 테다!"

비연은 이게 다 사기라는 것을 알고 있었다.

그녀가 최대한 빠른 속도로 물건을 챙겨 돌아오자 정원은 사람들로 가득 차 있었다. 그녀가 돌아왔다는 소식을 듣고 일부러 보러 온 것 같았다.

지난번에는 그래도 귀엣말을 주고받았었다. 그러나 이번에는 다들 큰 소리로 말하며 손가락질하고 있었다. 그 눈길 중에는 경멸, 무시, 조소, 혐오, 그리고 심지어는 원한까지 있었다!

그 시선 전부가 비연에게 쏟아지고 있었다. 마치 고비연이 정말로 더럽고 비천한 여자가 된 것 같은 분위기였다.

곧 온우유가 무리 중에서 나왔다. 그녀는 매우 흥분한 상태로, 입을 열자마자 욕을 쏟아 냈다.

"고비연, 이 천한 계집! 어디 할 말이 남아 있으면 해 보시지? 기씨 가문에서 이미 황상께 말씀드렸다! 너는 정 대장군을 망쳤어! 이 더럽고 뻔뻔한 계집! 저질!"

비연이 눈썹을 들고 온우유를 흘깃 보고는 아무 말 없이 성큼성큼 앞으로 걸어갔다.

"말해 봐! 지금 더할 말이 있으면 해 보란 말이다! 내가 어디 너를 더럽혔어? 내가 어디 너를 모욕했냐고! 사람들 전부 다 봤다고! 네가 정 대장군을 유혹하는 걸! 그래, 네가 정 대장군을 유혹한 거야!"

온우유는 지난번에 당한 경험이 있어 감히 손을 쓸 생각은 하지 못했다. 그저 비연 앞으로 나와 길을 막은 채 헐떡이며 계속 질문을 쏟아부었다. 비연에게는 답할 틈조차 주지 않았다.

이 모습을 보고 약노 무리가 다가와 비연을 둘러쌌다.

"고비연, 할 말이 있으면 해 봐! 어서!"

"천박한 계집, 내가 너를 모독했다고? 내가 너를 욕한들 틀린 데가 있나? 뭐 할 말이 더 있어? 말해 봐! 말해 봐!"

"고비연, 말해 보라니까? 그 좋은 말재간은 다 어디 갔어?"

비연은 곧 한 걸음도 떼기 힘든 상황이 되었고 시간은 점점 흘러갔다. 차 한 잔 마실 시간은 금방이었다.

언제부터인지 회녕 공주가 문밖에 도착해 있었다. 그리고 그녀 뒤에는 설 공공이 서 있었다.

기질, 타고난 것

비연이 서두르려 했지만 사람들에게 둘러싸여 있다 보니 확실히 쉽지 않았다. 그녀가 정말 무슨 일을 당한다 해도, 이 무리들과는 아무 관계가 없으니까!

비연이 갑자기 차갑게 외쳤다.

"충분하잖아!"

한순간에 모두 조용해졌다. 비연의 얼음 같은 목소리에 놀라 굳어 버린 것 같았다. 그러나 사람들이 정말로 굳어 버린 이유는 바로 그녀의 시선 때문이었다.

이 순간, 비연의 맑은 두 눈동자에 차가운 빛이 스쳐 가더니 고고함과 존귀함, 심지어 패기마저 넘쳐흘렀다. 그 얼음처럼 차가운 눈빛, 그 존귀한 눈빛은 바로 타고난 것이었다. 후천적으로 학습한다고 익힐 수 있는 것이 아니었다.

가까이에 있던 이들은 말할 것도 없고 문밖에 있던 회녕 공주도 겁에 질렸다. 심지어 회녕 공주는 저도 모르게 스스로가 고비연보다 한 등급 아래라는 느낌마저 받았다.

어떻게 이럴 수가 있지? 분명 착각이야!

고씨 가문이 몰락하지는 않았다 해도 기껏해야 좀 오래된 세가일 뿐 아닌가. 현공대륙 어디에다 내세울 수도 없는! 그런 가문 출신인 고비연이 대체 어떻게 그녀와 비교가 된단 말인가!

회녕 공주는 원래 비연이 괴롭힘당하는 것을 구경할 생각으로 왔다. 그러나 지금은 직접 비연을 짓밟지 않으면 직성이 풀리지 않을 것 같았다.

그녀가 천천히 안으로 들어가 오만하게 말했다.

"쯧쯧, 어약방이 왜 이리 시끄러운가!"

깜짝 놀란 약녀들이 잇달아 고개를 돌려 바라보았다. 그리고 회녕 공주가 들어오는 것을 보고 다들 양옆으로 물러나 길을 트고 무릎을 굽혀 예를 행했다.

비연은 회녕 공주가 이렇게 빨리 어약방으로 직접 올 거라고는 상상도 하지 못하던 차였다!

복 아니면 화, 둘 중 하나지, 뭐. 화라면 피하면 그만이야!

그녀도 다른 약녀들과 마찬가지로 한옆으로 물러나 절을 했다. 여윈 몸으로 하는 그녀의 동작은 비굴하지도 거만하지도 않고 자연스러웠다.

"모두 일어나도록."

회녕 공주가 느릿느릿 걸어가다가 비연이 일어나려는 것을 보고 즉시 덧붙였다.

"고 약녀는 그대로 기다리도록."

비연은 몸을 굽힌 채, 묻지 않고 그저 대답만 했다.

지난번에는 사람이 없는 곳이었지만 이번에는 어약방이었다. 모두가 지켜보는 가운데 회녕 공주가 무슨 행동을 할지 두고 볼 생각이었다. 회녕 공주도 체면을 챙기기는 해야 하니, 이렇게 많은 이들 앞에서 비연을 괴롭히려면 명분을 내세워야 했다.

회녕 공주가 거만하게 물었다.

"고 약녀, 본 공주가 무엇 때문에 너에게 기다리라 했는지 알겠는가?"

비연이 고개를 숙인 채 평온하게 말했다.

"공주께서 말씀해 주십시오."

회녕 공주가 장난치듯 미소 짓기 시작했다.

"고 약녀, 네가 이렇게 늦게 궁으로 돌아온 것은 설마 본 공주의 시중을 드는 게 싫어서인가? 본 공주는 이것을 묻기 위해 몸소 이곳에 온 것이다. 네가 기꺼이 따르겠다면 본 공주가 직접 너를 데려갈 것이다. 네가 원치 않는다면 본 공주 역시 강요하지 않고 사람을 다시 뽑을 것이다."

비연이 가장 싫어하는, '명분'을 따지는 말이었다. 실제로는 간교한 계략을 숨기고 겉으로만 번지르르한 말들.

그렇게 악독하게 사람을 괴롭히면서 좋은 인상마저 주려고 하다니? 꿈도 꾸지 마시지!

비연이 진지한 표정으로 대답했다.

"제가 원하고 원하지 않고는 중요하지 않습니다. 중요한 것은, 공주마마께서 기쁘신가 아니신가입니다. 마마께서 기쁘시다면 저는 백 가지 일이라도, 천 가지 일이라도 기쁘게 온 힘을 다할 것입니다."

회녕 공주의 말보다 훨씬 아름다운 말이었다. 뿐만 아니라 풍자의 뜻도 가득 담고 있었다.

회녕 공주는 근본적으로 비연을 당해 낼 수가 없었다. 그것을 깨닫자 화가 나기도 하고 수치스럽기도 했다.

"그래, 고 약녀가 그런 마음이라면 본 공주가 받아들이지! 여봐라, 진주 가루 백 근을 가져오너라. 본 공주가 급히 쓸 데가 있으니, 고 약녀가 들고 방화궁으로 오도록!"

백 근이라고!

주변 사람들 모두 헉, 숨을 들이마시며 귓속말을 주고받았다. 백 근이나 되는 진주 가루를 비연같이 연약한 여자가 끌 수나 있을까? 게다가 어약방에서 방화궁까지는 아주 멀었다!

비연이 고개를 숙인 채 침묵했다. 그 모습을 본 회녕 공주는 기분이 꽤 좋아진 듯했다.

"고비연, 네가 마대 자루를 가져갈 수 있는지 없는지는 말할 것 없고, 그것을 끌 수라도 있다면 본 공주는 아주 기쁠 것이다!"

백 근에 달하는 진주 가루가 곧 날라져 왔다. 한 자루 한 자루 커다란 마대 자루들이 비연 발아래 쌓였다. 회녕 공주는 흥미로운 듯, 비연이 용서를 구하기를 기다리며 바라보고 있었다.

비연이 갑자기 허리를 굽히더니 두 손으로 마대 자루를 단단히 붙잡고 발에 힘을 주며 끌었다. 그러나 안타깝게도, 몇 번이나 힘을 주었는데도 자루는 꿈쩍도 하지 않았다.

회녕 공주의 입가에 의기양양한 미소가 걸렸다. 주변 사람들도 이런저런 말을 주고받는 가운데 웃음소리가 그치지 않았다.

비연은 자신만의 세계에 빠진 것처럼 허리를 굽힌 채 한 번, 또 한 번 힘을 주어 끌며 실패를 거듭하고 있었다. 그러나 그녀는 멈추지 않고 몇 번이고 계속했다! 그 무궁한 힘을 고집이라 불러도 좋을 것이다.

모두 조소하는 가운데 비연이 마침내 마대 자루를 움직이는데 성공했다. 그 모습에 모두가 조용해졌다. 비연이 멈추지 않고 숨을 한 번 들이마시고는 마대 자루를 한참 끌어당긴 다음에 멈췄다.

그녀의 이마에서 땀방울이 흘러 손등으로 떨어졌다. 손바닥은 상처투성이였다. 모두 마대 자루를 끌다가 생긴 상처였다.

비연이 마대 자루를 놓고 몸을 일으켰다. 그리고 눈을 반짝이며 맑게 웃었다.

"공주마마, 이러면 기쁘시겠어요?"

회녕 공주의 수치가 분노로 변했다. 이제 무슨 '명분'이나 '체면' 같은 것에 신경 쓰고 싶지 않았다. 그녀는 쏜살같이 걸어가 한 발로 마대 자루를 밟고 비연을 노려보았다.

"여봐라, 열 근을 더해라! 본 공주가 오늘 이 천한 계집의 능력을 좀 보아야겠구나!"

비연의 웃음이 더욱 찬란해 보였다.

"공주마마, 지금 전혀 기쁘지 않으신 모양이군요!"

"너!"

회녕 공주는 마침내 자신은 비연과 대적할 수 없다는 사실을 알아차렸다. 이렇게 계속하다가 소문이 밖으로 퍼져 나가면, 체면을 잃는 것은 비연이 아니라 자기 자신일 것이다!

후회스러웠다. 직접 오지 말았어야 했다. 무엇 때문에 감정을 억누르지 못했던 걸까?

그녀는 방화궁으로 가야겠다고 생각했다. 방화궁에서 문을 닫아걸면 비연이 대체 무엇을 할 수 있을까?

"기쁘다! 하하, 본 공주가 아주 기쁘구나!"

회녕 공주가 분노를 억누르며 냉랭하게 명령했다.

"설 공공, 무엇을 꾸물거리고 있는가? 데려가라!"

이 말을 듣자 비연의 얼굴이 살짝 굳어 버렸다. 그 고집 센 미소도 마침내 옅어져 가고 있었다.

그녀는 명백하게 알고 있었다. 방화궁에 가면 죽게 되거나, 살아도 죽느니만 못할 것이다.

회녕 공주가 몸을 돌려 걷기 시작했다. 설 공공이 특별히 초청하는 듯 손짓하며 말했다.

"고 약녀, 어서 가도록 하지!"

비연이 고개를 숙이고 걸으려 할 때였다. 문밖에서 갑자기 통보하는 소리가 들렸다.

"만 공공께서 오셨습니다……!"

만 공공?

모두 놀라 잇따라 내다보았다. 회녕 공주도 발걸음을 멈췄다. 비연은 이 이름이 어딘가 익숙하다는 느낌이 들었지만 어디서 들었는지 생각나지 않았다.

만 공공……, 만 공공이라…….

만 공공이 대체 어디 사람이지?

만 공공은 정왕 전하 곁에서 시중을 드는 태감, 하소만이었다!

그는 열세 살이었지만 용모가 빼어났다. 성격은 지극히 노숙

해서, 말하는 것이나 행동하는 것 모두 깊은 궁에서 수십 년을 산 늙은 태감처럼 신랄하고 매몰찼다. 거기다 정왕 전하 수하다 보니, 궁에 있는 하인들은 모두 그에게 불만이 있더라도 비위를 맞추며 밉보이려 하지 않았다.

노비가 어약방에 오는데 통보할 이유가 없었다. 지금 이렇게 통보하는 소리가 들려온다는 것은 그의 지위가 높다는 걸 증명하는 것이었다.

비연은 자신이 만 공공을 본 적이 있다는 것을 기억해 냈다. 지난번 골목에서였다. 바로 이 공공이 회녕 공주에게 길을 비키라고 재촉했었다.

공교롭기도 해라! 또다시 회녕 공주의 손에 떨어지려 할 때 그를 만나게 되다니. 이번에도 지난번과 같은 기연이 있을까?

혹시 정왕 전하께서도 함께 오신 것일까……?

사람을 고르다, 사주팔자

만 공공이 느릿느릿 가마에서 내리더니 침착하게 차림새를 매만졌다.

그런 그를 바라보며 비연은 문득 그 약방문에 담긴 밀지를 떠올렸다. 지금 자신의 목숨을 지키기 어려워진 것은 어쩔 수 없다지만…… 정왕 전하는?

그녀는 마음속으로 그 망할 얼음이 그렇게까지 믿을 수 없는 놈이 아니기만을 기원했다. 그녀를 속인 것은 그렇다 치더라도 최소한 정왕 전하에게는 생명에 관한 일을 일깨워 줬으면 했다. 약은 사람을 구하지만, 일단 그 약으로 사람을 죽이려 하면 막으려 해도 막을 수 없다는 것도 사실이다.

만 공공이 회녕 공주를 발견하고는 서둘러 예를 행했다.

"노비가 공주마마를 뵙사옵니다."

회녕 공주는 오늘의 일을 더 많은 이들이 알게 하고 싶지 않았다. 그래서 그저 일어나라고만 말하고, 설 공공에게 눈짓하며 성큼성큼 밖으로 걸어 나갔다.

설 공공이 비연을 재촉하며 따라가려 하자 갑자기 만 공공이 가로막았다. 그리고 비연을 훑어보았다.

"이분은……."

모두 깜짝 놀랐다. 대체 무엇 때문에 그가 갑자기 비연에게 관심을 갖는 걸까?

회녕 공주가 발걸음을 멈추고 돌아보았다.

비연도 역시 놀랐다. 그러나 놀란 것은 놀란 것이고, 별다른 희망을 품은 것은 아니었다. 만 공공의 지위가 아무리 높은들 결국은 이 황궁에 속한 노비 신분이었다. 회녕 공주와 힘을 겨룰 수 있을 리 만무했다.

"저는 어약방 약녀 고비연입니다."

그녀가 대답하자 만 공공이 각박하게 웃기 시작했다.

"하하, 너였구나! 정 대장군이 위가 아프시지 눈병은 아니라 들었는데, 이 정도 외모라니. 장군께서 실수하신 게 아니겠지?"

주변이 잠시 쥐 죽은 듯 고요해졌다. 그러다 곧 한바탕 웃음소리가 터져 나왔다.

만 공공이 이러려고 막아선 거였구나!

비연의 심장이 무겁게 내려앉았다. 실망한 것인지, 아니면 견디기 어려운 것인지 알 수 없었다.

정왕 전하의 수하라면 궁 안의 다른 사람들과는 좀 다를 거라고 생각했다. 그런데 만 공공의 이런 모습을 보면, 정왕 전하 역시 같은 부류가 아닐까?

"하하, 정 대장군이 제대로 보았건 아니건 간에 기 소장군은 절대 잘못 보지 않으셨군. 이런 파렴치한 여인을 데려가는 남자야말로 재수 옴 붙은 거 아닌가!"

설 공공이 이렇게 말하며 사납게 비연을 밀쳤다.

비연이 무거운 발걸음으로 한 걸음 한 걸음 앞으로 나갔다.

회녕 공주도 매우 만족스러운 표정을 지으며 문밖으로 걸어 나갔다. 그러나 바로 이때, 만 공공의 목소리가 다시 들렸다.

"고 약녀, 멈춰라. 본 공공이 언제 너에게 가도 좋다고 했지?"

"이……."

회녕 공주가 답답해하며 세 번째로 고개를 돌렸다. 그녀가 직접 사람을 데리러 왔다는 걸 하소만은 눈치채지 못한 모양이었다. 그런데 대체 뭘 하려는 걸까?

비연의 생각도 회녕 공주와 그다지 다르지 않아 조금 어리둥절했다.

그때 만 공공이 주변을 둘러보며 냉랭하게 말했다.

"본 공공은 정왕 전하의 명을 받들어 약녀를 차출하기 위해 왔다. 본 공공이 약녀를 고르기 전엔 아무도 이곳에서 나가지 못한다! 생명과 상관있는 일이 아닌 이상 누구라도 거역할 수 없다!"

이 말에 장내가 고요해졌다!

모두 정말 이상해하고 있었다. 알다시피, 정왕부에 관해 사람들이 가장 흥미를 느끼는 부분이 바로 그곳에 여자가 한 명도 없다는 것이었다!

들기로는 음식을 담당하는 하인조차 남자 일색이라고 했다. 게다가 정왕부에는 약공도 있었다. 그런데 어째서 갑자기 약녀를 차출하려는 걸까?

"만 공공, 저 계집이 어떤 인물인지 알지 않나. 저 계집까지 남아 있으라고? 저런 물건이 정왕부에 들어갈 자격이나 있나?"

설 공공이 자신의 주인이 문밖에 있다는 것도 잊었는지 다급한 목소리로 속삭였다.

"만 공공, 내 고모의 둘째 딸이 어약방에 있네. 편의를 봐주게. 반드시 후사하지!"

정왕부에 들어가는 것은 지극히 영예로운 일이었다. 게다가 정왕부의 첫 번째 여자 시종이 되는 것이니 더 말할 것도 없었다!

원래 물가에 있는 누각에 달이 먼저 뜨는 법 아닌가! 정왕 전하의 눈길이라도 받게 되면 그건 그야말로…… 뭐라 표현할 수도 없는 일이었다!

약녀건 약사건 모두 흥분의 도가니였다. 잇따라 만 공공에게 달려와 그를 둘러쌌다. 그리고 한 명 또 한 명 왁자지껄하게 스스로 추천하기 시작했다.

약녀의 일은 말할 것도 없고 빨래니 청소니 식사 준비니 차를 우리는 거며 잠자리를 돌보는 일까지, 모두 잘할 수 있다고 다투어 말했다. 침대를 덥히고 아이를 낳을 수 있다는 이야기까지할 기세였다.

회녕 공주는 이렇게 모두에게서 잊힌 채 문가에 서 있었다.

비연은 한옆에서, 조금 멍한 표정으로 이 모습을 보고 있었다. 정왕 전하가 정역비나 기욱에 비해 갑절은 인기가 좋다는 것을 알고 있었지만, 겨우 정왕부에서 일할 수 있다는 사실에 저렇게 미친 듯이 열광할 줄은 생각하지 못했다.

그녀 머릿속에서 생각이 이어졌다.

어느 날 정왕 전하께서 아내를 맞이하겠다고 하면, 그때도 이런 풍경이 벌어질까? 이 하늘 아래 대체 어떤 여자가 군구신의 아내가 되는 행운을 누리게 될까?

비연은 바로 정신을 가다듬고 자신과 관계없을 일에서 눈을 돌렸다. 정왕 전하가 약녀를 뽑는다 해도, 그녀처럼 명예가 떨어진 약녀는 아닐 것이다.

그녀는 한옆으로 물러나 진주 가루 마대를 보며 저걸 어떻게 처리할지, 또 어떻게 회녕 공주에게서 목숨을 보전할지 고민하기 시작했다.

그때 만 공공이 큰 소리로 외쳤다.

"그만!"

순식간에 조용해졌다.

만 공공이 날카롭게 물러나라고 외치자 모두 뒤로 물러섰다. 그러자 사람들 무리에 파묻혀 있던 만 공공의 왜소한 체구가 드러났다. 여인들에게 깔려 죽을 뻔한 듯, 몇 번이나 깊이 숨을 들이마시더니 겨우 힘을 낸 것 같았다.

"나도 정왕 전하께서 어떤 이를 좋아하실지 모른다. 하지만 이번 약녀 차출은 정왕 전하의 호불호와는 상관없다. 고르는 조건만 있다. 그 조건을 통과하지 못한다면, 하하……, 그럼 가망이 없는 거지! 모두 줄을 서고, 너희들 관사를 불러오도록."

만 공공 말에 모두 줄을 섰다.

멍하니 서 있는 비연을 본 만 공공이 괴상하다는 듯 물었다.

"고 약녀, 거기서 뭐 하는 거지? 사람 말을 못 알아듣는 것인가?"

비연은 정말로 만 공공의 말을 이해할 수 없었다. 그녀의 명성이 이렇게 땅에 떨어졌는데 어떻게 후보가 된다는 말인가?

그녀가 입을 열려는데, 문 앞에 있던 회녕 공주가 결국은 참지 못하고 성큼성큼 들어와 노한 목소리로 물었다.

"하소만, 대체 뭐 하는 것이냐? 이런 경박한 계집을 정왕 오라버니가 원하실 리 없지 않느냐. 대체 어떻게 하려는 거지?"

그러자 만 공공이 진지하게 대답했다.

"공주마마께 말씀드립니다. 사주팔자를 보고 약녀를 고를 겁니다! 사주팔자가 맞지 않으면 품행이 아무리 단정하다 해도 감히 고를 수 없습니다. 사주팔자가 맞으면 어떤 사람이라도, 그 사람이 아무리 가고 싶지 않다 해도…… 순순히 저와 함께 가야 할 것입니다!"

사주팔자?

모두 깜짝 놀랐다. 비연도 눈이 휘둥그레졌다. 이 자리에서 가장 놀라고 있는 사람은 분명 비연이었다.

회녕 공주도 그제야 상황이 이상하게 돌아간다는 것을 깨닫고는 엄숙하게 말했다.

"하소만, 이 약녀는 본 공주가 데려가려던 참이었다. 며칠 전에 대약사에게 전갈을 보내 놓았지. 이 약녀는 대상이 아니다!"

만 공공이 공손한 태도로 답했다.

"공주마마께 말씀드립니다. 정왕 전하께서 아주 명백하게 말씀하셨습니다. 모든 약녀 중에서 골라 오라고 말씀입니다. 공주마마께서 그래도 데려가시겠다면, 저는 전하께 사실대로 말씀드릴 수밖에 없습니다."

"너!"

회녕 공주의 얼굴이 붉어졌다. 그러나 만 공공은 아랑곳하지 않고 계속 말했다.

"며칠 전 정왕 전하께서 대자사 대사로부터 점괘를 하나 구하셨습니다. 점괘는, 최대한 빨리 정왕 전하 사주와 맞는 약녀를 구해 석 달 동안 정왕부에서 약석의 일을 보게 해야 한다는 것이었습니다. 그렇지 않으면 앞으로 석 달 안에……."

만 공공은 여기까지 말하고 입을 다물었다.

모두 쥐 죽은 듯 고요해졌다. 비연을 포함하여 그 자리에 있는 모두가 깜짝 놀라 눈만 휘둥그렇게 뜨고 있었다. 정왕 전하가 갑자기 약녀를 뽑는 이유가 이러하리라고 누구도 생각지 못했던 것이다.

그렇지 않으면 어떻게 되는지 만 공공이 말하지는 않았지만, 아무리 바보라 해도 그다음에 어떤 말이 올지 알 수 있었다.

이 일은, 생각보다 훨씬 중요한 일이었다!

망할 얼음은 비교도 안 돼

대자사는 현공대륙의 유명한 세 절 중 한 곳으로, 약사유리광불을 모시고 있었는데, 점괘가 아주 영험한 것으로 유명했다.

만 공공의 '그렇지 않으면…….'이라는 말은 회녕 공주마저 놀라게 했다. 회녕 공주는 속으로 가늠하고 있었다.

자신이 고집스럽게 비연을 데려갔는데, 하소만이 정왕 오라버니에게 맞는 '사주팔자 약녀'를 찾지 못해 석 달 사이에 정왕 오라버니에게 변고가 생긴다면 모두 자신의 책임이 될 것이다.

이런 결과는, 그녀는 물론이고 다른 황자들도 책임질 수 없었다! 천염국에서 정왕 오라버니는 어린 태자보다도 훨씬 중요한 존재였다!

회녕 공주가 머뭇거리자 만 공공이 진지하게 말했다.

"공주마마, 저는 그저 명을 받들 뿐입니다. 정왕 전하께서 기다리고 계시니, 공주마마께서는……."

"정왕 오라버니 사정이 심각한 듯하네. 나는 그저 시녀 하나가 필요했을 뿐이니, 정왕 오라버니가 고르신 다음에 내가 다시 고르면 되겠지."

그다지 달갑지는 않았지만 양보할 수밖에 없었다.

회녕 공주는 무시하듯 비연을 흘겨보고는 차분하게 곁에 있는 돌의자에 앉았다. 비연 같은 천한 계집의 사주팔자가 정왕 오라버니와 맞아떨어질 거라고는 상상조차 할 수 없었다!

비연은 회녕 공주의 경멸하는 눈길을 무시하고 대오에 섰다. 이 순간 머릿속은 몸의 원주인 사주팔자로 가득 차 있었다. 희망을 품을 수 없는 상황이었지만 그래도 공교로운 상황인지라, 그녀도 참지 못하고 사치스러운 소망을 품게 된 것이었다.

그래, 여전히 소망하고 싶었다. 만일에 걸고 싶었다!

정왕 전하에게 의탁할 수 있다면 그보다 좋은 일은 없었다! 그 망할 얼음조차도 정왕 전하와는 비교도 되지 않을 테니까!

곧 대약사 남궁청운이 소식을 듣고 달려왔다. 곧이어 상관영홍도 왔다. 정왕 전하가 직접 오지는 않았지만 그래도 큰일이었다. 대약사가 놀랄 수밖에 없었다.

대약사 남궁청운은 쉰 남짓이었는데, 아직 머리가 희게 세지는 않았다. 달처럼 흰 장포를 입고 긴 수염을 기른 모습이 제법 의원의 품격이 보였다.

이미 상황을 이해하고 온 그는 회녕 공주에게 인사를 올리고는 다급하게 만 공공을 향해 말했다.

"만 공공, 정왕 전하께서 약녀를 뽑으신다니 참으로 큰일이오. 안으로 들어서 자세히 이야기하지요."

만 공공은 회녕 공주를 대할 때와는 달리 대약사에게는 공손하지 않았다. 그는 정왕부의 대집사답게 거만하고 엄숙한 태도로 말했다.

"남궁 대인, 일단 약녀 모두를 밖으로 나가지 못하게 해 주시오. 긴급한 일이니 오늘 날이 저물기 전에 사람을 데리고 가야겠소. 정왕 전하께서 마침 오늘 밤 부에 계실 것이니, 오늘 밤에 최종적으로 사람을 고르실 수 있소! 더 이상 쓸데없는 말은 필요 없으니 이 사주팔자를 보시구려."

만 공공이 소매에서 비단 주머니를 하나 꺼냈다. 모든 시선이 그곳으로 쏠렸다.

정말로 사주팔자가 운명을 결정하는 때가 온 것이다!

정왕 전하가 원하는 사주팔자는 대체 어떠할까?

만 공공이 비단 주머니 안에서 종이를 하나 꺼내더니 손에 쥐었다. 모두 더욱 긴장했다. 회녕 공주 역시 긴장해 몸을 일으켜 다가가려다가 체면 때문에 계속 앉아 있었다.

설 공공이 살며시 대약사 곁으로 가서 몰래 들여다보려 했다. 하지만 만 공공이 날카롭게 노려보자 결국 어쩔 수 없이 뒤로 물러서고 말았다.

"남궁 대인, 정왕 전하께서 원하시는 사주팔자가 이 점괘에 적혀 있소. 이 사주팔자와 똑같은 약녀를 데려가겠소이다. 그들 중 정왕 전하께서 직접 고르실 것이오!"

만 공공이 점괘를 대약사에게 건넸다.

일순간 모두의 시선이 대약사에게로 쏠렸다. 대약사조차 긴장한 것 같았다. 그는 특별히 한옆으로 가서 점괘를 펼친 뒤 진지한 표정으로 들여다보았다.

그 사주팔자가 대체 무엇인지, 점괘를 보는 대약사의 표정이 상당히 복잡해 보였다!

모두 침묵하며 긴장한 눈으로 지켜보았다.

비연은 미간을 찌푸렸다. 그 사주팔자가 어떤 것인지 궁금한 것 외에도 그녀는 다른 일이 하나 더 궁금했다.

점괘를 구하는 일은 상당히 조심스러워야 하는 일이었다. 게다가 정왕 전하의 안위와 관련됐다면 이렇게 공개하지 않아야 옳았다. 만 공공이 사람을 고르더라도 은밀하게 지시해 대약사로 하여금 상황을 안배하게 해야 했다! 이렇게 공개적으로 사람을 고르면 소문이 밖으로 새어 나가 정왕 전하에 대한 이런저런 말들이 만들어질 것이다. 아니면……, 정말 그렇게 다급한 걸까?

대약사가 점괘를 뚫어져라 바라보고 있었다. 가까이서 보면 그의 귀밑머리에 땀방울이 배어 나오고 있는 것을 발견할 수 있을 터였다.

만 공공이 재촉했다.

"남궁 대인, 다 보셨소?"

"보았소이다."

남궁 대인이 서둘러 점괘를 손에 쥔 채 수하에게 명령했다.

"어서 영발방에 가서 모든 외진 업무를 중단하고, 긴급한 일이 아닌 이상 모든 약녀의 외출을 금하라고 일러라. 그리고 각자 사주팔자를 적어 내도록."

그는 잠시 머뭇거리다가 다급하게 상관영홍에게 말했다.

"화명책을 가져오게. 외부에 나갔거나 차출된 약녀들이 얼마나 되나……. 모두 데려오도록 하고."

모두 아주 긴장하고 있던 참에 대약사가 서두르는 것을 보자 더욱 긴장했다.

비연은 그 점괘에 대해 생각했다.

분명 정왕 전하의 사주팔자뿐 아니라 절대로 공개할 수 없는 일이 적혀 있었을 것이다. 그렇지 않다면 대약사가 저렇게 긴장할 리 없다. 설마 오늘 사주팔자에 맞는 이를 찾지 못하면 심각한 상황이라도 벌어지는 걸까?

비연은 깊이 생각하지 않고 약녀들과 함께 방으로 돌아가 사주팔자를 적었다.

만 공공은 원래 자리에 선 채 방으로 들어가지 않았다. 그러자 대약사도 그 곁에 있을 수밖에 없었다. 대약사는 만 공공에게 하고 싶은 말이 있는 것 같았지만 회녕 공주가 자신들을 주시하고 있는 것을 발견하고는 입을 다물었다.

얼마 지나지 않아 상관영홍이 화명책을 가져왔다.

어약방에는 모두 쉰일곱 명의 약녀가 있었다. 그중 일곱 명이 차출되어 나가 있었고, 네 명이 약을 배송하러 가서 아직 돌아오지 않았다. 그러니 현재 남아 있는 이들은 모두 마흔여섯 명이었다.

만 공공은 화명책을 흘깃 보고 아무 말도 하지 않았다.

잠시 후에 약녀들이 돌아왔다. 그들 모두 사주팔자를 적은 종이를 만 공공에게 건넸다. 한 사람에 한 장씩, 모두 마흔여섯 장이었다.

만 공공이 엄숙하게 말했다.

"남궁 대인, 사주팔자를 공포하시게. 혹시라도 누군가가 나,

하소만이 다른 이의 이익을 탐했다거나 사욕에 눈이 멀어 나쁜 짓을 했다고 하면 곤란하니까."

대약사도 뒷말이 두려운 모양이었다. 그는 신중한 표정으로 진지하게 말했다.

"여봐라, 지필묵을 준비하도록 해라. 누구의 사주팔자건 모두가 보는 데서 확인하겠다!"

회녕 공주는 비연이 거짓말을 할 능력이 있다고 믿지 않았다. 그녀는 대약사가 이렇게 말하는 것을 듣고 더욱 안심했다.

곧 종이며 먹이며 벼루 등이 정원 돌탁자 위에 놓였다. 안 그래도 고요하던 정원이 이제 숨소리 하나 들리지 않을 정도로 조용해졌다. 설 공공도 침묵을 지켰다.

모두 지켜보는 가운데 대약사가 붓을 들어 '경인' 두 글자를 적었다. 그러자 상관영홍이 그 종이를 들어 모두에게 보여 주었다. 글자를 본 약녀들은 모두 긴장했다.

경인, 이것은 태어난 해를 의미했다!

약녀들은 아무리 어려도 열 살이 넘었고, 많아 봤자 마흔이었다. 한 갑자가 60년이니, 바꿔 말하면 약녀들 중 경인년에 태어난 사람은 열여덟 살일 수밖에 없었다!

올해 열여덟 살인 약녀들이 적지 않았다. 순식간에 그들이 흥분하기 시작했다. 몇몇은 웃으며 입을 다물지 못할 정도였다.

비연 역시 열여덟 살이었다. 그러나 그녀는 웃지 않았다. 그녀의 심장은 희망과 소망 사이에서 표류하며, 그저 긴장할 뿐이었다.

속마음, 세차게 출렁이다

비연도 더할 나위 없이 긴장하며 기다리고 있었다. 대약사가 곧 다시 붓을 들어 '갑신' 두 글자를 적었다.

'갑신'이 가리키는 것은 태어난 달이었다. 경인년의 갑신월이라면 분명 7월이었다.

참 공교롭게도, 몸의 원주인이 7월에 태어났다. 해와 달이 모두 맞아떨어졌다!

비연은 더욱 긴장해서 저도 모르게 두 손을 꽉 쥐었다. 손에 있는 상처의 통증조차 느끼지 못할 정도였다. 꿈이 이루어질 가능성이 조금 높아지자 그녀의 사치스러운 갈망이 희망으로 변하고 있었다!

대약사가 뜸을 들이지 않고 다시 종이 위에 두 글자를 적었다. '무술'이었다.

경인년 갑신월의 무술일이라면, 분명 초이레였다.

7월 7일이라고?

"7월 7일!"

비연이 커다란 두 눈을 빛내며 중얼거렸다. 몸의 원주인이 바로 7월 7일, 칠석날에 태어났던 것이다.

해, 달, 일이 전부 맞아떨어지다니! 바꿔 말하면, 시만 일치하면 그녀는 정왕부로 가는 후보에 들 수 있는 것이다!

비연의 온몸이 팽팽하게 긴장하고 있었다. 그녀는 7월 7일에 태어난 다른 약녀가 있는지 살필 생각조차 하지 못하고, 그저 죽어라고 대약사의 붓만을 바라보며 최후의 결과를 기다리고 있었다.

적막 속에서 대약사가 팔자 중 마지막 시를 적었고, 상관영홍이 모두에게 보여 주었다.

마지막 두 글자는 '병진'이었다.

병진! 뜻밖에도 병진이라니! 몸의 원주인 출생시가 바로 병진이었다!

세상에! 경인, 갑신, 무술, 병진, 이 여덟 글자가 원래 몸 주인의 사주팔자와 완전히 같았다! 그녀가 바로 방금 종이에 적어 낸 그 여덟 글자였다.

비연의 심장이 격렬하게 쿵쿵 뛰고 있었다. 이게 현실이라는 사실을 믿을 수가 없었다. 그리고 동시에 이것이 현실이 아닐까 봐 걱정하고 있었다.

그녀는 그 자리에 선 채 멍한 표정을 지었다. 세차게 일렁이는 마음을 도저히 가라앉힐 방법이 없었다.

바로 이때, 만 공공이 입을 열었다.

"하하! 이 팔자와 맞는 사주팔자를 적은 약녀는 분명 이미 알고 있겠지. 하지만 규칙에 따라 하나하나 확인해 공정함을 보일 것이다."

이 말을 듣자, 비연은 후보가 자기 한 사람이 아닐 수도 있다는 사실을 인식했다. 바꿔 말해 누군가가 몸의 원주인과 같은

해, 같은 달, 같은 날, 같은 시에 출생했을 수도 있는 것이다.

같은 해, 같은 달, 같은 날, 같은 시에 출생하는 사람은 아마 희귀하고 또 희귀할 것이다. 그러나 이 세상에 '절대'라는 것은 없는 법이다.

비연의 마음이 다시 허공에 매달린 것만 같았다. 격동하여 흥분했던 마음이 긴장으로 바뀌었다. 심지어 조금 전보다 훨씬 더 긴장하고 있었다.

그녀의 신분이 난처한 상황이니, 다른 후보가 하나라도 더 있다면 정왕 전하는 결코 그녀를 선택하지 않을 것이다.

결과가 어떠할지는 그저 기다리는 수밖에 없었다.

적막 속에서, 만 공공이 손에 들고 있던 두툼한 종이 뭉치를 태연자약하게 넘기며 하나하나 이름을 부르며 팔자를 비교했다.

"좌안안, 아니고⋯⋯. 하소몽도 맞지 않고⋯⋯. 완란⋯⋯, 아니고⋯⋯. 임효초도 아니고⋯⋯, 아니고, ⋯⋯도 아니고!"

만 공공은 스스로 확인한 다음, 명단을 하나하나 대약사에게 넘겨 살펴보게 하였다. 대약사는 살펴본 후 잠시 머뭇거리다가 다시 한 장 한 장 상관영홍에게 넘겨 세 번째로 확인하게 하였다. 이렇게 하니 선발 과정 전체가 상당히 엄숙하고 공정한 듯 보였다.

명단 한 장 한 장, 이름 하나하나가 계속 부적당했다. 두툼한 명단 뭉치의 절반 이상을 넘겼다. 점차 적지 않은 이들이 과연 사주팔자가 부합하는 약녀가 있기나 한지 의심하기 시작했다.

"고비연⋯⋯."

만 공공이 갑자기 고비연의 이름을 불렀다.

계속 고개를 숙이고 있던 비연이 무의식적으로 눈을 들었다. 그러나 그녀를 제외하면 주변의 약녀들은 이 이름을 듣는 듯 마는 듯했다. 심지어 회녕 공주조차 무시하듯 비연을 흘깃 바라보고는 별일 없을 거라 생각하고 있었다.

그러나 누가 알았을까? 만 공공은 이제까지처럼 이 이름을 부정하지 않고, 손에 든 명단을 보며 오래도록 아무 말도 하지 않았다.

설마…….

모두가 다시 긴장하기 시작했다. 회녕 공주가 다급하게 물었다.

"하소만, 무엇을 보고 있는 것이냐? 말하라!"

"공주마마께 말씀드립니다. 고비연의 사주팔자는…….”

만 공공은 미간을 찌푸리며 복잡한 표정으로 말을 멈추고는 명단을 대약사에게 넘겼다. 대약사가 열심히 들여다보며 만 공공보다 더 많이 미간을 찌푸렸다. 표정 역시 만 공공보다 훨씬 복잡해 보였다.

"남궁청운, 말하라!"

회녕 공주는 다급했다. 그러나 대약사도 어쩔 수 없다는 듯 회녕 공주를 한 번 바라보더니 명단을 상관영홍에게 넘겼다.

"상관 대인이 다시 한번 맞춰 보시게.”

이 말의 의미는…….

회녕 공주가 믿을 수 없다는 표정을 지었다. 주변 사람 모두가 경악했다.

상관영홍이 명단의 사주팔자를 살펴보았다. 그녀는 미간을 찌푸리지도 복잡한 표정을 짓지도 않았다. 다만 멍한 눈으로 한참이나 정신을 차리지 못하고 있었다.

회녕 공주의 분노가 마침내 폭발했다.

"상관영홍, 뭘 꾸물대는 게냐! 말하라!"

상관영홍이 겨우 정신을 차렸다. 하지만 그녀는 입을 열지 않았다. 감히 입을 열 수가 없었다!

기씨 가문이 꽤 많은 돈을 내렸다. 바로 이 망할 계집을 죽이기 위해서 말이다. 기씨 부자는 아직도 어서방 앞에 무릎을 꿇고 있었다!

회녕 공주까지 비난을 무릅쓰고 직접 사람을 데리러 왔다. 바로 이 망할 계집이 살아도 죽느니만 못하도록 만들기 위해!

그런데 지금, 고비연이 뜻밖에도 정왕부 약녀의 후보가 되었다. 이건…….

다급해진 회녕 공주가 더 이상 기다리지 않고 맹렬하게 자리에서 일어났다. 그리고 상관영홍에게 다가가 명단을 빼앗아 들었다.

이 순간, 적막하던 정원 전체가 소리 없는 세계로 변했다.

얼마나 지났을까. 회녕 공주가 갑자기 고개를 돌려 비연을 바라보았다. 직선에 가깝도록 가늘게 뜬 두 눈에는 깊은 원한이 서려 있었다.

모든 것이 더 이상 명확할 수 없었다. 회녕 공주가 말을 안

해도 모두 명확하게 알 수 있었다. 비연이 후보였다.

비연에겐 속셈이 있었다. 그녀가 기다리는 것은, 그리고 그녀가 긴장하고 있던 것은 자신의 이름이 나오지 않을까 하는 것이 아니라 다른 이의 이름이 나올까 하는 것이었다. 그리고 이 순간, 마음이 비할 데 없이 당황스러웠다.

회녕 공주의 그 원한에 가득 찬 눈빛에 그녀는 전혀 공포를 내보이지 않았다. 비연은 오히려 회녕 공주에게 도전하는 듯 미소를 지어 보였다.

그녀는 이제 더 이상 다른 후보가 있는지 없는지 상관없었다. 최후에 죽게 되더라도 그녀는 결코 신경 쓰지 않을 것이다!

최후에 살아남는다면, 오늘의 굴욕을 회녕 공주에게 모두 돌려줄 것이다. 도전은 아무것도 아니었다.

비연이 웃으며 큰 소리로 말했다.

"회녕 공주께서 이리 거동하심은, 상관 대인 대신 후보의 이름을 공포하시기 위해서는 아니겠지요?"

이미 화가 머리끝까지 나 있던 회녕 공주였다. 이 말에 더욱 분노하여 비연의 명단을 구겨 버리고 말았다.

비연도 여전히 웃으며 물러나지 않았다. 그녀는 어차피 곧 누군가가 나설 거라는 사실을 알고 있었다.

아니나 다를까, 만 공공이 다급하게 말했다.

"공주마마, 정왕 전하께서 기다리고 계십니다. 공주마마께서는 전하의 체면을 생각하셔서 제가 일을 처리할 수 있도록 해 주십시오."

만 공공의 이 말은 얼핏 매우 예의 바르게 들렸지만, 사실상 회녕 공주에게 정왕부의 일을 방해하지 말라고 일깨우는 것에 지나지 않았다. 회녕 공주도 이 사실을 분명히 알고 있었다. 그녀는 분노하여 외쳤다.

"정왕 오라버니께서 기다리고 계시는데 어찌 서둘러 다른 명단을 비교해 보지 않는 것이냐! 후보가 단 한 명만이 아닐 수도 있다!"

"예!"

만 공공은 계속 고개를 끄덕였지만 바로 명단을 비교하지 않고 다음과 같이 말했다.

"공주마마, 규칙에 따라 고 약녀의 사주팔자를 공포하고, 명단을 정왕 전하께 보여 드려야 합니다."

비연이 참지 못하고 피식 웃었다. 고집스러운 마음에서 나온 웃음도 아니고 도전도 아니었다. 그녀는 진심으로 즐거웠다.

회녕 공주는 화가 난 나머지 얼굴이 파랗게 질려, 손에 들고 있던 종이 뭉치를 사납게 만 공공에게 던졌다.

인연, 스스로 깨닫게 되다

하소만이 회녕 공주가 구긴 종이를 천천히 펴서 상관영홍에게 주며 모두에게 보이라고 명했다.

다들 예상했던 바였지만, 완벽하게 같은 사주팔자를 보면서도 모두 여전히 믿고 싶지 않은 듯했다.

"명단이 더 있잖아. 분명 다른 후보가 있을 거야!"

"사주팔자가 같은 사람 있으면 어서 나와 봐!"

"저 천박한 계집이 대체 무슨 운으로 저리 된 거지? 믿을 수 없어!"

회녕 공주가 일각도 지체하지 않고 하소만 손에 들려 있던 명단을 빼앗아 하나하나 살펴보았다. 그러나 아무리 살펴도 같은 사주팔자는 보이지 않았다.

손에 든 명단의 수가 줄어들수록 회녕 공주의 호흡이 점점 더 급박해졌다. 주위 사람들 모두 점점 더 조용해졌다.

마침내 최후의 명단 하나만 남았다. 하지만 회녕 공주는 그 것을 보고도 바로 버리지 않았다. 모두의 마음이 다시 긴장과 기대로 조여 오고 있었다.

설마…….

비연의 온몸도 굳었다. 이 순간 얼마나 긴장했는지 말로 표현할 수 없었다. 그녀는 심장을 꽉 잡고 조금 천천히 뛰게 하고 싶었다. 그러나 회녕 공주의 그 흉악한 표정을 바라보며 그녀는 의연하게, 계속 도전하듯 웃고 있었다.

최후에 웃는 자가 진정으로 이기는 자라고 한다. 그러나 진 사람이라도 마지막까지 웃을 수는 있는 것이다!

비연이 웃으면서, 상처로 가득한 두 손을 꽉 쥔 채 기다리고 있었다.

갑자기 회녕 공주가 사납게 마지막 명단을 찢더니 바닥에 던져 버렸다. 그녀는 아무 말도 없이 그저 비연에게 경고하듯 시선을 보낸 후 몸을 돌렸다.

이것은……. 그러니까…….

정원은 바람 한번 불지 않고 조용했다.

갑자기 누군가가 놀란 듯 외쳤다.

"고비연 하나만 후보야!"

그 순간, 정원 전체가 시끌벅적해졌다. 모두 경악하고 있었다.

"불가능해!"

"믿을 수 없어, 믿을 수 없다고!"

"어떻게 이럴 수가 있어! 불가능해! 세상에…….”

"어떻게 고비연일 수 있지? 어째서?"

그야말로 야단법석이었다. 고비연이 정왕부의 첫 번째 여자 하인이 되는 행운을 얻은 것을 누구도 믿고 싶어 하지 않았다.

비연의 입매가 점점 더 커다란 각도를 그리며 올라갔다. 그녀는 웃었다. 진정으로 마음에서 우러나오는 웃음이었다!

놀라움, 기쁨, 감동, 흥분, 이런 단어만으로는 이 순간의 심정을 형용할 방법이 없었다. 그녀는 너무 기뻐서 울고 싶었고, 눈물이 나도록 웃고 싶었다!

살았다! 정말로 살았다! 이번에는 함정이 아니었다!

그녀를 받아들이려는 사람은 황자 중에서도 가장 강한 권력을 지닌, 존귀할 뿐 아니라 잘생긴, 간단히 말해 전설과도 같은 존재인 정왕 군구신이었다!

비연의 머릿속에 갑자기 '인연'이라는 단어가 떠올랐다. 지난번 골목에서 처음 만난 게 우연이었다면, 이번은 인연이라고 굳게 믿고 싶었다!

백의 사부가 말했다. 인연이 충분하면 모든 게 가능하다고!

정왕 전하가 그녀의 행운의 별임에 틀림없다! 그렇다! 그렇고말고!

그 망할 얼음, 그 개새끼가 다시 속여 보라지. 다시 함정에 빠트려 보라지!

그가 그녀를 받아들이지 않는다 해도 이제는 그녀가 아쉬워할 일은 없을 것이다!

다들 아연해하는 가운데 만 공공이 인상을 찌푸렸다.

"다들 뭘 수군거리고 있는 게냐! 시끄러워서 내 머리가 다 울리는구나."

모두 조용해졌다.

"아……, 보아하니, 정왕 전하께서는 다른 선택의 여지가 없는 모양이군."

만 공공이 아주 불만스러운 듯, 아주 유감이라는 듯 말했다.

"남궁 대인, 이리되었으니 약녀 고비연을 정왕부에 석 달만 빌려주시오. 상황이 특수해 지금 당장 데려가겠소이다. 어약방에서 처리해야 할 일이 있으면 대인께서 대신 해 주시면 감사하겠소."

대약사가 서둘러 대답했다.

"정왕 전하를 위한 일은 저희에겐 영광입니다. 만 공공께서는 그리 예를 차리시지 않아도 됩니다."

만 공공이 만족스러운 듯 고개를 끄덕였다. 그러고는 비연을 제대로 쳐다보지도 않고 몸을 돌리며 이상야릇하게 말했다.

"하하, 모두 운명이겠지! 고 약녀, 따라오게!"

비연이 서둘러 따라가기 시작했다. 흥분한 마음을 오래도록 가라앉힐 방법이 없었다.

그녀는 혼자 몰래 생각했다.

대재난에서 죽지 않으면 분명 복을 받는다고 했지.

석 달뿐이라지만, 어쨌든 정왕부에 가는 것이다. 잘 해낼 수 있다!

만 공공과 고비연이 떠나자 모두 다시 수군거리기 시작했다. 특히 상관 약사와 온우유가 서로 귀엣말을 주고받았다. 모두 아주 긴장한 것 같았다.

대약사도 더 이상 지체하지 않고 총총히 그 자리를 떠났다. 그리고 사람이 없는 곳에 이르자 참아 왔던 숨을 토해 내며 땀을 닦았다.

그야말로 놀라 나자빠질 뻔했다!

만 공공이 그에게 준 점괘에는 '경인, 갑신, 무술, 병진'이라는 여덟 글자 외에 한 줄이 더 있었다.

정왕에게는 고비연이 필요하다. 스스로 깨닫게 되리라.

스스로 깨닫게 될 거라고?

'스스로 깨닫게 되리라'는 구절은 이 세상에서 가장 이해하기 어려운 말이었다.

방금 그는 멍한 표정만 짓고 있을 뻔했다. 어찌해야 할지 알 수 없었기 때문이다. 그러나 결국 만 공공에게 맞춰 연극을 하는 수밖에 없었다. 선발 과정을 공개적이고 공정한 것으로 보이게 하면서, 고비연을 뽑는 것이 공교로운 우연처럼 보이도록 말이다.

그는 정왕 전하가 고비연과 같은 여인을 무엇 때문에 필요로 하는지 이해할 수 없었다. 정말이지 너무나 이해하기 어려웠다!

비연을 구하기 위해서였을까? 그건 이유가 되지 못한다!

정역비에게서 비연을 빼앗아 오기 위해? 그것은 더욱 이유가 아니었다!

정씨와 기씨, 두 가문의 갈등이 악화되는 것을 막기 위해? 그럴 리가!

대체…… 무슨 이유일까?

대약사가 아무리 생각해도 이해할 수 없었다.

그렇다고 다른 누군가와 이 일에 대해 논의할 수도 없으니 그저 비밀로 남겨 두는 수밖에 없었다. 이 일이 알려지는 날엔,

대자사의 점괘가 거짓이라고 폭로하는 것일 뿐만 아니라 정씨와 기씨, 두 대장군부까지 끌어들이는 것이 된다. 경솔하게 굴지 않는 편이 나았다.

회녕 공주는 방화궁으로 돌아오자마자 설 공공의 따귀를 세 차례나 때렸다. 설 공공이 용서를 구하며 공주를 달래기 시작했다.

"마마, 정왕 전하는 말할 필요도 없고, 하소만조차 고비연을 마음에 들어 하지 않는 눈치였습니다. 고비연이 정왕부로 간 게 꼭 나쁜 일만은 아닙니다. 하소만이 사람을 작정하고 괴롭히면 어떤지 유명하지 않습니까. 그러니…… 군자의 복수는 10년을 기다려도 늦지 않는다 하였습니다. 게다가 겨우 석 달입니다!"

회녕 공주는 이 말을 듣고 겨우 분노를 가라앉혔다. 그녀는 기욱에게 사람을 보내 이 일을 전하는 한편 기복방과 만날 약속을 잡도록 했다.

기씨 부자는 여전히 어서방 문 앞에 무릎을 꿇고 있었다. 이 일에 대해 들은 두 사람은 당황할 수밖에 없었다.

언제나 담담하던 기 대장군도 조금은 흐트러진 듯 나지막하게 말했다.

"욱아, 말해 보아라. 어찌 이리된 것이냐? 대체 어찌 이리 공교로운 거지? 정왕이 설마…… ."

기욱도 아주 이상하다는 표정이었다.

"아버지, 우연이 아니라면 이리될 리 있겠습니까! 정왕 전하께서 이렇게 하실 이유가 없습니다!"

황상은 여전히 그들을 보려 하지 않았다. 정왕은 더욱 이런 일에 관여하지 않으려 할 것이다. 설사 관여한다 해도 기껏해야 정역비에게 몇 마디 하거나, 그들 기씨 부자에게 몇 마디 하거나 했을 것이다. 절대로 고비연에게 손을 쓰지는 않았을 것이다!

"정말로 우연일까?"

기 대장군이 중얼거리다가 다시 기욱에게 나지막하게 말했다.

"가자. 일단 돌아가자. 더 이상 여기에 무릎을 꿇고 있을 필요가 없다!"

비연이 정왕부 사람이 되었다. 그들이 이 시기에 계속 비연과의 파혼을 밀어붙인다면 그것은 정왕 전하의 체면을 무시하는 셈이었다.

다행히도 석 달은 그리 길지 않다. 일단 참으며 사정을 지켜보는 수밖에 없었다.

기욱은 아주 달갑지 않았다.

"아버지, 고비연은 잠시 내버려 둔다 해도, 정역비를 고발할 수도 없는 겁니까?"

기 대장군이 불쾌한 듯 말했다.

"그 두 사람이 같은 일에 엮여 있지 않느냐? 일단 돌아가자. 한순간의 기분으로 처리할 일이 아니라, 오랜 시간을 두고 논의해 봐야 한다! 고씨, 그 망할 계집이 정말 재앙덩어리군!"

기씨 부자가 궁을 떠났다는 소식이 번개보다도 빠르게 온 황궁에 퍼졌다.

복만루 사건보다 오늘 일이 더욱 이상야릇하게만 느껴졌다. 성 안 전체가 시끄러워지는 게 당연했다!

그 시각, 비연은 정왕부 마차에 앉아 정왕부로 가고 있었다. 그녀는 정왕 전하의 진짜 얼굴을 볼 수 있다는 생각에 긴장하며 기대하고 있었다.

근심, 바로 일을 시작하다

정왕부는 황도 동쪽에 있었다. 황궁에서는 어느 정도 거리가 있는 편이었다.

정왕 전하 홀로 거주하는 정왕부는 부지가 넓고 위엄도 대담했다. 건축의 화려함이나 사치스러움이 황궁에 버금갔다.

저택은 문에서부터 안으로 전대원, 정대원, 후원의 세 부분으로 나뉘어 있었다.

전대원은 손님을 맞이하고 사무를 보는 곳이었다.

정대원은 침전이 있는 곳으로, 좌우로 전각이 있었다. 그 전각들 뒤에 독립된 작은 정원들이 있었다.

후원은 거대한 화원이었다.

비연은 만 공공을 따라 전대원을 지나, 회랑을 따라 안쪽으로 걸어갔다.

만 공공이 걸어가며 설명했다.

"앞쪽이 정대원이다. 전하께서 휴식을 취하시는 곳이니 아무일 없이 들어가면 안 된다. 그리고 뒤쪽의 후원은 절대로 들어가서는 안 된다! 기억하도록 해라."

"확실하게 알았습니다."

비연은 정왕 전하가 정대원에서 그들을 기다리고 있으리라고 생각해 저택 안으로 들어갈수록 긴장했다. 그러나 만 공공은 그녀를 정대원 방향이 아닌 오른쪽 오솔길로 데려갔다. 그들은 곧 명월거라는 이름의 작은 정원에 도착했다.

"고 약녀, 지금부터 여기서 지내도록 하라. 앞으로 정왕부에 들어오는 약재와 약방은 모두 네가 책임지고 처리하게 될 것이다. 문제라도 생기면, 하하, 너는 물론이고 너희 고씨 가문 구족이 재난을 만나게 될 테니까 세심하게 살펴야 한다."

만 공공은 말을 마치자마자 그대로 떠나려 했다. 비연이 다급하게 물었다.

"만 공공, 정왕 전하를 배알하러 가지 않아도 되는 것인가요?"

만 공공이 그녀의 시선을 피하며 퉁명스럽게 말했다.

"너를 보시고 안 보시고는 전하께서 결정하실 일이다. 대체 왜 그렇게 조급해하느냐?"

비연은 뭔가 이상하다는 생각이 들었다. 어약방에서는 그렇게나 다급해하던 만 공공이 지금은 급하지 않다고? 게다가 그녀 신분이 특수하다는 점을 생각하면 만 공공은 더욱 시급하게 정왕 전하께 고해야 옳았다.

비연이 진지하게 물었다.

"정왕 전하께서는…… 부에 계시지 않은 건가요?"

만 공공의 그 어른스러워 보이는 소년의 얼굴은 오만함으로 가득 차 있었다. 그러나 사실 그는 당혹감으로 무너져 내리는 중이었다.

만 공공은 어제 정왕 전하의 비둘기를 받았다. 밀서에는 단지 명령 하나만 적혀 있었다. 어약방에 가서 회녕 공주와 다퉈 사람을 데려오라는 것이었다.

정말로 누구를 데려와야 할지도 몰랐다. 조사한 끝에 고비연이라는 사실을 알게 되자 그는 멍하니 할 말을 잃었다.

고비연은 신분이 특수할 뿐 아니라 최근엔 소문이 하늘을 뒤덮을 정도였다. 그런 그녀를 정왕부에 들이기 위해서는 그럴싸한 이유가 필요했다. 그렇지 않으면 기씨와 정씨 두 가문의 시기는 물론 이런저런 소문에도 휩싸여 조정 일에까지 영향을 줄 수 있었다!

만 공공은 이익, 폐단, 영향 등을 여러 각도로 저울질했다. 그리고 뇌가 터져 나가도록 궁리한 끝에 대자사의 점괘라는 계책을 생각해 냈다.

어약방에 고비연과 동일한 사주팔자를 가진 약녀가 없었다는 게 정말로 다행이었다. 그렇지 않았다면 더 이상 어떻게 이어 나가야 할지 알 수 없었을 테니까.

그가 어약방에서 다급한 일인 것처럼 서두른 것은 사람들을 놀라게 하려는 술책이었다. 그도 며칠 동안 정왕 전하를 뵙지 못했고, 지금 어디 계시는지도 알지 못했다. 그러니 어떻게 고비연을 데리고 정왕 전하를 만나러 갈 수 있겠는가?

비연의 의심스러운 눈길에 속으로 무너져 내리던 하소만이 간신히 침착한 태도를 유지하고는, 손톱을 만지작거리며 반문했다.

"전하의 행적에 대해 감히 네가 물을 수 있다는 말이냐? 너하나만 데려와 전하께서 다른 선택을 하실 수도 없는데, 전하를 뵌들 무엇 하겠느냐? 전하께서 너를 보시고 기뻐하시겠느냐? 전하께서 기뻐하지 않으시면 나는 또 그것이 달갑겠느냐?"

비연의 머리를 가득 채우고 있는 것은 약방문을 이용한 밀서의 내용이었다.

그녀는 만 공공의 말을 듣고서야 자신이 유일한 후보라는 사실을 떠올렸다. 그리고 꽤 실망하며 고개를 끄덕였다.

"그도 그렇군요……."

"흥, 내가 직접 말씀드리면 될 일이다. 너는 일단 여기서 조용히 기다리고 있거라!"

막 빠져나가려는 하소만을 비연이 다시 불러 세웠다.

"만 공공, 잠시만요."

켕기는 데가 있는 하소만은 점점 더 날카로워졌다.

"이 계집, 궁금한 게 왜 이리 많으냐! 말해 두겠는데, 너는 정왕부에 귀는 열고 입은 닫아야 하는 하인이 되기 위해 온 것이다. 이 간단한 도리조차 모르느냐? 분명히 말해 둔다. 전하께서 기뻐하지 않으시면 석 달은 말할 것도 없고, 3년을 기다려도 너는 전하 앞에 나설 수 없을 것이다!"

비연은 실망한 것은 실망한 것이고, 중요한 일은 제대로 처리해야 한다 싶어 진지하게 말했다.

"만 공공, 정왕 전하를 뵙지 않아도 상관없어요. 하지만 이 두 가지만은 반드시 지금 공공께라도 분명하게 말씀드려야겠어요!"

만 공공이 속으로 안도하며, 더 이상 급하게 빠져나가려 하지 않고 침착하게 응했다.

"무슨 일이냐. 들어 보지."

비연이 엄숙한 얼굴로 말했다.

"첫째, 계집이라는 단어는 함부로 쓸 말이 아니에요. 내가 당신보다 여러 해 연상이니 누나뻘이지요. 물론 누나라 부르는 건 나도 감당하기 어려워요. 앞으로는 나를 고 약녀라 불러 주기를 바라요. 고비연이라고 불러도 괜찮아요."

하소만은 예상치 못한 요구에 눈을 크게 떴다.

모두 알다시피 그는 정왕 전하의 총애를 받고 있어, 정왕부에 있는 하인이라면 그에게 감히 소리를 높이지 않았다. 정왕 전하의 곁을 늘 지키는 시위 망중조차도 항상 사근사근한 목소리로 그의 기분을 맞춰 주었다. 그런데 고비연은 이 부에 들어오자마자 감히 그에게 논쟁을 벌이려 하고 있었다. 그것도 이렇게 진지하게!

만 공공이 호되게 질책하려 하는데 비연이 그의 말을 끊었다. 표정은 방금보다 더욱 엄숙했다.

"둘째, 약석은 생명과 관계있는 문제예요. 정식으로 정왕부에서 약석과 관련한 임무를 받기 전에 반드시 몇 가지를 먼저 확인해야 해요. 일단, 현재 정왕부에 있는 약재를 점검해 모든 약재의 안전성을 확인하는 게 시급해요. 그리고 정왕부 약재의 출처도 알아야 합니다. 또한 정왕부 사람들, 위로는 정왕 전하부터 아래로는 노비들까지 건강 상태도 파악해야 하고요. 급하게 쓸 약재가 충분한지 아닌지 확인하기 위해서죠. 만 공공, 힘들겠지만 가능한 한 빨리 이 일을 안배해 주었으면 합니다."

비연은 자신의 신분으로는 최근 사건의 진상을 이야기한다 해도 정왕 전하가 믿지 않을 거라고 생각했다. 그러니 정왕 전하에게 경고하기 위해 애쓰는 것보다는 스스로 경계를 높이는 편이 나을 것 같았다. 어쨌든 그녀의 지금 신분으로 이 왕부 전체를, 특히 정왕 전하가 쓰는 약만은 확실하게 손안에 장악할 수 있었다.

엄숙하고 진지한 비연의 표정을 본 만 공공은 그녀를 호되게 질책하려던 말을 저도 모르게 삼켰다. 그는 가볍게 기침을 몇 번 한 후 말했다.

"그 일은…… 나도 생각해 미리 안배해 두었으니 그렇게 조급해할 것 없다! 일단 쉬어라!"

비연이 곧이어 말했다.

"미리 안배해 두었다면, 그 일을 맡았던 이를 지금 오게 해서 설명해 주시지요. 당장 일을 시작할 테니까요!"

만 공공을 힘들게 하려는 생각은 결코 아니었다. 다만 흉수가 벌써 손을 썼는지 아닌지 확신할 수 없어서였다. 이왕 이곳에 온 이상 가능한 한 빨리 정왕부의 약석과 관련한 업무를 낱낱이 파악하고, 미리 방비하여 정왕 전하에게 다가올 위험을 줄이고 싶었다.

하소만은 약방문 밀서의 일을 몰랐다. 그래서 비연이 일부러 자신을 궁지에 빠트리려 한다고 생각했다. 그는 정말 화가 나 냉랭하게 말했다.

"그렇게 빨리 일을 하고 싶다면, 따라오도록!"

비연은 두말없이 따라나섰다.

하소만이 그녀를 데리고 정대원 안 오른쪽 각루로 향했다. 문을 열자 짙은 약 냄새가 훅 끼쳐 왔다.

제일 먼저 눈에 들어온 것은 쭉 늘어선 거대한 약장들이었다. 약을 보관한 작은 서랍들이 빽빽하게 달려 있었다. 그 수가 얼마인지 도저히 셀 수 없을 정도였다.

비연은 깜짝 놀랐다.

정왕부에 어째서 약을 보관하는 장약각이 있는 걸까? 보관 중인 약도 정말이지 너무 많아, 작은 약방을 하나 차려도 충분할 것 같았다!

정왕 전하는 무슨 이유로 이렇게 많은 약재를 보관하고 있는 걸까?

귀환, 그가 들었다

하소만은 비연이 깜짝 놀라는 표정을 보고 매우 만족스러웠다. 그런데 그가 입을 열기도 전에 비연이 먼저 물었다.

"만 공공, 이 약재들은 어디서 온 건가요? 왜 이렇게 많은가요? 용도가 뭐죠?"

정왕 전하는 궁에서 지내지 않지만, 궁에 사는 황족이나 후궁들과 마찬가지로 어약방 약재를 사용할 수 있었다. 그러니 부에는 일상적으로 상용하는 약재 정도만 두는 게 정상이었다. 그런데 무엇 때문에 이렇게 많은 양을 보유하고 있는 걸까?

비연이 알기로는 정왕 전하의 건강 상태는 매우 좋았다. 병이 나거나 약을 먹는다는 소문은 전혀 들어 본 적 없었다.

"모두 내가 직접 사 온 약재들이다. 다른 문제는 네가 알 필요 없다. 잘 정리하고 조사하도록 해라."

만 공공이 그렇게 대답하며 대저울을 하나 내밀었다.

"나에게 목록이 있긴 한데, 정확한지는 모르겠군. 점검한 다음에 목록을 하나 새로 만들어라. 종류와 분량 모두 상세히 기록하도록. 나중에 비교해 보겠다."

소위 점검이라 하면 이미 있던 목록과 대조하는 것을 의미한다. 그러나 만 공공은 목록은 주지 않고 대저울만 하나 주었다. 그녀를 괴롭히려는 것이 분명했다.

이 방에 있는 약재는 100종은 안 돼도 90종은 될 것 같았다. 약재마다 가루도 포함되어 있었다. 아무것도 모르는 상태에서 각종 약재의 분량을 하나하나 재는 것은 말할 것도 없고, 하나하나 분류하는 것만으로도 어지러워지기 일쑤일 터였다.

하소만은 비연이 굴복하기를 기다리고 있었다. 그러나 비연은 이렇게 대답했다.

"저울은 필요 없고, 지필묵만 준비해 주시면 돼요. 이 정도 약재면 사흘이면 점검할 수 있어요."

만 공공은 당황했다.

"뭐, 뭐라고?"

저울조차 필요 없고, 게다가 사흘이면 된다고? 이 약녀가 대체 무슨 농담을 하는 걸까?

"제가 뭐라 했냐면, 저울은 필요 없고 지필묵과 사흘의 시간을 달라고 했어요."

비연은 진지했다. 그녀는 안으로 성큼성큼 걸어 들어가 거대한 약장을 하나하나 살펴보았다.

만 공공이 그녀 앞으로 달려가 엄숙하게 물었다.

"확실한가?"

만 공공이 자신을 괴롭히려 한다는 사실을 눈치채지 못했다면, 그녀는 바보일 것이다. 그러나 만 공공과 힘을 겨룰 시간이 없었다. 반드시 최단 시간 내에 이곳의 모든 약재를 깔끔하게 검증해야 했다! 정역비를 해치려 했던 흉수가 지금 정왕 전하를 노리고 있다.

비연은 본래 어약방에서 가져오는 약재를 검증하기만 하면 될 거라 생각했다. 정왕부에서 이렇게 많은 약재를 보관하고 있을 줄 어찌 알았겠는가! 흉수가 이미 손을 썼는지 아닌지는 하늘만이 알 일이었다.

비연은 일단 다른 일은 다 제쳐 두고 가능한 빨리 이 약재들의 안전을 확보할 생각이었다.

만 공공도 비연이 정역비를 구했다는 사실을 알고 있었다. 그러나 그는 비연이 어떻게 사흘 동안 빈손으로 이 약재들의 점검을 끝내겠다는 것인지 도무지 알 수 없었다!

그가 쫓아오며 이상하다는 듯 물었다.

"계집, 너는 막 승진한 약녀일 뿐인데 어떻게 그런 능력이 있다는 거지? 너무 허풍을 떠는 게 아니냐?"

이 '계집'이라는 두 글자가 비연을 열나게 했다. 그녀가 냉랭하게 물었다.

"만 공공, 믿을 수 없다면 내기라도 하시겠어요?"

내기라고?

만 공공이 별생각 없이 답했다.

"내기? 못 할 건 뭔가. 지면 어쩔 것이냐?"

비연이 진지하게 말했다.

"내가 지면, 마음대로 하세요. 그러나 공공께서 지면, 정왕부에서 약석과 관련한 일은 모두 내 전권으로 처리하게 해 주세요. 당신도 간섭하지 않고, 무조건 협조하는 것으로요!"

만 공공이 매우 자신만만하게 말했다.

"이렇게 하지. 네가 지면, 앞으로 석 달 동안의 봉급이며 상급은 모두 본 공공의 것이 된다. 본 공공이 지면 네 말대로 하지!"

비연이 더욱 진지하게 말했다.

"한번 말했으면 결정된 거예요. 번복하면 개나 마찬가지예요!"

만 공공이 무시하듯 코웃음 쳤다.

"결정되었다! 네가 번복하면 본 공공에게는 너를 다스릴 방법이 많다!"

만 공공이 떠나자 비연이 곧 문을 닫고 일을 시작했다!

그녀는 다른 이들 눈에는 별 능력 없는 일개 약녀에 불과했다. 정왕 전하도 그녀에게 모든 일을 정말로 맡길 리 만무했다. 바꿔 말하면, 그녀가 장악할 수 있는 일은 많지 않았고 예방할 수 있는 일도 많지 않았다. 그래서 그녀는 이번 내기를 기회로 삼기로 했다.

만 공공은 정왕부의 대집사나 마찬가지여서 많은 일을 정왕 전하를 대리해 처리하고 있었다. 이번 도박은, 어떤 의미에서는 만 공공에게 그녀의 약학 수준을 보여 줄 기회기도 했다. 그녀는 분명히 이겨야 했고, 분명히 이길 수 있었다!

지난 10년 동안, 그녀는 백의 사부를 제외하면 오로지 약재만을 벗하며 살아왔다. 그녀는 눈대중만으로도 약재가 대충 어느 정도 분량인지 짐작할 수 있었다. 손으로 집어 보면 더 정확한 분량을 확신할 수 있었다. 약왕정의 도움이 없다 해도 사흘이면 충분했다.

비연은 곧바로 약재를 조사하지 않고, 빽빽한 약장 사이를 천천히 걸으며 기록된 약재의 이름을 기억했다. 한 바퀴 돌고 보니 이 약재들 대부분이 한기를 쫓기 위한 것들이었다.

만 공공이 문밖에서 몰래 보고 있다가 아무것도 발견하지 못하고 곧 떠났다.

그가 정원 문 앞에 이르렀을 때 망중이 다가오는 것이 보였다. 만 공공이 바로 히죽 웃으며, 흥분하여 달려갔다.

"중 형, 우리 전하는? 전하께서도 돌아오셨어?"

이 목소리, 이 웃음!

만 공공은 더 이상 어른스럽거나 오만하지 않았다. 이상야릇하게도, 그는 같은 나이 또래 소년들과 큰 차이가 없어 보였다. 모르는 이가 보면 그를 태감이라고 믿지 않을 것이다.

바깥에 있는 이들은 모르지만 정왕부 사람들은 모두 알고 있었다. 만 공공은 사실 그렇게 무서운 존재가 아니라 그저 어린 소년일 뿐이라는 걸 말이다!

망중이 큰 소리로 웃으며 엄지를 세웠다.

"우리 만이, 아주 잘했다! 그렇게 회녕 공주에게서 사람을 데려오다니! 정말 잘했어!"

하소만이 으스대는 표정을 짓다가 다시 진지하게 물었다.

"전하께서 저 계집을 데리고 뭘 하시려는 거야? 우리 부에 외부 사람이 하나 더 들면 모든 것이 불편해진단 말이야."

망중이 목소리를 낮추어 그간의 경과를, 특히 그 약방문 밀서에 대한 내용을 자세히 들려주었다.

하소만은 경악을 금치 못했다.

"뭐라고! 감히 우리 전하에게 독을 썼다고? 게다가 전하를 발로 찼어?"

"쉿! 목소리를 낮춰라. 전하를 찬 일은 전하께서는 말씀하지 않으셨거든. 전하 옷에 발자국이 있는 것을 보고 내가 추측했을 뿐이야."

"뭐라고? 누가 우리 전하께 해를 끼치려 한다고!"

"쉿, 목소리를 낮추라니까!"

"뭐라고? 전하께 자신을 받아들여 달라고 했다고? 전하께서는 대체 무엇 때문에 그 말을 들어주셨지? 우리 부에 들어오는 약재 문제라면 이렇게 시끄러운 일을 만들 필요도 없이, 내가 사람을 찾아 검증하면 될 일인데! 결국은 계집일 뿐이잖아. 능력이 아무리 출중하다 해도 노약사들만 하겠어? 전하께서 잘못 보신 거야!"

"쉿……."

망중은 전하가 비연이 실신한 것을 발견했을 때의 장면을 떠올리고는 주위를 둘러보았다. 주변에 아무도 없다는 것을 확인한 그는 비밀스럽게 하소만에게 속삭이기 시작했다.

망중은 전하가 비연에게 다른 이들과는 다른 마음을 품고 있다고 믿었다. 그러나 하소만은 절대로 믿지 않으려 했다.

그때 군구신은 그들 곁의 높은 담장 위에서 그들을 등진 채 앉아 있었다. 돌아온 지 얼마 되지 않은 듯 은빛 가면을 아직 벗지 않은 상태였다.

그는 아무렇지도 않은 표정으로 두 수하의 이야기를 듣고 있었다. 그러나 속으로 무슨 생각을 하는지는 아무도 모를 일이었다.

그는 장약각에서 바쁘게 일하는 비연을 바라보고 있었다. 어두운 밤처럼 검은 그의 눈동자가 무척 깊어 도무지 그 속을 알 수 없었다.

하소만과 망중은 서로 이야기할 수 있는 것을 다 한 후에야 자리를 떠났다. 그러자 군구신은 몇 바퀴 재주를 넘어 장약각 창가로 다가갔다.

안에서 고비연이 약재 두 종류를 골라 함께 찧고 있는 것이 보였다. 군구신은 그녀가 무엇을 하려는지 알지 못해 상당히 답답했다.

얼마 지나지 않아, 비연이 다 찧은 약즙을 제 손바닥에 발랐다. 미간을 찡그리는 것이 상당히 아픈 모양이었다.

"상처를 입었나?"

군구신의 혼잣말이었다. 그는 저도 모르는 사이에 잘생긴 미간을 찌푸리고 있었다.

너희 둘 다 거짓말쟁이야

비연은 약재의 수량이나 종류를 조사하는 것 외에도, 약재의 진위도 검증하고, 품질도 상세히 변별해야 했다. 오로지 자신의 두 손만으로 할 일이었다.

사전에 철저하게 준비해 둬야 일이 순조로워지는 법. 일을 시작하려면 상처에 바른 약즙이 마르기를 기다려야 했다.

그녀는 약을 바른 후 창가로 다가왔다. 그 모습을 본 군구신이 소리 없이 발걸음을 옮겼다. 그리고 바로 자리를 떠나려다가 발걸음을 멈추고 창가 옆 벽에 몸을 붙였다.

비연이 반쯤 닫혀 있던 창을 밖으로 열었다. 그리고 창턱에 엎드린 채 고개를 들어 밤하늘을 바라보았다. 창 하나를 사이에 두고 군구신이 서 있다는 건 생각도 못 하고.

오늘 밤은 초하루라 달은 보이지 않고 대신 별들이 찬란했다. 하늘 가득한 별을 보며 비연은 저도 모르게 살며시 미소 지었다.

그녀는 별을 보는 것을 좋아했다. 어린 시절부터의 습관인지는 자기 자신도 알 수 없었지만 말이다. 최소한 그녀가 기억하는 순간부터 아주 좋아했다.

백의 사부가 항상 그녀에게 말했다. 영혼이 너무 무거우면 하늘로 올라가지 못한다고. 그러니 단순하고 평범하게 살아야 한다고. 그래야 죽은 후에 영혼이 별로 변해 밤하늘에서 찬란하게 빛날 수 있고, 사람들에게 집으로 돌아가는 길을 비춰 줄 수 있을 거라고.

집으로 돌아가는 길?

그녀에게도 집이 있을까? 부모님은? 형제자매도 있을까?

백의 사부는 그녀를 길에서 주웠다고 했다. 그도 그녀가 어디서 왔는지, 어떤 사람인지 몰랐다. 그러나 그녀가 누구건, 그녀를 내치는 일은 영원히 없을 거라고 말했다.

비연도 그 말을 믿고 의심하지 않았다. 하지만 그가 그녀를 절벽에서 밀쳐 내던 그 순간, 그녀는 그가 거짓말쟁이라는 것을 알아 버렸다. 그가 그녀를 내쳤다!

현공대륙의 별과 빙해영경의 별은 그다지 차이가 없어 보였다. 저 멀리에서 찬란하게 빛나는 모습이 어딘가 흥겨워 보이기도 하고, 또 외로워 보이기도 했다.

본래 상당히 기분이 좋던 비연은 갑자기 세상사가 무상하다는 생각이 들었다.

그녀는 마음속 고통을 무시하려 노력하며, 숨을 헐떡이면서 분노의 고함을 질렀다. 한 자 한 자 이를 갈면서.

"거, 짓, 말, 쟁, 이!"

군구신도 이때 별을 보고 있었다. 그런데 갑자기 고비연이 욕하는 것을 듣고, 그녀가 저를 발견했다 오해하며 고개를 돌렸다. 그러나 창가의 고비연은 여전히 옆모습만 보였다. 그의 존재를 발견하지 못한 것 같았다.

아무 일도 없는데, 이 여자가 대체 왜 갑자기 욕을 하는 걸까? 누구를 욕하는 거지?

그녀를 속인 적 있는 그는 그녀가 자신을 욕하고 있을 가능성을 배제하지 않았다. 그러나 조금도 켕기지 않았다. 그는 아무 상관 없다는 듯 고개를 들어 다시 하늘 가득한 별들을 바라보았다.

그러나 누가 알았을까. 그녀는 일단 입을 열자 멈추지 않았다.

"사기꾼! 나빴어! 이 못된 거짓말쟁이, 재수 없는 거짓말쟁이……."

그녀는 과감하고 명쾌한 성격으로 늘 빠르게 판단하고 행동하는 사람이었다. 그러나 울적할 때면 수다쟁이로 변하곤 했다.

예전에는 화가 나거나 하면 사부를 찾아가 괴롭혔지만 지금은 그럴 사람이 없었다. 결국 혼잣말을 할 수밖에 없었다.

"거짓말쟁이, 나쁜 놈, 망할 놈, 못된 거짓말쟁이, 바보……."

비연이 다섯 번이나 중얼거렸다.

군구신이 어떤 감정인지는 아무도 알 수 없었다. 그는 더 이상 별을 보고 있지 않았다. 눈을 감고 소리 없이 팔짱을 낀 채 벽에 붙어 있었다. 그야말로 있는 듯 없는 듯, 고요함의 극치였다.

그가 참을성을 발휘해 듣고 있는 것인지, 아니면 참을성을 발휘해…… 참고 있는 것인지는 그 자신만이 알 터였다.

계속 중얼거리던 비연이 갑자기 멈췄다. 갑자기 또 하나의 거짓말쟁이, 바로 망할 얼음이 떠올랐던 것이다.

오늘은 즐거워해야 하는 날인데, 어째서 거짓말쟁이들이 떠오르는 걸까?

"나를 속였으니, 평생 너희들을 믿지 않을 거다!"

비연은 자신의 좋은 마음에 영향이 가지 않도록, 상처에 바른 약이 다 마른 것을 확인하고는 과감하게 창문을 닫고 일을 시작했다.

잠시 후에야 군구신이 겨우 중얼거렸다.

"너희들?"

자신 외에도, 저 여자가 또 누구에게 속은 걸까?

군구신은 그 자리를 떠나지 않고 천천히 눈을 떠서 찬란한 별들을 바라보았다. 마치 무엇인가 생각에 잠겨 있는 듯도 하고, 또 무엇인가 열심히 기억해 내려 하는 것 같기도 했다.

밤하늘을 바라보며 조용히 생각에 잠기는 것은 그의 일과였다. 그는 기억은 지워질 수 있을지언정 습관은 자기 자신 외에는 누구도 바꿀 수 없다는 것을 알고 있었다.

밤이 점차 깊어 가고, 본래 조용하던 정왕부가 더욱 적막 속에 잠겨 들었다. 모든 것이 잠들어 버린 것만 같았다. 반면에 황성 전체는 점점 더 평온함을 잃어 가고 있었다.

다음 날, 비연이 정왕 전하에게 뽑혀 갔다는 소식이 황성 전체에 퍼졌다. 귀족들의 저택 깊은 곳이며, 거리마다, 골목마다, 모두 이 일에 대해 이야기했다.

그 누구도 정왕 전하와 비연 사이에 남녀 사이의 일이 있을 거라고는 감히 말하지 못했다. 그래서 다들 비연의 능력에 대해서만 이야기했다.

정역비 군영에 있는 이들을 제외하면, 비연이 보통 능력의 약녀가 아니라는 것을 다른 사람들이 알 리 없었다. 거의 모두가 비연을 그저 약재를 고르고 약을 달이는 노비라 여겼다. 그녀가 정왕부에서 약석과 관련한 일을 맡을 능력이 된다는 것을 믿지 않았다.

최후에, 사람들은 일치되는 결론을 내렸다. 정왕 전하는 비연을 쓸모없는 장식품 취급하실 것이다. 그리고 석 달 후에는 분명 어약방으로 돌려보낼 거라고.

단 한 사람만은 매우 흥분하며 기뻐하고 있었다. 바로 정역비였다.

그는 무슨 핑계를 대고 회녕 공주에게서 비연을 데려올지 고민하던 차였다. 그런데 이 소식을 듣자 그는 흥분하여 온 군영을 몇 바퀴나 달렸다.

그는 비연의 능력을 알고 있었지만 정왕 전하가 수하에 사람을 들였다는 것을 믿을 수 없었다. 그의 고민이 다시 시작됐다. 석 달 후에, 어떻게 회녕 공주보다 앞서 그녀를 데려올까 하는 고민이었다.

계속 군영에만 머물던 그는 그 즉시 요양을 핑계로 성으로 돌아가 장군부에 상주하기 시작했다. 첫째는 기회를 보아 그 약녀를 만나기 위해서였다. 둘째는 대리시가 그 자객을 쫓는 일을 독촉하고, 암중에 오 공공을 조사하기 위해서였다.

그는 오 공공의 배후가 누구인지 꼭 알아낼 생각이었다. 감히 자신을 모해하려 한 그 늙은 여우를!

밖에서는 난리가 일어나고 있었지만, 이 난리를 자초한 군구신은 별일로 여기지 않았다. 그리고 비연은 창밖의 일에는 두 귀를 닫고, 온 마음을 다해 약재를 점검하고 있었다.

그녀는 정왕 전하가 부에 있는지 없는지도 알지 못했다. 매일 명월거로 돌아가는 길에 침전을 지나면서 특별히 주의 깊게 봤지만, 안타깝게도 침전의 문은 단단히 닫혀 있었다.

사흘의 시간이 아주 빠르게 흘러갔다.

사흘째 되는 날 저녁, 비연은 약재 점검을 모두 끝냈다. 그녀는 완벽한 목록을 작성해 놓고 만 공공을 기다리고 있었다.

하소만이 약속대로 도착했다. 전혀 변함이 없는 듯한 약장들을 보자 기분이 좋은 모양이었다. 그는 제법 그럴듯하게 턱을 문지르며 물었다.

"고 약녀, 어떠한가. 하룻밤 시간을 더 주는 것은 어떨까?"

비연의 눈이 둥글게 휘었다. 그녀는 아주 순진하게 웃으며, 등 뒤에서 목록을 꺼내 하소만에게 건넸다.

"만 공공, 확인해 보시지요. 오차가 있다면 함께 현장에서 확인해 보면 될 것 같습니다."

도무지 믿을 수가 없어 하소만은 고비연이 내민 목록을 받아 하나하나 살펴보았다. 그러고는 멍한 표정이 되고 말았다! 비연의 목록은 뜻밖에도 그의 손에 들린 것과 완벽하게 똑같았기 때문이다.

만 공공은 꼼꼼한 성격이었다. 돈을 내고 사 온 약재는 말할 것도 없고 정왕부 어딘가에서 벽돌 하나, 풀 한 포기가 줄어들어도 그는 모두 다 알고 있었다. 그의 손에 들린 목록이 틀렸을 리는 절대 없었다. 그러니 고비연이 이 사흘 동안 점검을 완벽하게 끝낸 것이 된다!

어약방 대약사 남궁 대인이라 해도 해낼 수 있다고 장담할 수 없는 일이 아닌가? 그렇다면 이 약녀가 너무 깊이 숨어 있어 드러나지 못했다고 할 수밖에 없지 않은가?

정왕의 사생활

하소만의 경악한 표정을 보며 비연은 성취감을 느꼈다. 그녀는 방울 굴러가듯 맑은 목소리로 말했다.

"만 공공, 틀린 부분이 없다면 약속하셨던 것을 지켜 주셔야 해요."

"너……."

하소만이 천천히 고개를 들어 비연을 바라보았다. 그의 표정에는 경악뿐 아니라 어리석은 치기마저 담겨 있었다.

비연은 그제야 이 아이가 어른스러운 척하지 않고 거만하게 굴지 않는다면, 사실 아주 귀여운 소년이라는 것을 발견했다.

"만 공공, 약속을 지키지 않으실 생각은 아니겠지요?"

비연이 물었다.

계속 오만하던 하소만은 사실 이 순간 속으로 크게 감탄하고 있었다. 그러나 아무리 감탄한다 해도 그는 고비연을 가볍게 믿고 싶지 않았다. 망중도 말했지만, 정왕 전하는 지금도 그녀가 고씨 가문의 진짜 적녀가 아니라고 의심하고 계시지 않은가!

하소만은 겨우 이렇게 말할 수 있었다.

"됐다. 이후로 약재에 관한 일은 모두 네가 맡도록. 나도 네 말을 들을 것이다! 정왕 전하께도 말씀드릴 테니 안심해도 좋다."

비연이 크게 기뻐하며 말했다.

"감사합니다, 만 공공. 부에 있는 이 약재들에 대해 몇 가지 이해가 안 가는 부분이 있어서, 지금 좀 여쭤 보고 싶은데요."

비연의 말이 끝나자마자 망중이 갑자기 밖에서 달려 들어왔다. 하마터면 하소만과 부딪칠 뻔했다. 그가 조급하게 말했다.

"만아, 어서, 전하께서 약욕을 하신다니 시중을 들어야지. 어서, 전하께서……."

망중은 고비연이 장약각에 있으리라고는 생각지 못했다. 그는 비연을 보는 순간 갑자기 입을 다물고 아무 말도 하지 않았다. 그저 하소만을 바라보며 눈짓만 할 뿐이었다.

그의 의중을 깨달은 하소만이 당황스러운 표정으로 시위를 불렀다.

"고 약녀를 명월거로 데려가라. 내 명령이 있기 전에는 명월거에서 나오지 못하게 하라!"

이건 대체 무슨 상황이지?

비연은 크게 놀랐다!

돌발 상황에서는 하소만이 그녀에게 상황을 설명하지 않을 수도 있었다. 그러나 그녀를 명월거로 데려가 연금하라고 하는 것은 대체 무엇 때문이란 말인가?

게다가 바로 직전에 약석과 관련한 일은 그녀가 전권을 행사하기로 했다. 그런데 바로 이렇게 번복하다니! 내기를 장난으로 한 건가?

내기는 작은 일이지만 정왕 전하께서 약을 쓰는 상황은 중요했다. 그녀가 가장 걱정하는 것도 역시 후자의 일이었다.

전하가 약욕을 하려 하신다고? 이런 한밤중에? 그것도 이렇게 다급하게? 편찮으신 건가?

약방문은 누가 지은 거지? 약사에게 검증은 받은 건가? 안전한가?

비연의 머릿속이 의문으로 가득 찼다. 그녀가 시위를 피해 진지하게 물었다.

"만 공공, 전하께서 어디가 편찮으신 거죠? 무엇 때문에 이 시간에 약욕을 하시려는 건가요? 약방문은 태의가 지은 거겠죠?"

하소만은 그런 비연을 무시하고는 한옆에 있던 대바구니를 집어 들었다. 그리고 2층으로 총총히 약을 가지러 갔다.

"만 공공, 당신……."

비연이 쫓아가려 하자 망중이 막아섰다.

"고 약녀, 당신이 끼어들 일이 아니니 돌아가시오!"

망중이 시위에게 눈짓하고는, 비연의 말을 기다리지도 않고 역시 총총히 가 버렸다.

비연이 계속 올라가려 했으나 시위들이 강제로 그녀를 밖으로 끌고 나갔다.

"놓아줘! 하소만, 약방문을 한 번만 보게 해 줘. 그게 더 안전하잖아!"

비연은 다급한 나머지 약방문 밀서 일을 입 밖에 낼 뻔했다. 그러나 결국 그녀는 냉정을 되찾았다.

그녀에게는 증거가 없다. 게다가 신분도 불명확한 망할 얼음에 대해 이야기해 봤자 누가 그녀를 믿겠는가? 그녀는 어쩔 수 없이 시위에게 끌려갔다.

침전을 지날 때 그녀는 마음에 쓰여 그곳을 바라보았다. 침전의 문이며 창은 여전히 단단히 닫혀 있었고 거대한 정원은 고요했다. 아무도 오지 않은 것만 같았다.

정왕 전하가 저곳에 계신 걸까? 설마 만 공공이 절대로 들어가서는 안 된다고 했던 후원에 계신 걸까? 정왕 전하는 대체 어디가 안 좋은 거지?

명월거에 도착했지만 시위들은 떠나지 않고 문 앞에서 지키기 시작했다. 문밖으로 나갈 방도가 없어진 비연은 그저 기다릴 수밖에 없었다. 점점 더 걱정되기 시작했다.

경험으로 보아 한밤중에 약욕을 한다는 건 좋은 일이 아니었다. 대부분은 약이나 침구로 치료 불가능한 병증일 경우 그렇게 했다.

정왕 전하의 건강은 매우 좋은 것 같았는데 어째서 갑자기 병이 난 걸까? 게다가 대체 어떤 병증이기에 약이나 침구로는 치료가 안 되는 걸까?

하소만은 약을 가지러 위로 올라간 걸까? 그러나 그 시위는 하소만에게 약방을 건네주지 않았다! 그렇다면 원래 쓰는 약방이 있는 걸까?

평소에 쓰던 약방이 있다면 아마도 정왕 전하에게 만성적인 질병이 있을 것이다. 거기까지 생각이 이른 비연이 마음을 놓지 못하고, 다시 문밖으로 나가 시위에게 진지하게 말했다.

"급한 일이 있어 만 공공을 꼭 만나야겠으니 전달 좀 부탁드

려요!"

안타깝게도 시위는 마치 그녀가 공기라도 되는 것처럼 완전히 못 본 척했다.

이때, 정대원이 갑자기 어수선해졌다. 하인들이 달인 탕약을 들고 계속 후원으로 달려가고 있었다. 하소만도 한 솥씩 탕을 끓이며 계속 움직이고 있었다.

얼마 지나지 않아 망중이 달려왔다.

"소만, 이 약이 왜 효험이 없는 것이냐! 설마 약재를 잘못 넣은 건 아니겠지?"

하소만이 매우 놀라 서둘러 손에 들고 있던 약재들을 다시 살펴보았다. 잘못된 부분은 없었다. 그가 중얼거렸다.

"온천수에 문제가 있는 건 아니겠지? 전하께서 뭐라 하셨어?"

망중도 크게 놀랐다.

"전하께서도 잘 모르겠다고 하셨다. 지금 내공으로 한기를 몰아내고 계시다."

하소만이 당황했다.

"안 돼, 안 된다고. 전하께서 지금의 몸 상태로 운공을 계속 강행하신다면 주화입마에 빠지실 거라고. 그렇게 되면……."

망중도 괴로워하며 말했다.

"다른 방법이 없으니까! 아니면 낙 태의를 불러올까?"

하소만이 즉시 고개를 저었다.

"절대로 안 돼!"

정왕 전하의 한증은 비밀이었다. 부에 머무르는 심복을 제외하면 아는 사람이 아무도 없었다. 낙 태의가 전하에게 충성을 다하고 있다 하나 동시에 황상의 사람이었다. 일단 낙 태의가 이 일을 알게 되면 황상 역시 알게 될 것이다.

전하는 황위에는 관심이 없고 오로지 태자를 보좌하는 데만 신경 쓰셨다. 조정에서 황상과 태자와는 거의 아무런 갈등이 없었고, 감추는 것도 없었다.

그러나 전하는 사생활에 관한 이야기를 하는 것은 좋아하지 않았다. 이 일은 특히 단단히 감추어 둔 비밀이었다.

갑자기 망중이 펄쩍 뛰어오르며 다급하게 말했다.

"소만, 그러면 고비연이 보게 하자!"

하소만이 머뭇거리자 망중이 다시 말했다.

"전하께서 고비연을 부에 머무르게 하신 것은, 어느 정도는 그녀를 신임하신다는 의미다! 게다가 지금까지 이 약을 잘 써 왔는데 갑자기 문제가 생겼잖아. 누군가가 손을 댄 게 아니라 고는 확신할 수 없다. 소만, 전하께 야단맞는 한이 있더라도 큰 일을 그르쳐서는 안 될 말이다!"

상황이 너무 긴급해 하소만에게도 다른 선택지가 없었다. 잠시 머뭇거리다가 결국은 그도 고개를 끄덕였다. 그러자 망중이 즉시 명월거로 달려갔다.

비연도 마침 조급하게 기다리던 참이었다. 망중이 오는 것을 보고 크게 기뻐하다가 다시 깜짝 놀랐다. 이 시위가 이 시간에 찾아온다는 것은 정왕 전하에게 무슨 일이 벌어졌다는 의미가 아닌가!

그녀는 두려움에 떠는 목소리로 물었다.

"정왕 전하께서는 대체 어떠하신가요?"

망중이 약방문을 하나 내밀었다.

"고 약녀, 시간이 없으니 따라오시오. 가면서 이야기합시다!"

망중의 이야기로 비연은 정왕 전하가 한증이라 불리는 괴이한 병에 걸렸다는 사실을 알게 되었다. 발병하지 않으면 모든 것이 정상이지만 일단 발병하면 몸이 얼음처럼 차가워지며 도저히 견딜 수 없는 상태가 된다는 것이다. 그럴 때는 반드시 약을 탄 온천에 몸을 담가 한기를 몰아내야 했다.

이 병은 그리 빈번하게 발작하지는 않아 두세 달에 한 번꼴로 증상이 나타났다. 그리고 보통은 약탕에 몸을 담그면 곧 회복되었다. 그러나 이번에는 왜인지 모르게 효과가 없었다.

"한증?"

그제야 비연은 장약각에 한기를 몰아내는 약재가 왜 그렇게 많이 있었는지 이해할 수 있었다. 그러나 '한증'이라는 이 병은 그녀로서는 처음 듣는 것이었다.

등, 터무니없는 생각을 하다

비연은 망중이 준 약방문을 열심히 들여다보았다. 별다른 이상한 점은 없어 보였다. 찬 바람이나 냉기로 인한 병증을 치료하는 약방으로, 약재는 모두 한기를 몰아내는 것이었다.

그녀가 열심히 물었다.

"그 온천의 수질은 어떤가요? 약성은 어떻고요? 그리고 이 병세는 어떤 태의가 와서 진단한 건가요? 전하께서는 언제부터 병을 앓으셨죠? 또 어떻게……?"

망중은 전하의 사생활에 대해 이야기할 생각은 없었다. 그러나 상황이 급하다 보니 그는 머뭇거리다가 결국 털어놓기 시작했다.

"그건 나도 잘 모릅니다. 전하께서 진양성으로 돌아오시기 전에 이 병을 얻으셨으니까요. 전하께서 이 약방문을 주셨습니다. 고 약녀, 나와 만 공공은 죽음을 무릅쓰고 이 일을 당신에게 이야기하는 겁니다. 반드시 비밀을 지켜야 합니다! 만약 이 일이 밖으로 새어 나간다면 당신과 우리 모두 살아남지 못할 겁니다!"

이 문답을 통해, 비연은 정왕 전하가 홀몸으로 진양성에 돌아왔다는 사실을 알게 되었다. 하소만이나 망중조차 정왕 전하의 과거를 모르고 있었다.

비연은 희미하게 어떤 예감을 받았다. 정왕 전하의 이 괴병은 그가 어린 시절 군씨 일족을 떠났던 이유와 관련이 있을 것이다. 그러나 지금은 더 깊게 생각할 여유가 없었다.

약방문에는 온천의 성질에 대한 기록은 없었다. 그러므로 온천의 수질을 검사해야만 완벽한 약방을 얻을 수 있었다. 그리고 정왕 전하의 상황에 대해서도 자세히 물어야 했다. 그래야만 문제가 어디 있는지도 알 수 있었다.

비연이 총총히 망중을 따라 후원으로 갔다.

정왕부의 후원은 작지 않았지만 개나리만 심겨 있었다. 한겨울인 지금은 꽃이 피지 않아 정원은 황량하기 그지없었다. 정원 중앙에는 청류전이라는 이름의 둥근 전당이 있었고, 그 전당 안에 온천수를 이용한 약탕이 있었다.

비연이 전문 안으로 들어서자 습한 수증기가 훅 끼쳐 왔다. 짙은 약 냄새가 배어 있어, 그녀처럼 항상 약재를 가까이하는 사람도 견디기 어려울 정도였다. 사용한 약의 양이 너무 많았다!

비연은 미간을 가볍게 모으고 코를 쥔 채 안으로 재빨리 들어갔다. 얼마 지나지 않아, 그녀의 허리춤에 매달려 있던 약왕정이 갑자기 흔들렸다. 드디어 잠에서 깨어난 모양이었다.

비연은 매우 기뻤다.

이 녀석, 이렇게 중요한 때에 마침내 깨어났구나!

아주 잘된 일이었다!

망종이 주의하지 않는 틈을 타서 비연은 살며시 약왕정을 어루만졌다. 그리고 전당 안으로 들어서자마자 약왕정이 무엇 때문에 깨어났는지 바로 알게 되었다!

이게 어찌 된 일이지?

비연이 청류전 안으로 몇 걸음 걸어가자 희미하게, 아주 기이한 약 냄새를 맡을 수 있었다. 그녀는 바로 약광석 냄새라는 판단을 내렸다!

"이래서 약왕정이 깨어난 거구나, 이래서……."

이 하늘 아래 어떤 희귀한 약재로도 약왕정을 깨어나게 할 수는 없었다. 그러나 약광석만은 가능했다!

약광석은 그 이름만으로도 알 수 있듯이, 약효가 있는 광석의 총칭이었다. 약광석은 종류가 많지는 않았지만 의약계에서 가장, 가장, 가장 희귀한 물건이었다. 또한 모든 동물성, 그리고 식물성 약재로는 대신할 수 없는 약효가 있었다.

약왕정 약초밭에는 무수히 많은 약재가 심겨 있었다. 그러나 약광석만은 없었다. 그러니 약광석 냄새를 맡은 약왕정이 어떻게 깨어나지 않을 수 있겠는가? 고비연은 약왕정이 움직이고 싶어 하는 것을, 약광석을 제 안으로 들이고 싶어 하는 것을 느낄 수 있었다.

약이 그렇게 좋은데도 정왕 전하는 희망을 걸 수 없다는 말인가?

비연은 놀라는 한편 남몰래 안도의 한숨을 내쉬었다. 약왕정이 회복되니 그녀는 이유 모를 안도감을 느꼈다. 마치 백의 사부가 곁에 있는 것 같았다.

비연이 속으로 생각했다. 약광석은 분명 온천 깊은 곳에 숨겨져 있을 테고, 온천수의 특수한 약효의 열쇠일 것이다!

꽤 거리가 있어 이 약광석이 대체 어떤 종류인지 냄새로 맡아 낼 수 없어 많은 것을 판단할 수는 없었다. 그래서 그녀는 걸음을 재촉했다.

그러나 안으로 들어가면 들어갈수록 약광석 냄새는 더 진해지지 않고, 오히려 다른 약재의 냄새가 점점 더 짙어졌다. 비연은 뭔가 문제가 있다는 것을 발견한 듯 미간을 점점 더 찡그렸다.

얼마 지나지 않아 그녀는 갑자기 발걸음을 멈췄다. 앞에 펼쳐진 장면에 당황해 멈춰 선 것이었다.

수증기가 자욱한 가운데 한 남자가 상반신을 드러낸 채 온천가에 엎드려 있었다. 온천수가 그의 허리까지만 가려 주고 있었다.

세상에, 몸이 저렇게 좋을 줄이야!

엎드려 있어도 그 건장하고 쭉 뻗은 몸을 느낄 수 있었다. 드러난 등은 아래로 내려갈수록 점차 좁아지고, 팽팽한 근육에 선이 분명했다. 어찌나 매력적인지 자꾸 비현실적인 생각이 들 정도였다.

온천 안에 펼쳐진 그 생생한 모습을 보고 비연은 참지 못하고 침을 삼켰다. 심장이 저도 모르게 달음박질쳤다.

그녀는 이 남자가 바로 정왕 전하라는 걸 알 수 있었다. 그녀는 정왕 전하를 이런 상태에서 처음 만나리라고는 정말 상상조차 하지 못했다.

이래도 정말 괜찮은 걸까?

자신이 경모하는 남자 앞에서, 비연은 곧 정신을 차렸다. 이곳의 약 냄새가 너무 진해 이상했기 때문이었다. 절대적으로 뭔가 문제가 있었다!

그녀는 정왕 전하가 이미 정신을 잃은 것은 아닌지 걱정하지 않을 수 없었다.

"하소만, 전하께서는 괜찮으신 건가요? 운공으로 한기를 몰아내고 계시다 하지 않았어요?"

비연은 하소만과 결판을 낼 여유가 없었다. 그녀는 그렇게 물어보며 재빨리 안으로 걸어 들어갔다.

"전하께서는 별문제 없으시니, 모두 나가도록."

언제나 의기양양하던 하소만이 풀이 죽어 있었다. 말하는 어조도 뭔가 이상했다. 하소만이 망중을 향해 눈짓했다. 아마도 정왕 전하는 비연이 오는 것을 바라지 않았고, 하소만만 한바탕 혼난 것이 분명했다.

비연은 하소만의 눈짓을 보았지만 그다지 신경 쓰지 않았다. 정왕 전하께서 혼수상태에 빠지신 게 아닌 걸 확인했으니 일단 안심이었다.

그녀는 온천가에서 발걸음을 멈추고 손을 들어 손바닥 안에 수증기가 쌓이게 했다. 곧 그녀의 손바닥이 축축해졌다. 진지하게 냄새를 맡던 그녀의 미간이 점점 더 찌푸려졌다.

비연이 가지 않는 것을 보고 하소만과 망중이 그녀를 둘러쌌다.

망중이 여전히 예의 바르게 말했다.

"고 약녀, 전하께서는 아무 문제 없으시니 갑시다!"

하소만도 직접 명령했다.

"이곳은 네가 올 곳이 아니다. 어서 나가거라!"

비연은 그들을 상대하지 않았다. 하소만이 잡아끌었지만 비연은 세차게 밀어내며 날카로운 눈빛으로 외쳤다.

"나를 방해하지 마!"

하소만과 망중 모두 깜짝 놀라 멈춰 섰다. 어린 약녀의 전신에서 감히 무어라 형용할 수 없는 패기와 존귀함이 흘러나오고 있었다. 다른 여자들에게서는 느껴 본 적 없는 그런 패기였다.

거대한 청류전이 갑자기 조용해졌다.

이때, 냉랭한 목소리가 들려왔다.

"모두 나가라."

군구신은 미동도 없이 엎드려 있었다. 온몸에 한기가 들어 심장까지 완전히 얼어붙을지언정 몸을 떠는 모습을 보일 수는 없었다.

그는 힘이 없었고 목소리도 매우 작았다. 그러나 동시에 매우 냉랭했다. 감히 거역할 수 없는 힘이 깃들어 있는 목소리였다.

비연도 조금 멈칫했으나 여전히 엄숙하게 말했다.

"정왕 전하, 아무래도 저희 셋 다 나갈 수 없을 것 같습니다. 제가 잘못 판단한 것이 아니라면, 이 수증기 안에는 독이 있습니다."

"뭐라고!"

"어찌 된 일이지?"

하소만과 망중은 깜짝 놀랐다. 군구신도 매우 놀란 듯했다. 비연은 다시 잠시 냄새를 맡다가 손바닥 위의 물기를 가볍게 핥아 보고는 진지하게 말했다.

"자애엽[6]에는 독성이 있어 일정 분량을 초과하면 중독이 됩니다. 이 약탕 안의 자애엽 양은 비록 중독을 일으킬 정도는 아니지만, 그래도 상당한 양입니다. 약성이 일단 휘발되어 수증기 속에 배어들면, 함께 모여 독소를 만들게 되고 빠르게 퍼집니다."

---

6 자색의 쑥잎.

살의, 당신의 비밀

자애엽 분량이 초과되어 독소가 만들어졌다는 결론을 내린 비연은 속으로 안도의 한숨을 내쉬었다. 흉수가 손을 쓴 것이 아니라, 단순히 하소만이 약을 너무 많이 써서 생긴 독소라면 그래도 해결하기 쉬운 편이다.

하소만과 망중 모두 멍한 표정이었다. 이런 이유일 줄은 생각지 못했던 것이다.

비연이 시간을 늦추지 않고 재빨리 말했다.

"독소가 아직 중독을 일으킬 정도는 아니지만, 시간을 더 끌면 문제가 생길 수 있어요. 어서 문과 창을 모두 열어요! 그리고 홍상엽[7]을 달이도록 하세요. 수증기 안의 독성을 흡수할 수 있으니까."

"하지만 전하는!"

하소만은 다급했고 또 동시에 망설이고 있었다. 전하는 추위를 타는 괴병을 앓고 있다. 그런데 이렇게 추운 날 창문을 열면 차가운 바람이 들어올 텐데, 전하께서 어떻게 버티시란 말인가?

"그녀 말대로 하도록."

"어서요! 전하께 무슨 문제라도 생기면 내가 책임질게요!"

---

7 붉은 뽕잎.

군구신과 고비연이 마치 약속이나 한 듯 동시에 말했다.

정왕 전하가 그러라고 하니 하소만과 망중도 일각을 지체하지 않고 즉시 행동에 나섰다.

마침내 비연의 시선이 군구신의 매력적인 등으로 떨어졌다. 그녀는 긴장 때문에 죽을 지경이었다. 그녀 역시 일각도 지체할 수 없어, 자신의 마음을 다독이면서 뻔뻔하게 빠른 걸음으로 다가갔다.

정왕 전하는 고개를 숙이고 있어 가까이 다가가도 얼굴은 볼 수 없었다. 그러나 아주 허약해진 상태로, 힘이 전혀 없다는 것을 깨달을 수 있었다.

다시 좀 더 가까이 간 그녀는 그만 멍하니 멈춰 서서 놀란 숨을 들이마셨다. 세상에, 그의 몸에서 배어 나오는 한기를 느낄 수 있었다!

이렇게 따뜻한 곳에서 그가 발하는 한기를 그녀가 느낄 수 있을 정도라면, 그는 대체 얼마나 추울까?

비연이 크게 놀라 말했다.

"전하, 저는 새로 온 약노 고비연입니다. 전하의 상황에 대해서는 망중한테 들었지만 자세하게 모두 듣지는 못했습니다. 저에게 좀 더 상세하게 병세를 이야기해 주실 수 있을는지요? 저는 의원은 아닙니다만, 약방문과 결합해 진단을 내릴 수는 있습니다."

군구신은 그녀를 보고 싶지 않은 듯 계속 고개를 숙이고 있었다.

"본 왕에게 한기를 몰아내는 좋은 약재들을 찾아다 주면 그걸로 족하다."

비연이 진지하게 말했다.

"전하, 약은 함부로 써서는 안 됩니다! 다른 이들에게 밝히고 싶지 않은 병이 있으시면 저에게 말씀해 주십시오. 절대로 외부에 발설하지 않을 것입니다!"

군구신은 아무 말 없이 눈을 감은 채, 운공을 하여 한기를 몰아내기 시작했다.

비연은 그의 의미를 알 수 없어 다시 물었다.

"전하?"

군구신은 그녀를 상대하지 않을 생각인 듯 다시 운공을 시도했다.

비연의 눈에 일말의 복잡한 감정이 스쳐 갔다. 그녀는 바로 결론을 내렸다.

"용서해 주십시오. 예의가 아닌 것은 알지만…… 물 아래를 보고 오겠습니다."

이렇게 몸이 얼어 있는 이상 더 이상 운공을 할 수도 없고, 계속 시간을 흘려보낼 수도 없었다! 그가 제대로 말해 주지 않는다면 최소한 온천 안의 약광석이 어떤 종류인지라도 알아야만 약방문을 확신할 수 있었다.

비연은 말을 끝내자마자 머뭇거림 없이 물속으로 뛰어들었다. 군구신이 말릴 새도 없었다. 그가 고개를 들었을 때에는 이미 고비연이 입수하고 있었다. 주변은 수증기로 자욱했고, 물은 약재로 인해 혼탁한 상태라 곧 그녀가 어디 있는지 보이지 않게 되었다.

이 여자, 대체 뭘 하려는 거지? 물속에서 비밀을 찾아내려는 건가?

군구신은 믿을 수 없었다.

이때는 그의 방어력이 가장 약해져 있을 때였다. 닭 한 마리 잡을 힘도 없는 사람이라도 쉽게 그를 사지로 밀어 넣을 수 있을 정도였다.

즉시 소리쳐 시위를 불러야 옳았다. 그러나 그는 그렇게 하지 않았다. 수면을 응시하며, 경계심을 풀지 않은 채 기다렸다.

그러나 아무리 기다려도 수면에는 별다른 변화가 없었다. 군구신은 어디서 났는지 모를 힘으로 냉랭하게 소리쳤다.

"고비연!"

물속에서는 여전히 아무 반응도 없었다.

"고비연!"

군구신이 다시 소리쳤다.

너무나 힘들었지만 그가 세 번째로 소리쳤을 때, 고비연이 갑자기 물속에서 나왔다. 마치 뭔가 알아낸 것처럼 매우 흥분한 모습이었다.

그녀는 한 손으로 얼굴 위 물기를 닦아 내더니 다른 손으로 그에게 물건 하나를 내밀었다.

"정왕 전하, 이걸 보세요……."

말을 하던 중에 눈앞의 수증기가 걷히면서 그녀는 마침내 군구신의 얼굴을 제대로 보게 되었다. 그녀는 그대로 굳어 버리고 말았다!

그녀의 남신은 정말 전설처럼 잘생겼던 것이다!

그 분명한 생김생김은 마치 하늘의 장인이 조각해 놓은 것 같았다. 눈매건, 코건, 입이건, 어떤 각도에서 보아도 완벽하여 흠집을 찾을 수가 없었다.

그의 어둡고 깊은 눈동자만으로도 사람을 천 리 밖으로 밀어내는 느낌을 주기에 충분했다. 그런데 얼굴 전체에서 풍기는 기질은 더욱 냉락하고 고고해 보였다.

안색이 창백하고 입술도 파랗게 질려 있었지만, 그의 아름다움에는 추호도 영향을 끼치지 않았다.

하늘 아래 어찌 이렇게, 이렇게 잘생긴 남자가 있다는 말인가?

비연은 결코 얼굴이 중요하다 생각하는 사람이 아니었고, 남자를 밝히는 사람도 아니었다. 그러나 그녀는 여전히 그대로 멈춰 서 있었다. 그와 동시에 그녀의 마음에 무엇인가 익숙한 느낌이 떠오르기 시작했다.

이 눈빛, 얼굴의 저 윤곽, 분명 어디선가 본 적이 있었다.

이 익숙한 느낌은 먼 듯 가까운 듯, 얼마 전의 일인 듯 혹은 아주 예전의 일인 듯, 도무지 확실하지가 않았다. 그녀 자신이 그를 본 적이 있는 건지, 아니면 몸의 원주인이 본 적이 있는 건지도 구분할 수 없었다. 혹은 지금 생에 본 적이 있는 것인지, 아니면 전생에 본 적이 있는 것인지도.

열심히 기억을 떠올리려 할수록, 그리고 더욱 열심히 들여다볼수록 그녀는 이 순간 자신의 눈길이 얼마나 바보 같아 보이는지 모르고 있었다.

군구신은 이런 시선을 싫어했다. 그의 목소리는 허약했지만 혐오감으로 가득 차 있었다.

"고비연, 볼 만큼 보지 않았느냐?"

군구신이 그렇게 묻자 비연은 재빨리 정신을 가다듬었다. 당혹스러워 죽을 지경이었다!

그의 눈빛에 어린 혐오감 역시 어디선가 본 적 있는 것 같았다. 그러나 더 이상 생각할 여유가 없었다. 그녀는 어떻게 설명할 방법이 없어 서둘러 헤엄쳐 가서, 감히 그를 마주 보지 못하고 손에 든 물건을 건넸다.

"전하, 이건 적염약광석입니다. 전하께서 이 온천에서 약욕을 하시는 데 있어 가장 중요한 약재지요. 이 약광석은 한기를 몰아내는 데 세상에 둘도 없이 탁월한 효과가 있습니다. 자애엽, 백산강, 창이, 백지 등과 함께 두면 한기를 몰아내는 효과를 발휘할 뿐 아니라 마음을 평온하게 해 주는 효과도 있습니다."

비연의 손에 든 물건을 보고, 또 그녀의 말을 들은 군구신은 비할 데 없이 놀랐다!

이 적염약광석의 비밀은 그만이 알고 있었다. 그가 가장 신임하는 망중과 하소만조차도 몰랐다. 그들은 그렇게 오래 시중을 들면서도 그저 온천에 약효가 있다는 사실만 알 뿐, 그 약효의 열쇠가 어디 있는지는 알지 못했다. 그의 한증의 진상은 더더욱 알지 못했다.

그러나 이 여자는 전당에 들어와 차 한 잔 마실 시간밖에 지나지 않아 온천 안에 적염약광석이 있다는 것을 추측해 냈다. 뿐만 아니라 물 아래에서 찾아내기까지 했다!

그녀의 능력이 대체 얼마나 되는 것이며, 그가 모르는 능력을 대체 얼마나 숨기고 있는 걸까?

약사는 비록 의사처럼 문진을 통해 정확한 병세를 진단해 낼 수는 없지만, 일단 정확한 약방문을 얻기만 하면 그 약방문이 치료하려는 병이 무엇인지 정확히 추측해 낼 수 있었다.

이 여자가 한중의 비밀도 추측해 낼 수 있을까?

비연 손에 들린 붉은 돌을 바라보는 군구신의 그 깊고 차가운 눈동자에 일말의 살의가 번득였다!

비연은 감히 군구신의 눈을 바라볼 수 없었다. 자연히 그의 눈에 깔린 살의도 읽어 내지 못했다. 이 순간 그녀는 그저 가능한 한 빨리 온천 약탕이 효과를 잃은 원인을 찾아야겠다는 생각뿐이었다.

"전하, 제가 방금 살펴보았는데 온천 안의 적염약광석은 충분히 쓸 만합니다. 하지만 약광석 표면의 약효가 다했습니다. 그래서 약효가 아주 느리게 나타날 수밖에 없었습니다. 제가 적염약광석을 조금 부수어 놓고 왔으니 약효가 곧 나타날 겁니다. 조금만 더 참으세요."

비연이 진지하게 말했다.

사실 그녀는 물 아래에서 약광석을 부순 것이 아니라, 약광석을 약왕정 안에 넣어 처리하여 약효가 가장 빠른 속도로 발휘되도록 했다.

군구신은 고비연의 손을 바라보다가 소리 없이 한기를 참아내면서 천천히 그녀를 향해 손을 뻗었다.

이 내력이 불분명한 여자에게 몇 번이나 예외를 두었다. 그러나 이 일만은 그럴 수 없었다.

전하, 이러지 마세요

군구신의 병세는 한증이 아니라, 한독이 몸에 전염된 것이었다.

그것은 그의 이번 생에서 가장 큰 비밀이었다.

온천을 이용한 약욕은 사실 한기를 몰아내 목숨을 보전하는 미봉책이었다. 한 번 또 한 번 뼈에 스며드는 한기를 견디면서도 그는 근원 치료를 엄두도 내지 못하고 있었다.

군구신은 고비연 손에 놓인 약광석을 받지 않았다. 그의 커다란 손이 고비연의 작은 손 위에 잠시 멈췄다가 불시에 그녀를 끌어당겼다. 남은 힘을 다해 그녀를 사납게 자기 품 안으로 끌어당겼다.

"정왕 전하!"

상황을 이해하지 못한 비연은 멍하니 굳어 버렸다.

군구신은 손을 쓰려다 잠시 주춤했다. 그러다 정말로 손을 쓰려 했지만 갑자기 몸 전체가 견딜 수 없이 떨리기 시작했다.

어째서 이런 거지?

설령 약탕이 효과를 잃었다 해도 그는 운공으로 한기를 억제할 자신이 있었다. 그러나 지금까지 발병했던 어떤 경우에도 이만큼 추웠던 적은 없었다. 지금 그는 떨림을 억제할 수 없어 저도 모르게 따뜻함을 갈구했다.

비연 역시 깜짝 놀랐다.

"전하, 괜찮으신가요!"

비연은 온천 속에 오래 잠겨 있었다. 온몸이 훈훈했고, 그중에서도 손이 특별히 따뜻했다. 지금 이 순간의 군구신에게 그녀는 치명적인 유혹이었다!

이성을 유지하려 노력했지만 결국은 이성을 잃었다. 그는 본능적으로 고비연을 끌어안으며 따뜻함을 취했다! 비연의 온몸이 그대로 굳어 버렸다.

"전하, 이, 이러시면……. 놓아주세요. 조금만 참으세요. 이제 적염약광석의 약효가 나오기 시작했어요."

당황한 와중에도 그녀는 그의 몸이 얼음처럼 차가운 것을 느꼈다. 그의 몸속에서 계속 한기가 흘러나오고 있었다. 그에게 안겨 있는 그녀는 마치 그 한기에 포위당한 것만 같았다. 비연 자신도 견디기 어렵다는 것을 인정하지 않을 수 없었다.

군구신은 손을 놓기는커녕 오히려 비연의 허리를 감싸며 더욱 강하게 끌어안았다. 마치 그녀를 자신의 품 안에서 녹여 그녀의 온기를 모두 빨아들이려는 것 같았다.

"전하, 놓아주세요. 전하……!"

다급해진 비연이 발버둥 치며 그를 밀어냈다. 별 힘이 없던 군구신이 온천 가장자리에 부딪쳤다. 그는 제대로 버티지 못하고 물 아래로 빠져들기 시작했다.

"전하!"

비연이 달려가 그를 부축했다. 그녀가 다가오자 군구신은 본

능적으로 그녀를 다시 제 품 안에 가뒀다. 이번에는 비연도 감히 발버둥 치지 못했다. 그녀는 상황이 뭔가 이상하게 돌아간다고 생각하며 억지로 한기를 참아 냈다.

온천의 약효는 이미 회복되었다. 이치상으로는 정왕 전하의 상황이 호전되기 시작해야 옳았다. 그러나 오히려 악화되고 있었다!

이런 상황은 온천 약욕이 그의 병세에 효과가 없다는 의미였다! 너무 장기간 한 종류의 약욕을 해 몸에 내성이 생긴 걸까? 아니면 그의 병세에 변화가 있어 약욕이 한계에 이른 걸까? 어떤 경우든 모두 아주 안 좋은 상황이었다!

어쩌지?

이 '한증'이라는 병은 너무도 이상했다. 약방을 아무리 살펴도, 비연은 약방이 한기를 몰아낸다는 것만 판단할 수 있을 뿐 다른 것은 전혀 추측해 낼 수 없었다. 이런 상황에서는, 약방이 유효한지 아닌지 판단하기 위해서는 의원의 도움이 절대적으로 필요했다.

비연은 다급한 나머지 망중과 하소만을 부를까 하다가 생각을 바꿨다. 지금 태의를 부른다 해도 시간에 맞출 수 있다는 보장도 없었다. 게다가 이 상황에서는 태의가 오더라도 약방을 바꾸는 정도만 할 수 있을 것이다.

적염약광석에 보통 약재를 더하면 한기를 몰아내는 데 있어서는 최고의 효과를 보인다고 할 수 있었다. 이 약으로도 치료가 불가능하다면 다른 보통 약재로는 어차피 불가능할 것이다.

보아하니 다른 약광석을 하나 더 추가해야 할 것 같았다.

하지만 지금 어디 가서 다른 약광석을 구한다는 말인가? 설사 얻을 수 있다 해도 바로 쓸 수도 없었다.

두 종류의 약광석을 함께 쓰려면 둘을 결합시켜 주는 보조 약물, 즉 약인이 필요했다. 그렇지 않으면 별 효용이 없을 터였다. 그리고 이 약인은 약광석보다도 더 구하기 어려웠다!

정왕 전하의 안위를 놓고 비연은 감히 모험을 할 수가 없었다. 그녀는 한참 생각하다가 한 가지 방법밖에 없다는 결론을 내렸다.

지금, 정왕 전하는 다시 떨고 있었다. 온천 속에 잠겨 있는데도 그의 몸 전체가 얼음처럼 차가웠다. 그의 몸에서 뿜어 나오는 한기를 비연으로서도 견디기 어려웠다. 그녀가 바로 결단을 내렸다.

약왕정을 가볍게 몇 번 문질러 신화를 소환했다. 그러자 약왕정이 물속에서 점차 커지더니 그 안에서 무형무색의 신화가 타오르기 시작했다.

약재를 정제하기 위해서는 약재마다 다른 세기의 불이 필요하다. 약왕정의 신화는 1품에서 9품까지, 불의 세기가 달랐다. 품이 높을수록 불이 세져 벽에 전달되는 열기가 높아지고, 그와 함께 약왕정의 크기도 점점 커진다.

약왕정과 계약한 지 얼마 되지 않은 비연은 약왕정을 온전하게 이해하지는 못했다. 또한 아직 정식으로 수련을 시작하지 않은 상태라 기껏해야 3품 신화까지 소환할 수 있었다.

1품 신화로는 그녀의 몸은 따뜻하게 할 수 있었지만 정왕 전하에게는 쓸모가 없을 것이다. 2품이나 3품이 쓸 만한지는 알 수 없었지만, 다른 방법이 없으니 일단 시험해 볼 수밖에 없었다.

신화가 타오르자 약왕정이 점차 뜨거워졌다. 비연은 정왕 전하의 손을 끌어당겨 두 손으로 약왕정을 감싸게 했다.

군구신은 의식이 불분명한 상태에서도 계속 피하려 했다. 비연 몸에서 전해져 오는 온기가 좋은 듯, 약왕정을 감쌌다가 바로 손을 떼 다시 그녀를 안았다.

비연은 조금 당황하면서도 다시 그의 손을 잡아끌어 약왕정을 잡게 하고는 다급하게 2품 신화를 소환했다. 신화가 세지자 약왕정이 더욱 크게 변했다.

의심할 바 없이 군구신은 2품 신화의 온도를 즐기고 있었다. 그는 손을 풀지 않았다. 비연은 그의 몸의 한기가 조금 사라지는 것을 발견했다. 그러나 여전히 추워하고 있었다.

비연은 긴장해서 서둘러 3품 신화를 소환했다. 3품 신화로도 정왕 전하 체내의 한기를 몰아내지 못한다면 그녀로서도 어떻게 해야 할지 알 수 없었다.

의식으로 약왕정을 조종하는 것은 결코 쉬운 일이 아니었다. 비연은 겨우겨우 3품 신화를 소환해 냈다.

3품 신화가 타오르자 약왕정은 더욱 커졌다. 약왕정 안의 무형의 불도 점차 왕성해졌다. 정왕 전하의 손을 사이에 두고 있는데도 비연은 3품 신화를 견딜 수 없었다. 그래서 정왕 전하의 손을 놓고, 긴장한 채 그의 반응을 살폈다.

다행히도 이 불은 정왕 전하를 따뜻하게 만들기에 충분한 것 같았다! 그의 몸 떨림이 가라앉고 있었다. 그의 몸 역시 점차 따뜻해졌다.

계속 긴장하고 있던 비연의 마음이 마침내 평온해졌다. 이 주인에게 무슨 변고라도 생기면 그 결과를 감히 상상조차 할 수 없었다.

군구신의 몸은 따뜻해졌으나 힘은 점차 사라져 가고 있었다. 그는 고비연의 등에 기대어 두 팔로 그녀의 허리를 감은 채 약 왕정을 쥐고 있었다. 그의 몸 전체가 점차 그녀의 등을 내리누르고, 머리는 그녀 어깨 사이에 파묻혔다.

하소만과 망중이 돌아왔다. 두 사람은 물속에서 대체 무슨 일이 벌어졌는지 알지 못했다. 그들이 보기에는 정왕 전하가 그들에게서 등을 돌린 채 고비연을 단단히 품 안에 끌어안고 있는 것 같았다. 두 사람의 얼굴이 아주 가까워 머리카락과 머리카락이 스칠 것 같은 정도였다. 마치 귓속말을 주고받고 있는 것 같았다.

하소만과 망중은 거의 동시에 발걸음을 멈췄다. 두 사람 모두 놀라 멍한 상태가 되었다!

전하께서! 이것은…… 회복하신 것인가? 고비연이 정말 능력이 있긴 하군!

그런데 고비연이 어떻게 물속에 들어간 거지? 직접 들어간 걸까? 아니면 전하께서 잡아끄신 걸까?

그들이 있는 곳에서는, 어느 각도에서 보건 전하께서 고비연을 끌어안고 있었다. 고비연이 전하를 끌어안고 있지는 않았다!

전하께서 지금 아주 약해 보이기는 했지만, 지금 이 상황이 달갑지 않다면 언제라도 시위를 부를 수 있었다. 고비연이 스스로 제 몸을 전하의 품으로 던질 기회는 절대로 없었다! 그러하니 전하께서 스스로 하신 행동일 것이다!

그러나 고비연은 기욱의 약혼녀가 아닌가. 게다가 정역비와 추문도 있는 여자인데……. 전하께서 그러실 수가! 그럴 이유가 없다!

대체 무엇 때문이지?

두 사람은 한참 토론한 후에 결국 망중이 중얼거렸다.

"원래 알고 있었어, 이럴 줄 알았다고! 전하의 태도가 다른 사람을 대하는 것과는 달랐단 말이야. 전하께서 그녀를 좋아하시는 거야!"

하소만은 믿고 싶지 않았지만, 반박할 수도 없었다.

남신, 얕보는 것을 허용하지 않는다

하소만과 망중은 토론을 한참 계속했다. 그래도 여전히, 다가가서 상황을 사실로 확정 지어야 하는지, 아니면 회피해야 하는지 결론이 나지 않았다.

비연은 망중과 하소만이 돌아왔다는 사실을 눈치채지 못했다. 군구신이 가해 오는 무게를 견디면서 그의 체온에만 신경 쓰고 있었기 때문이다.

한기가 점차 사라졌다. 그녀는 약왕정의 신화를 2품으로 낮추며 곧 불을 끌 준비를 했다.

온천만으로도 따뜻한 상황이었다. 정왕 전하 체내에서 한기가 빠져나갔으니 더 이상 약왕정의 신화를 사용할 수 없었다. 계속 사용한다면 오히려 열기를 불러와 온몸이 타 버리는 참혹한 상황이 벌어질 수도 있었다.

신화가 사라지자 약왕정도 작아져 비연의 허리춤으로 돌아갔다. 군구신의 두 손이 허공을 잡고 있다가, 무의식적으로 비연의 허리를 더듬어 약왕정을 찾으려 했다.

깜짝 놀란 비연이 서둘러 손을 잡아…… 자신을 더듬지 못하게 하려 했다! 그를 속이는 데 성공했다.

그는 곧 안정된 상태로 다시 그녀의 몸에 기댔다. 비연은 크게 안도의 숨을 내쉬었다. 긴장했던 마음도 가라앉았다.

거대한 청류전이 적막 속에 빠져들었다. 온 세상이 고요해진 것만 같았다. 비연은 묵묵히 등 뒤에서 전해져 오는 무게를 감수하며 점차 군구신의 몸이 따뜻해지는 것을 느끼고 있었다. 한기가 사라지고 나니 그의 몸은 아주아주 많이 따뜻했다.

약 냄새가 그렇게나 짙은데도 그녀는 무어라 표현할 수 없는 남자의 향기가 자신을 감싸는 것을 느꼈다. 비연은 감히 고개조차 돌리지 못했다. 고개를 돌렸다가 제 얼굴이 그의 얼굴과 닿게 될까 봐 겁이 났던 것이다.

그들은 정말 너무 가깝게 붙어 있었다. 너무 가까워서 자꾸만 이상한 생각이 들었다. 그렇다. 그녀는 뜻밖에도 허튼 생각을 하고 있었다!

어떻게 그런 생각을 할 수 있을까?

정왕 전하처럼 신과 같이 금욕적인 인물이, 또 이렇게 재능과 용모를 모두 갖추고 권력마저 지녀 수많은 이들의 애모를 받는 남신이, 가장 위중한 때 그녀를 두 번이나 구해 준 인연이 있는 행운의 별이었다.

그녀의 마음속에서는 그에 대한 존경과 애정이 생겨나고 있었다. 그러니 어찌 감히 쉽게 넘볼 수 있겠는가!

모두들 의원 눈에는 남녀의 구분이 없고 그저 병의 구분만이 있다고 말한다. 약사인 그녀도 당연히 그래야 했다! 심장이 아무리 빨리 뛰려 해도 의연하게, 제멋대로 날뛰는 감정을 통제해야만 했다.

잠시 후, 정왕 전하의 한증이 더 이상 발작하지 않는다는 것을 확인한 그녀는 과감하게 그의 두 손에서 벗어났다. 그리고 그를 온천 가장자리까지 부축해 데려갔다.

이때, 하소만과 망중은 드디어 그들의 주인이 혼수상태라는 걸 알아차렸다! 깜짝 놀란 두 사람이 흉흉한 기세로 빠르게 달려왔다.

"고비연, 전하를 어찌한 것이냐?"

"고비연, 무슨 짓을 한 거지? 전하께서는 어찌 되신 거야?"

하소만과 망중이 갑자기 다가오자 비연도 깜짝 놀랐다. 그녀는 다급하게 물속으로 들어가 얼굴만 내놓고는 그들보다 더 흉악한 기세로 말했다.

"뭘 속삭이고 있는 거예요? 전하께서 회복하신 것이 안 보여요? 지금 잠시 정신을 잃고 계실 뿐이에요. 어서 방으로 모셔 가지 않고 뭐 하고 있어요? 약의 성질 중 열에 셋은 독인데, 당신들이 그렇게 많은 약을 사용했으니, 간단히 말해 중독되신 거라고요!"

주인의 안색이며 입술 빛이 원래대로 돌아온 것을 보고 하소만과 망중은 겨우 자신들이 오해했음을 알았다. 두 사람은 크게 기뻐하며 다급하게 묻기 시작했다.

"고 약녀, 전하께서는 정말 아무 문제도 없는 것이오?"

"고 약녀, 약방문에 문제가 생긴 건가? 아니면 온천수에 문제가 생긴 건가?"

비연은 그런 질문에 답할 여유가 없어 그저 재촉하기만 했다.

"어서 전하를 방으로 모셔 가요. 막 회복하셨으니 몸이 아직 허약하신 상태예요. 조심해서 찬 기운을 쐬지 않게 해야 해요. 그리고 한 사람은 전하를 지키고, 한 사람은 궁으로 가서 태의를 모셔 오세요. 전하의 병세에 변화가 있는 듯하니 계속 비밀로 할 수는 없어요. 반드시 태의를 찾아 보여야만 해요!"

약방문의 문제가 아니라고? 병세에 변화가 있다고? 그럼 고비연은 어떻게 전하를 회복시킨 거지? 방금 전하께서는 어째서 그녀를 안고 계셨던 거지?

의문이 가득했지만, 하소만과 망중은 서둘러 두툼한 모피로 정왕 전하를 감싸 옮겼다.

그들이 떠난 것을 확인한 비연은 겨우 목을 물 위로 드러냈다!

망중과 하소만이 다가오지 않았다면 그녀는 자신의 온몸이 젖어 속이 환히 들여다보인다는 것을 의식하지 못했을 것이다. 그녀는 다급하게 오느라 솜저고리도 명월거에 두고 와 걸친 것은 얇은 흰 옷뿐이었다. 물에서 나가는 순간 몸이 환히 드러날 터였다!

주변을 둘러본 비연은 곧 곁에 있는 옷걸이에서 정왕 전하의 상의와 커다란 바람막이를 발견했다. 천만다행이다!

비연은 다시 주변을 살펴 사람이 없다는 것을 확인하고는 온천에서 기어 나왔다. 군구신의 바람막이를 집어 자기 자신을 꽁꽁 감쌌다. 그리고 총총히 그 자리를 떠나느라 옷걸이에 염주 하나가 걸려 있는 것은 눈치채지 못했다.

이 흑갈색 염주는 108개의 구슬로 이루어져 있었는데, 한 알 한 알 아주 정교하고 아름다웠다. 그러나 청류전의 짙은 약 냄새가 기남침향 염주의 냄새를 묻어 버린 상황이었다.

비연은 다급하게 명월거로 돌아와 옷을 갈아입은 후 침상에 웅크리고 누웠다. 그리고 참지 못하고 몇 번 재채기를 했다. 그녀의 심장은 아직도 쿵쿵, 제멋대로 뛰고 있었다.

분명 그녀는 전하를 구했고, 정왕 전하는 '고의가 아니었지만' 그녀를 품에 안았다. 무엇 때문에 자신은 나쁜 일을 저지르기라도 한 것처럼 긴장하고 있는 걸까?

비연은 잠시 웅크리고 있다가 곧 냉정을 되찾았다. 방금의 일은 그저 꿈일 뿐이다. 그 따뜻한 포옹도…… 모두 꿈인 것이다.

하소만과 망중이 대체 언제 들어온 걸까? 모든 것을 보았을까?

다행히도 그들은 물 아래에서 무슨 일이 있었는지 보지 못했을 것이다. 그게 아니었다면 어떻게 설명해야 할지 알 수 없었다.

정왕 전하께서 깨어나시면 분명히 물어보겠지?

그녀는 약왕정의 정체를 폭로하고 싶지 않았다!

비연은 고민하고 또 고민하다가 저도 모르게 잠이 들었다.

다음 날 정오, 비연이 아직도 잠을 자고 있는데 망중이 문을 두드렸다.

"고 약녀, 정왕 전하께서 부르시오!"

비연이 재빨리 몸단장을 하고 서둘러 문을 열었다. 그리고 진지한 표정으로 물었다.

"망 시위, 태의가 오셨나요?"

망중은 고개를 흔들었다. 비연이 다시 물으려 하자 그가 말했다.

"고 약녀, 어서 갑시다. 전하께서는 기다리는 것을 좋아하지 않으시오."

비연은 의문을 품었다. 한중이 대체 어느 정도의 비밀이기에 전하께서는 병세가 변화했는데도 태의를 부르지 않으신 걸까? 망중이 이러는 것은 아무래도 무슨 이야기를 듣고 온 것 같았다.

생명과 관련 있는 일인데 최측근이라는 망중과 하소만조차, 적염약광석의 존재조차 모른다는 말인가?

비연은 희미하게 이 일이 자신이 생각했던 것처럼 간단하지 않을 거라는 느낌을 받았다. 그녀가 비밀을 알게 된 것을 정왕 전하가 기뻐하지 않을 수도 있지 않을까?

그녀는 더 이상 망중을 괴롭히지 않고 성큼성큼 걸어 그를 따라갔다.

침전 문 앞에 도착하자 망중은 비연과 함께 들어가지 않고, 정왕 전하가 안에 계시니 들어가라고 했다.

비연이 들어가는 순간 대문이 닫혔다. 그녀는 깜짝 놀랐다. 눈앞이 온통 어두웠기 때문이다. 창문은 모두 닫혀 있었고, 등불 하나 켜져 있지 않았다.

정왕 전하가 비록 보기에는 차가워 보여도 결코 음울한 사람은 아니었다. 그런데 침전이 왜 이리 어두운 것일까?

"전하? 정왕 전하? 좀 괜찮아지셨어요?"

비연은 시험하듯 몇 마디 묻고는 앞을 더듬으며 걸어갔다. 곧 빛이 어려 있는 것이 보였다.

앞으로 더 걸어간 그녀는 눈앞에 펼쳐진 아름다운 풍경에 감동받고 말았다.

그녀의 눈앞에 있는 것은 달과 별이었다. 천장에 옥쟁반 같은 둥근 백옥정석이 상감되어 있었는데, 마치 밝은 달 같았다. 그리고 사방의 벽에는 작은 옥정석들이 박혀 있어, 별이 점점이 빛나는 것 같았다.

그 '밝은 달'은 옥처럼 부드러운 빛을 내뿜고 있었고 별들은 화려하고 찬란하게 빛나고 있었다. 비연이 한 걸음 한 걸음 안으로 들어갈 때마다 마치 하늘 속으로 걸어 들어가는 느낌을 받았다.

"아름다워!"

그녀는 그렇게 중얼거리며 더 이상 이곳이 음울하지 않다고 생각했다. 어둡기 때문에 이러한 별빛을 볼 수 있었다!

비연은 계속 앞으로 걸어갔다. 벽 근처에 사람이 서 있는 게 보였다. 바로 정왕 군구신이었다.

그녀가 경악하고 그도 경악하다

군구신은 전혀 전날 밤 큰 병을 앓았던 사람 같지 않았다. 멀리서 보기에도 오만하고 굳센 느낌을 주는 것이, 높은 곳에서 내려다보는 듯한 위엄이 느껴졌다.

그는 벽을 보고 선 채 한 손은 등 뒤로 짚고, 한 손으로는 별처럼 보이는 옥정석을 만지작거리고 있었다. 마치 생각에 잠겨 있는 것 같았다. 옥석이 내뿜는 빛이 그의 얼굴을 비추어 그의 잘생기고 냉담한 옆얼굴을 드러내고 있었다.

잘생긴 남자였다. 정말이지 저렇게 아무렇게나 서 있는 모습도 그림에서 빠져나온 것 같았다.

비연은 그가 눈앞에 펼쳐진 별, 달과 혼연일체가 된 것 같다고 생각했다. 마치 한 폭의 아름다운 풍경의 일부분인 것 같았다. 그는 평소처럼 냉막한 것이 아니라 오히려 무어라 형용할 수 없는 고요한 분위기를 풍겼다.

그에게 다가갈수록 발걸음이 가벼워졌다. 비연은 이 고요함을 깨트리고 싶어 참을 수 없을 지경이었다. 그녀는 살짝 무릎을 굽혀 절하며 나지막이 말했다.

"약녀 고비연, 정왕 전하를 뵙사옵니다."

전날 밤의 만남은 너무 갑작스러웠다. 지금이야말로 정식으로 만나는 거라 할 수 있었다. 비연은 속으로, 그녀는 하소만에

의해 뽑혀 온 것이니 정왕 전하께서 그녀의 신분에 대해 몇 마디 물을 것이라 생각했다.

그러나 그는 묻지 않았다!

하소만에게서 그녀의 신분에 대해 이미 들은 걸까? 혹은 그녀의 신분에 대해 조금도 신경 쓰지 않고 그녀가 정왕부의 약녀가 된 것을 묵인한 건지도 모른다.

그는 여전히 손안에서 빛나는 옥정석에 정신을 판 채 차갑게 물었다.

"어젯밤에는 어떻게 된 일이지?"

이 질문법은 꽤 의미심장했다. 자신이 얼마나 기억하는지 이야기하지 않으면서 동시에 그녀에게 구체적인 사정을 묻지도 않았다. 그저 '어떻게 된 일이지?'라는 단순한 질문으로 슬며시 비연을 떠보는 것 같았다.

그 낌새를 알아챈 비연은 조금 불안할 수밖에 없었다. 그녀는 진지한 태도로 이야기했다.

"전하, 저는 전하의 병세를 판단할 수가 없었습니다. 다만 전하의 병세에 변화가 있다는 사실만은 확신합니다. 그러니 어서 의원을 청하십시오. 저는 처음엔 적염약광석의 약효가 나오지 않는다고 생각하였으나, 약효가 나오기 시작한 후에도 전하의 상황이 지속적으로 악화되었습니다. 이것은 본래의 약방문이 이제는 효과가 없다는 것을 의미하니, 어서 새로운 약방문을 받아야 합니다."

군구신은 조급해하지 않고 다시 냉랭하게 물었다.

"약방문이 효력이 없었는데 본 왕이 어떻게 회복된 거지?"

비연은 이 남신을 속이고 싶지 않았지만, 그녀에게는 다른 선택지가 없었다. 변명 역시 생각해 둔 참이었다.

"어제 제가 적염약광석을 전부 부수었기 때문에 온천수 약효가 가히 최상급에 이르렀다 할 수 있었습니다. 그런데도 전하께서는 하마터면 회복하지 못할 뻔하셨습니다. 전하께서 예전에 발병하셨을 때는 약욕 후에 곧바로 좋아지셨다고 들었습니다. 그러나 어제의 상황을 보면, 전하께서도 분명 아실 것입니다. 어젯밤의 상황은 그저 요행이었을 뿐입니다. 전하의 병세에 변화가 있으니 어서 의원을 청해야 합니다. 그렇지 않으면 다시 발병했을 때 그 결과는 감히 상상조차 할 수 없을 것입니다!"

비연 스스로도 이 변명이 그다지 신빙성 있게 들리지는 않았다. 어쨌든 정왕 전하의 병세가 확실히 변했으니, 의원이 온다 해도 그녀에게 반박할 수 없을 거라고 생각했다. 하물며 정왕 전하는 말해 무엇할까?

그런데 군구신이 다시 물었다.

"어젯밤에 본 왕이 안았던 것은 무슨 물건이지? 본 왕의 기억이 틀리지 않았다면, 분명 그 물건이 본 왕에게서 한기를 몰아내 준 것 같은데?"

그가 손안에 들고 있던 옥정석을 벽에 박아 넣고 고개를 돌렸다. 얼음처럼 차가운 눈동자가 고비연의 눈에 들어왔다. 그 눈은 마치 그녀의 모든 심사를 꿰뚫어 보는 것 같았다.

비연이 정말 너무 놀라, 아연한 표정을 제어하지 못하고 말았다. 정왕 전하께서 그 일을 기억하고 계신다!

군구신도 비연이 경악하는 것을 포착했다. 심지어 그녀는 허둥거리고 있었다. 그는 점점 더 자신의 추측이 옳았음을 확신했다. 어젯밤 그가 회복한 이유는 절대로 적염약광석 때문이 아니었다.

그의 기억은 고비연이 설명한 내용과 거의 차이가 없었다. 하지만 정신을 잃은 후 무슨 일이 벌어졌는지 그는 알지 못했다. 희미한 기억만이 남아 있을 뿐이었다.

그것은 바로, 그가 아주 따뜻한 무엇인가를 끌어안았다는 것이었다. 그리고 그 따뜻한 무엇인가가 그의 체내에 있던 한기를 몰아내 주었다. 적염약광석이 아니었다.

군구신은 더 이상 말을 하지 않았다. 고비연의 눈을 바라보며 답을 기다렸다. 얼음처럼 차가운 눈빛은 마치 사람의 마음을 꿰뚫는 것 같았다.

비연은 견딜 수 없어 바로 그의 시선을 피했다. 그 모습을 보며 군구신은 다시 한번 자신의 추측이 옳았음을 확신했다. 그의 어조가 더욱 강해졌다.

"무슨 물건이었지?"

비연은 그를 바라보지도 못했다. 그에게서 풍겨 오는 압력이 태산만큼 컸던 것이다. 그녀는 고개를 푹 숙인 채 대답했다.

"저는……, 저는 감히 말씀드릴 수 없습니다."

군구신은 답답했다. 그녀는 자신의 비밀을 알아내고, 감히 의원을 부르라고 단언했다. 그런데 대체 무슨 물건을 썼기에 감히 말하지도 못한다는 말인가?

그는 일부러 몸을 굽혀 고개를 비스듬히 하고 그녀를 바라보며 냉랭하게 말했다.

"고 약녀, 본 왕에게 세 번 묻게 하지 마라!"

비연은 계속 그의 시선을 피하다가 쿵 소리가 나도록 무릎을 꿇었다.

"정왕 전하, 용서해 주십시오! 전하께서 어젯밤 안으신 것은 물건이 아니라……, 바, 바로…… 저입니다!"

뭐라고!

언제나 변함없이 차가운 군구신의 얼굴에 그동안 단 한 번도 나타난 적 없는 경악의 표정이 떠올랐다.

비연은 그가 의심할까 두려운 듯 다급하게 말했다.

"전하, 용서해 주십시오! 제가 물에 들어간 것은 오직 적염약광석을 찾기 위함이었습니다. 한데 제가 적염약광석을 전하께 드리려 했을 때, 전하께서……, 전하께서……."

비연의 마음은 부끄러움보다는 확실히 켕기는 쪽이었다. 그러나 말을 하다 보니 얼굴이 견딜 수 없이 붉어져 귀까지 새빨갛게 달아올랐다.

"전하께서……."

제대로 말을 잇지 못하던 그녀가 다급하게 말했다.

"후에, 전하께서 있는 힘을 다해 제 양손을 잡으셨습니다. 저는……, 제가 전하께 온기를 드리고 한기를 몰아낼 수 있다면 그야말로 크나큰 영광이었지요. 절대로 전하를 범하려는 의도도, 마음도 없었습니다. 노비가 전하에게서 한기를 몰아낸 공을 보시어 한 번만 용서해 주십시오! 저는 절대로 이 일에 대해 입을 열지 않을 것이며, 그 누구도 알게 하지 않을 것입니다!"

여기까지 말한 후 비연은 차마 더 이상 입을 열지 못했다. 이 남자 앞에서는 말을 많이 할수록 실수가 늘어날 것 같았다.

정왕 전하가 그녀를 얼마나 믿는지는 확신할 수 없었다. 그리고 그가 지금 그녀를 바라보고 있는지도. 비연은 감히 고개를 들 수조차 없었다. 심장이 귀에 들릴 정도로 쿵쿵 소리를 내며 뛰고 있었다!

군구신은 미간을 찌푸린 채 열심히 기억을 되짚어 보았다. 고비연이 이야기한 내용에 대해 그도 조금은 기억이 남아 있었다. 그가 당초에 이 여자를 품 안으로 끌어들인 것은 그녀를 죽일 생각에서였다. 그리고 그다음에는…….

그는 한참 기억을 되짚어 보았으나 그 이후의 기억은 끊겨 있었다.

군구신은 결코 온전히 믿을 수 없어 침묵을 지켰다. 본래 조용하던 침전이 더더욱 고요해졌다. 오로지 달빛과 별빛만이 화려하게 빛날 뿐이었다.

기다리면 기다릴수록, 사방은 점점 더 고요해져만 갔다. 그리고 그럴수록 비연은 속으로 점점 더 허둥거리고 있었다. 그녀는 정왕 전하가 약왕정을 기억해 낼까 봐 두려워하고 있었다.

그녀의 마음이 부족했던 것도 아니건만 군구신의 기세가 너무 컸다. 그는 편한 자세로 서서, 분노하는 표정 없이 그저 위엄을 흘리고 있었을 뿐이지만 보통 사람으로서는 도저히 감내할 수가 없었다. 비연이 이렇게 거짓말을 한 것만으로도 대단하다 할 수 있었다.

비연은 결국 마음을 진정시키지 못한 채, 주동적으로 화제를 바꾸기로 했다.

"전하, 적염약광석은 한기를 몰아내는 데는 최상급 약재입니다. 어떤 다른 약재도 적염약광석의 약효를 따를 수는 없을 것입니다. 저는 한증에 대해서는 잘 모릅니다만, 제 판단이 틀리지 않았다면, 새로운 약방은 반드시 다른 종류의 약광석을 하나 더 찾아서 적염약광석과 함께 배합해야 합니다. 그리고 동시에 두 약광석을 결합시켜 줄 약인도 필요합니다."

그녀는 잠시 기다렸다가, 정왕 전하가 말을 끊지 않는 것을 보고 계속 말했다.

"저는 한기를 몰아내는 약광석에 대해 꽤 공부한 바 있습니다. 전력을 다해 태의를 도와 전하께 새로운 처방을 찾아 드리겠습니다. 그렇게 하면……, 그러면 공으로 과를 메울 수 있을까요! 물론 약광석이건 약인이건, 모두 쉽게 찾을 수 있는 물건은 아닙니다. 바라건대 전하께서 깊이 고려하셔서, 어서 의원을 청해 오시고 약을 찾으시지요!"

우리 둘만의 비밀이다

정왕 전하가 믿는지는 알 수 없었다. 그러나 새로운 처방에 대해서라면 그도 꽤 흥미를 느끼는 모양이었다.

마침내 그가 입을 열었다.

"네가 보기에 적염약광석에 다른 어떤 약광석을 배합하는 것이 좋겠느냐? 약인은 또 어떤 물건을 쓰는 것이 좋지?"

정왕 전하의 목소리를 들은 비연은 마침내 안도의 숨을 내쉬었다.

그녀는 고개를 들었다. 장밋빛 얼굴이 사뭇 진지해 보였다.

"제가 아는 바로는, 한기를 몰아내는 약광석은 적염약광석을 제외하면 세 종류가 더 있습니다. 그리고 결합하는 약광석에 따라 약인도 달라집니다. 저는 의원이 아니니 이 일은 의원이 진단하여 약방문을 쓰는 것이 좋습니다. 저는 그저 약방문을 보고 의견을 낼 수 있을 뿐입니다."

군구신이 생각하는 바가 있는 듯 그녀를 가늠해 보았다.

"너는 일개 약녀일 뿐인데 어디서 그렇게 약학을 익혔지?"

순간 비연은 익숙한 느낌을 받았다. 그 망할 얼음이 떠올랐던 것이다. 그 녀석도 그때 이런 식으로 그녀를 바라보며 이렇게 물었다.

비연은 정왕 전하의 성격이 그 망할 얼음과 꽤 비슷하다고 생각했지만, 의심의 대상에는 넣지 않았다. 다만 속으로 기회를 보아 여러 황족 중에서 어느 황자가 정왕 전하와 성격이 비슷한지 알아봐야겠다고 생각했다.

비연의 대응은 예전과 같았다.

"저희 가문에 내려오는 약경이 있어 수년간 공부하였는데, 제법 쓸 만합니다. 그러나 어약방의 약사들에게는 미치지 못합니다."

그러자 군구신의 입가에 일말의 냉소가 떠올랐다. 그는 더이상 묻지 않고 냉랭하게 말했다.

"본 왕이 사흘의 시간을 줄 테니 새로운 약방문을 써 오도록. 한기를 몰아내는 효과가 적염약광석보다 높아야 할 것이다."

비연은 이 일이 비밀이라는 것을 알고 있었지만 여전히 매우 놀랐다. 그녀가 진지하게 말했다.

"전하, 불가합니다! 의원의 진단 없이는 노비가 마음대로 약방문을 적을 수 없습니다! 병세에 맞는 약을 써야 약이지, 병세에 맞지 않는 약을 쓴다면 그것은 독입니다!"

"본 왕은 한기만 몰아내면 된다."

정왕 전하는 마치 이 병세의 위험성은 마음에 두고 있지 않는 것 같았다. 그가 차갑게 덧붙였다.

"다른 일은 네가 신경 쓸 바가 아니다."

"하지만 전하……."

"정왕부에 남아 있고 싶다면 기억해 두는 게 좋을 것이다. 본왕은 참견하는 이를 좋아하지 않는다!"

비연의 눈가에 한 오라기 복잡한 감정이 스쳐 갔다. 그녀는 결국 더 이상 묻지 못하고 이렇게 답할 수밖에 없었다.

"명을 받들겠습니다."

단지 한기를 내모는 거라도 여러 종류였다! 한기를 이끌어 낸 병에 따라 사용되는 약방이 다를 수밖에 없었다.

비연은 희미하게나마 느낄 수 있었다. 정왕 전하는 한기를 내보내 목숨을 유지하려 할 뿐 병을 근원적으로 치료할 생각은 없었다. 바꿔 말하자면, 그가 원하는 것은 표면만을 치료할 뿐 병의 근본 원인은 치료하지 않는 약방이었다.

그러나 예전에 그에게 약방을 써 주었던 의원이 있을 텐데, 정왕 전하는 어째서 그 의원을 찾아가지 않는 걸까?

여기에는 분명 비밀이 있었다. 그것도 아주 큰 비밀이!

비연이 생각에 잠겨 있는데 정왕 전하가 갑자기 무릎을 굽히 더니 그녀와 시선을 맞췄다. 비연이 깜짝 놀라며 그가 또 무엇인가 의심하고 있다고 생각할 때, 낮게 깔린 그의 목소리가 서늘하게 들려왔다.

"고비연, 기억하도록. 이 일은 우리만의 비밀이다. 만약 새어 나간다면……."

정왕 전하는 더 이상 이야기하지 않고 냉랭한 눈길로 고비연을 바라보았다. 그 눈길은 사람을 천 리 밖으로 밀어내는 듯 너무나도 차갑게 느껴졌다.

비연은 비록 두려웠지만 기회를 놓치지 않고 입을 열었다.

"전하, 저는 전하를 위해 비밀을 지키겠습니다. 그리고 약을 지어 한기를 몰아내 드리겠어요. 그리고 누구에게도 이 일을 발설하지 않을 것이고, 최선을 다할 것입니다. 다만…… 석 달 후에도 저를 이곳에 남겨 주세요."

석 달, 길다면 길고 짧다면 짧은 시간이었다.

석 달 후에 그녀가 정왕부를 떠나게 된다면 기씨 가문과 회녕 공주를 마주해야 했다. 세력을 믿고 타인을 괴롭히고, 사람 목숨을 풀을 베듯 베어 버리는 세상에서, 그녀가 스스로를 지킬 수 있을 만큼 강해지기 전에는 기댈 만한 곳을 찾아야 했다. 그래야 계속 살아남을 테니까!

정왕 전하가 무슨 생각을 하는지는 모를 일이었다. 그의 눈빛은 여전히 차갑고 깊어 보였다. 그는 비연을 한참 바라보다가 냉랭한 목소리로 말했다.

"석 달 후에 다시 의논하기로 하지."

말을 마친 그가 몸을 일으켜 자리를 떠났다.

비연은 놀랐고, 또 기뻤다. 정왕 전하가 거절하지 않았다는 것은 좋은 징조였다. 그녀는 스스로에게 기운을 불어넣었다.

자, 열심히 하자!

걸음을 옮기려던 비연이 문득 어둠 속에서 점차 멀어져 가는 정왕 전하의 뒷모습을 보게 되었다. 그녀는 다시 발걸음을 멈췄다. 이유는 모르지만 마음이 아파 왔다.

이 하늘 아래, 어찌 병이 들고도 고칠 생각을 하지 않는 사람이 있는 걸까?

그는 대체 몇 살 때 병이 생긴 걸까? 또 어떻게 그 병에 걸린 걸까? 그는 대체 무엇 때문에 뼈에 스며드는 한기를 그렇게 오랫동안 참아 왔단 말인가?

만약 이 한증이 없었다면…… 그의 성격도 조금은 따뜻해지지 않았을까? 그렇게나 잘생긴 사람인데, 조금 따뜻해진다면 또 얼마나 아름다울까…….

더 많은 것을 이해할수록 더욱 위험해진다는 사실을 비연은 분명 알고 있었다. 그러나 그녀는 좀 더 이해하고 싶은 마음을 참을 수가 없었다.

비연은 뜻밖에도 여러 가지 의문에 잠겨 그 자리를 벗어나지 못하고 있었다. 하인이 곁을 지나갈 때에야 겨우 정신을 차리고는 총총히 떠났다.

명월거로 돌아왔다. 쉴 시간이 없었다. 그녀는 문을 닫고 약방문을 고민하기 시작했다. 약광석은 찾기 어려운데, 전하의 병세에 변화가 있으니 하루라도 빨리 새로운 약을 찾아야 위험이 줄어들 터였다.

사흘 동안 애를 쓴 끝에 약방문 셋을 적었다. 이 세 약방문은 세 가지 각기 다른 종류의 약광석과 적염약광석을 배합하여 사용하는 것으로, 가장 중요한 약인도 함께 적혀 있었다.

비록 정왕 전하는 한기를 몰아내기만을 바랐지만 그녀는 한 걸음 더 고민하지 않을 수 없었다. 예를 들면, 한기를 몰아내고 남은 힘으로 그의 경맥을 좀 더 따뜻하게 보호할 수도 있지 않을까. 혹은 약광석의 부작용을 최대한 줄이는 방법은 없을까 하는 것 등등이었다.

이날 아침 일찍부터 비연은 낡은 솜저고리를 입고 정왕 전하 침전 문 앞에서 기다리고 있었다. 그녀가 얼어붙을 지경이 되었을 때에야 정왕 전하가 마침내 문을 열었다.

"전하, 전하……."

비연이 서둘러 앞으로 나아갔다. 그러나 그녀가 막 입을 열었을 때, 참지 못하고 재채기를 했다.

그녀는 재빨리 고개를 돌렸다. 너무나 당황스러웠다. 다시 재채기가 나오지 않는 것을 확인하고서야 겨우 몸을 돌렸다. 그리고 약방문을 건네며 진지한 목소리로 말했다.

"전하, 말씀하신 약방문입니다. 세 가지 약방문의 약효는 큰 차이는 없으나, 모두 찾기 쉬운 약이 아닙니다. 제가 전부 적어놓았으니, 일단 찾을 수 있는 약재를 사용하시면 됩니다. 하루라도 빨리 약재를 찾아내어 위험을 조금이라도 줄이시지요."

그녀는 얼굴에 지분도 바르지 않았고, 볼이며 코끝이 새빨갛게 얼어 있어 전혀 아름다워 보이지 않았다. 그러나 그녀의 진지한 표정은 무어라 표현할 수 없이 사람을 매혹시키는 구석이 있었다.

군구신은 그녀를 잠시 바라보며 아무 말도 하지 않았다. 비연은 그 이유를 알 수 없어 당황했다.

"전하……."

군구신은 그제야 겨우 정신을 차리고 약방문을 받아 한번 훑어본 후 말했다.

"약재를 찾는 일은 네가 신경 쓸 필요 없다."

비연은 고개를 끄덕였다. 정왕 전하는 그렇게 많은 적염약 광석을 얻을 수 있었으니 다른 약광석을 찾는 일도 그렇게까지 곤란하지는 않을 것이다. 그가 이렇게 말한 이상은 분명 방법이 있을 것이다.

군구신은 자리를 떠나려다가 발걸음을 멈추더니 하소만을 소리쳐 부른 후 명령했다.

"고 약녀에게 1만 금을 상으로 내려라. 그리고 오늘부터 부에서 약석과 관련된 일은 모두 고 약녀가 전권을 행사하도록 하라."

이 말에 비연이 놀라기도 전에 하소만이 먼저 놀라 멍해졌다.

전하께서는 그녀를 완전히 신임하시기로 한 것일까? 그와 망중도 모르는 약방을 이 계집은 전부 다 알고 있었다!

그리고 1만 금이라니! 아무래도 너무 거금이 아닌가?

비연이 어약방에서 받는 한 달 봉급이 50금이었다. 1만 금은 비연이 10년도 넘게 일해야 얻을 수 있는 거금이었다!

하소만은 정왕부에서 가장 총애받는 자신의 지위가 흔들리고 있다는 것을 깊이 느꼈다!

비연이 당황하여 정신을 차리지 못하는 사이에 군구신은 가 버렸다. 그녀는 은혜에 감사해야 한다는 사실조차 의식하지 못하고 있었다.

행복이 너무 갑자기 찾아왔다!

약선, 경계를 품다

비연이 행복에 빠져 있을 때, 하소만은 부러움과 질투에 사로잡혀 있었다.

그가 얼굴을 굳히며 소리쳤다.

"고비연, 은혜에 감사드리지도 않고!"

겨우 정신을 차린 비연이 천천히 입을 비죽이더니 헤헤 웃었다. 정왕 전하는 이미 가 버린 다음이었지만 그녀는 그가 떠나간 방향을 향해, 더 이상 공손할 수 없는 태도로 큰절을 올렸다! 이 은혜를 당연히 감사해야 했다.

정왕 전하는 정말로 그녀의 행운의 별이었다. 틀림없었다.

하소만은 아주 달갑지 않았지만 사람을 시켜 1만 금의 금표를 꺼내 오게 했다. 그리고 그것을 고비연에게 주며 거만한 태도로 말했다.

"계집, 약석의 임무는 정왕 전하의 안위와 직결되니 언제나 세심하고 신중해야 한다. 결코 태만해서는 안 되며, 소홀해서도 안 된다!"

고비연은 아직 그와 내기를 결산하지도 않은 상태였다. 그런데 '계집'이라는 단어를 듣자 화가 나서 차가운 눈으로 한번 노려보고는 말했다.

"말을 하고도 지키지 않으면 개새끼지!"

"너!"

하소만의 안색이 바로 변했다.

비연은 더 이상 그와 놀아 줄 마음이 없어 진지하게 말했다.

"수고스럽겠지만, 만 공공이 오늘 저녁 전에 어제 사용한 약재의 통계를 내 주세요. 내가 장약고에 남아 있는 양을 맞춰 보기 편하도록. 그리고 마지막으로 이야기하는데, 지금부터 만공공이 사 온 것이건, 아니면 어약방에서 가져온 약재나 약방이건 모두 내 검증을 거쳐야 합니다. 또한 전하께서 쓰시는 약이라면, 약재를 고르는 일이나 달이는 일, 그 외에 약을 가져다드리는 일까지 모두 내가 하겠어요!"

비연은 속으로 맹세했다. 정왕 전하의 신임을 얻은 이상, 그녀는 끝까지 책임을 다할 것이다. 절대로 그 흉수에게 어떤 기회도 주지 않을 것이다!

비연의 요구를 들은 하소만이 코웃음 쳤다.

"흥! 그런 일들을 너, 계집이 하지 않으면 누가 한다고?"

또다시 '계집'이라니!

비연이 눈을 가늘게 떴다. 하소만이 그 모습을 보더니 갑자기 몸을 돌려 도망쳤다!

하소만은 정왕 전하가 비연을 좋아한다는 것을 믿지 않는 것을 빼면 사실 비연에 대해 굉장히 탄복하고 있었다. 그가 협력해야 하는 일은 모두 협력하는 것이 지극히 옳았다.

비연은 이틀 동안 상황을 모두 이해하고, 상용 약재도 모두 보충했다. 그녀는 정왕부에서 정왕 전하가 쓸 약만 책임지면 되니 할 일이 그렇게 많지 않았다. 정왕 전하는 병이 나지 않으면 약선藥膳을 먹지 않아 비연은 사실 매우 한가했다.

바쁜 일을 끝낸 뒤 겨울옷을 구입한다는 핑계를 대고 반나절을 돌아다니며 물건을 샀다. 몸의 원주인이 가진 재산이라 해봤자 신발 두 켤레에 옷 두 벌이 전부였다. 추위를 막기는커녕 다 낡고 해진 것들이었다. 그러나 정왕부에 온 이상 그녀는 결코 정왕 전하의 체면을 떨어뜨려서는 안 되었다!

사실 옷을 구매하는 것은 둘째였고, 가장 중요한 일은 약재를 구매해서 약왕정 안으로 들여보내 수련하게 하는 것이었다.

약왕정 수련에는 두 종류가 있었다.

첫째는 계약자의 의식으로 수련하는 것이었다. 즉 의식 수련을 통해 약왕정에 대한 장악력을 키워, 약재를 보관하고 취하는 속도를 높이면 더 높은 품의 신화를 소환할 수 있었다.

두 번째 방법은 지정된 약재를 심어 약왕정의 공간을 넓혀 미지의 영역을 개척하는 것이었다.

다시 태어나서도 약학과 뗄 수 없는 관계가 된 이상 비연은 당연히 약왕정을 잘 수련하고 싶었다. 그녀는 백의 사부가 의도적으로 그녀를 현공대륙에서 다시 태어나게 하고, 이 약왕정과도 계약을 맺게 하여 뗄 수 없는 관계를 만들었다고 느끼고 있었다.

그녀가 백의 사부만큼 해낼 수 있다면, 그래서 약왕정을 절묘한 경지에 이르게 할 수 있다면, 혹은 다시 태어난 진상을 찾아낼 수 있다면 아마 그녀가 대체 누구인지도 명백하게 알 수 있을 것이다!

반 시진도 지나지 않아 비연은 단순하고 편한 옷 세 벌과 상용 약재 비축분을 샀다. 그녀는 남은 9천여 금을 들고 천염국 황도에서 유명하다는 약방을 두루 돌아다니며, 귀한 약재 세 종류의 씨앗을 세심하게 골랐다. 그리고 약왕정 안 공간에 새로운 약초밭을 세 칸 더 개척했다.

약왕정 약초밭에서는 약재가 잘 자랄 뿐 아니라 생육 속도도 빨랐다. 일단 이 귀한 약재들이 자라면, 그것을 팔아 다른 귀한 약재들과 바꿀 수 있을 것이다. 이런 식으로 계속하면 그녀는 부단히 약초밭을 개척할 수 있고, 약재도 계속 비축해 둘 수 있을 것이다. 때때로 약재를 팔면 돈 걱정은 하지 않아도 될 테고.

씨앗을 산 뒤 비연은 또다시 두 가지 일을 더 해결하기 위해 찻집으로 향했다. 하나는 빙해에 대해 알아보고, 또 하나는 황자들에 대해 물어보기 위해서였다.

단번에 그녀는 '빙해'라는 단어가 금기에 가깝다는 사실을 알게 되었다. 우선 그 단어를 입에 담으려는 사람이 극히 적었다. 더구나 '빙해영경'이라는 단어를 아는 사람은 아예 없었다. 비연은 매우 실망하지 않을 수 없었다.

그러나 황자들에 대한 정보는 꽤 얻기 쉬웠다. 찻집을 골라 들어가 이야기꾼에게 금화 세 닢을 주고, 좋은 차를 주문하고 앉아서 천천히 듣기 시작했다.

이야기꾼은 가장 나이가 많은 황자 군요성부터 시작하여 가장 나이가 어린 황자, 즉 태자 군자택에 대한 이야기까지 했다.

다 듣고 난 후에 비연은 신체 조건, 성격, 무공, 행적이며 정역비와의 관계 등을 고려하여 팔황자 군한인을 의심의 대상으로 꼽았다.

팔황자 군한인은 성격이 고상하고 냉정하며 영리하여 계산속이 많았다. 황위에는 관심이 없는 듯 문무백관에게도 상당히 거리를 두는 듯한 태도를 보이고 있었다. 오로지 정역비와의 관계만이 꽤 괜찮은 편이었다.

가장 중요한 것은 그의 무공이 매우 높으며, 신분을 숨긴 채 강호를 떠도는 것을 좋아한다는 점이었다. 아무리 보아도 그 망할 얼음과 상당히 비슷한 데가 있었다.

이야기꾼 말을 전부 믿은 것은 아니었지만 그래도 비연은 마음이 든든해졌다. 다음에 다시 그 망할 얼음을 만나면 제대로 탐색해 볼 작정이었다.

비연이 정왕부에 돌아왔을 때는 오후였다. 새 옷으로 갈아입고 안팎으로 몸단장을 한 다음 경대 앞에 앉아 열심히 자기 자신을 바라보았다. 몸의 주인과 그녀는 똑같이 생긴 데다가 이렇게 꾸미고 나니 뜻밖에도 이 몸이 원래 자신의 것이라는 착각이 들 정도였다.

비연이 막 쉬려 했을 때 궁에서 사람이 왔다. 태후마마가 상으로 약선을 내렸으니 어약방으로 사람을 보내 받아 가라는 이야기였다.

약선이라고?

비연은 이 이야기를 듣자마자 즉시 정신을 바짝 차리고 경계하기 시작했다!

약선이란 약재와 음식을 배합하여 만든 요리로, 병을 치료할 수는 없어도 몸을 보양해 주거나 질병을 예방하는 효과가 있었다.

태후마마는 양생을 극히 중시하는 사람이었다. 때때로 태의와 약사들을 무리로 불러 약선 요리법을 연구하게 했다. 그리고 그 요리를 자신이 먹기도 하고, 주변 사람들에게 상으로 내리는 것을 좋아했다. 황족이나 귀족은 물론이고 대신 가족들도 요리를 받는 경우가 종종 있었다.

어약방에서 다 조리한 후에 직접 가져다주는 요리는 조리법을 비밀에 부쳤다. 그러나 어약방에 와서 받아 가라고 하는 것은 공개해도 상관없는 조리법이라는 의미로, 약선 꾸러미뿐 아니라 조리법도 함께 주어 돌아가 직접 조리하게 하는 경우였다. 흉수가 손을 쓰기에 좋은 기회였다. 늙은 여우가 행동을 시작한 걸까?

비연은 늙은 여우가 손을 쓰기를 희망하고 있었다. 그가 손을 써야 그 흔적이 남을 테고, 추적해 들어갈 수 있을 것이기 때문이었다.

비연은 시간을 지체하지 않고 직접 어약방으로 갔다. 그녀가 문 안으로 들어가 보니 어약방 대원에 긴 줄이 늘어서 있었다. 각 궁과 각 부의 하인들이 모두 줄을 서서 영발방에서 약선을 받고 있었다.

사람들이 그녀를 발견하고는 모두 잇달아 고개를 돌려 바라보았다. 비록 그 시선이 우호적인 것은 아니었고, 심지어 적지 않은 이들의 눈에 경멸이 담겨 있었지만, 모두 그저 그녀를 '보기만' 할 뿐이었다. 온우유처럼 그녀에게 뼈저린 한을 품고 있는 이도 감히 그녀에게 시비를 걸 생각은 하지 못하는 듯했다.

지난번 두 번에 걸쳐 어약방에서 사람들에게 둘러싸여 모욕을 당하던 때와 지금의 상태를 비교한 비연은 정왕부의 실력을 확실히 알 수 있었다.

그녀가 아무리 다른 이들의 시선을 신경 쓰지 않는다 해도, 귀찮은 일을 줄이고 비난받는 일을 줄일 수 있다면 그것은 그것대로 아주 좋은 일이었다. 그녀는 다시 마음속으로 그녀의 남신, 군구신에게 감사의 인사를 올렸다.

정왕부 사람에게는 줄을 서지 않아도 되는 특권이 있었다. 곧 약녀 하나가 달려 나오더니 매우 우호적인 태도로 말했다.

"고 약녀, 이쪽으로 오셔서 약선을 받아 가시지요."

비연이 안 보이게 되자, 담벼락에 숨어 있던 두 사람이 마침내 모습을 드러냈다.

바로 회녕 공주와 기복방이었다.

약 꾸러미, 큰 문제가 있다

회녕 공주와 기복방이 어약방에 온 이유는, 비연을 기다리는 것뿐 아니라 다른 할 일도 있어서였다.

멀어지는 비연의 뒷모습을 노려보며 기복방이 걱정스러운 표정으로 속삭였다.

"공주마마, 고비연이 정역비 군영에서 사람을 구했다니 능력이 있긴 있는 모양인데……, 설마 그 물건까지 찾아내지는 못하겠지요?"

그러자 회녕 공주가 차갑게 웃었다.

"일개 약녀 주제에 무슨 대단한 능력이 있다고? 안심하도록 해요. 보통 사람은 그 약재를 절대 찾아내지 못할 테니까요."

그 자신만만한 이야기를 듣고 기복방도 사뭇 안심했다. 물건은 공주가 찾아온 것이고, 일은 그녀가 나서서 했던 것이다.

회녕 공주는 예전부터 자신을 기씨 가문의 며느리라 생각하고 있었다. 그리고 기복방을 미래의 언니라 생각해 그녀에겐 전혀 위세를 부리지 않았다. 그녀는 기복방의 손을 잡고 소리 내어 웃으며 말했다.

"복방 언니, 나는 원래 석 달 후에나 저 계집을 손봐 줄 수 있을 줄 알았어요! 이번 일은 다 언니가 도와준 덕분이에요!"

"석 달이요? 열흘도 못 버틸걸요."

기복방이 곧 진지하게 말했다.

"공주마마, 이 일이 정왕 전하께 알려지면 크건 작건 문제가 될 거예요. 절대로 다른 사람이 알게 해서는 안 돼요!"

"그거야 당연하죠. 복방 언니, 안심해요."

회녕 공주의 얼굴은 행복으로 물들어 있었다.

"정말 안심해요. 나는 절대 말하지 않을 테니까. 일이 성공한다 해도…… 욱 오라버니에게 말하지 말아요!"

회녕 공주가 장담하니 기복방도 상당히 안심이 되었다.

기복방이 잠시 망설이다가 물었다.

"공주마마, 황상의 병은 괜찮으신가요?"

최근 며칠 동안 황상이 조회에 나왔다. 다만 조회가 끝난 후에는 어떤 대신도 만나지 않았다.

기 대장군과 기욱은 비록 급하게 고발할 생각은 아니었지만 황상의 태도를 탐색하고 싶었다. 하지만 그들에게는 계속 그럴 만한 기회가 없었다. 기 대장군은 황상이 일부러 그들을 만나 주지 않는 것이 아닐까, 아니면 정말로 병세가 악화된 것일까 슬며시 의심하던 차였다.

태자는 아직 어리다. 비록 정왕이 지켜 주고 있다 해도, 정왕 역시 돌아온 지 겨우 3년밖에 되지 않았다. 권력도 세력도 크다 하나 그 기반이 안정적일 리 없었다. 황상에게 만약 무슨 일이 생긴다면 이 조정에는 또 다른 국면이 펼쳐질 것이다.

기복방이 궁에 들어간다고 하자 기 대장군은 반드시 황상의 병세를 알아 오라고 주문했다.

그러나 회녕 공주는 그렇게 심각하게 생각하지 않고, 입을 내밀며 원망스럽게 중얼거렸다.

"다 고비연, 고것 때문이죠. 나는 지금 부황이 계신 곳은 말할 것도 없고, 모비가 계신 곳에도 가지 못한다니까요. 그 이야기를 하실까 봐 겁이 나서 말이에요. 언니, 욱 오라버니에게 전해 줘요. 완전히 마음 놓으라고요. 부황과 모비께서 아무리 반대하셔도 나는 오라버니가 아니면 시집가지 않을 테니까!"

기복방이 계속 묻고 싶었지만 회녕 공주가 친밀하게 그녀에게 팔짱을 끼고 속삭였다.

"복방 언니, 이곳은 이야기를 나눌 만한 곳이 아닌 것 같아요. 우리 내 처소로 가요. 오늘 궁에서 자면서 같이 있어 줘요. 우리는, 헤헤, 재미있는 구경거리를 기다려야죠!"

회녕 공주와 기복방은 사람들을 피해 한쪽 옆에 있는 측문으로 나갔다. 하늘만이 그녀들이 어약방에서 무슨 일을 했는지 아실 것이다.

이때, 비연은 약노를 따라 영발방 옆 건물에 있었다. 문을 들어서니 약녀 하나와 약공 하나, 그리고 후궁이 보낸 늙은 여관이 약을 검증하는 것이 보였다.

어약방의 약재는 고르건, 달이건, 혹은 다른 곳으로 보내건 최소한 두 명 이상의 약녀 혹은 약공, 심지어는 약사가 함께 검증해야만 했다. 착오가 생기는 것을 막기 위해서 뿐만이 아니라 서로 감독하기 위해서기도 했다.

비연은 한눈에 그 약공을 알아보았다. 바로 그날 몸의 원주인에게 가짜 약 꾸러미와 가짜 약방문을 건넸던 진삼원이었다.

그녀는 가짜 약방문과 약 꾸러미가 진삼원 손에 들어갔을 때 이미 가짜였는지 아닌지 확신하지 못하고 있었다. 그녀는 경계심을 높였다.

비연이 오는 것을 보고 진삼원과 약녀가 즉시 늙은 여관을 제쳐 두고 빠른 걸음으로 다가왔다. 약녀는 한쪽에 두었던 약 꾸러미를 건넸고, 진삼원도 매우 예의 바르게 말했다.

"고 약녀, 정왕부의 약 꾸러미는 이미 준비해 두었습니다. 함께 확인해 보시지요."

비연도 예의 바르게 말했다.

"급하지 않습니다. 일단 먼저 하시던 검증을 끝내시지요. 나중에 다시 할 필요 없도록 말입니다."

진삼원도 자신의 의견을 굳이 내세우지 않았다.

비연은 한쪽에 자리 잡고 앉았다. 보기에는 한가하게 시간을 보내려는 것 같았으나 그녀는 사실 탁자 위에 있는 약재에 주의를 기울이고 있었다.

약선 꾸러미에는 열 가지 정도 되는 약재가 들어 있었다. 많은 것도 있었고 적은 것도 있었다.

진삼원과 약녀가 약재 하나하나 약방과 대조해 보고, 다시 하나하나 늙은 여관에게 보여 주었다. 그리고 조리할 때의 주의 사항도 상세하게 알려 주었다. 어떤 약재를 먼저 끓이고 어떤 약재를 나중에 끓여야 하는지, 어떤 약재를 미리 물에 담가 두어야 하는지, 혹은 어떤 약재는 바로 끓여도 되는지 등등.

그런 광경을 보면서 비연은 이 약선의 조리법이 어떤 것인지 알아차렸다. 이 처방은 기혈을 보충하고 정신을 안정시키는 것으로, 늙은 암탉과 함께 고아 먹는, 겨울철에 좋은 보양식이었다.

늙은 여관이 약선 꾸러미를 들고 나갔고, 마침내 비연 차례가 되었다. 약녀가 약 꾸러미를 펼치고, 진삼원이 웃으며 약선의 처방을 비연에게 건네주었다.

"고 약녀, 스스로 이 약재를 검증하고 싶더라도 규칙에 따라 우리 두 사람이 함께 검증해서 보여 드려야 합니다."

비연이 고개를 끄덕이며 손에 든 처방이 방금 늙은 여관이 가져간 것과 완전히 같다는 것을 확인했다. 처방에 문제가 없으니 다음으로 봐야 할 것은 약재가 문제없는가 하는 것이었다.

진삼원과 약녀는 방금까지 했던 검증을 되풀이했다. 작은 약재 꾸러미를 열고 처방과 같은지 확인하며 비연에게 주의 사항을 설명해 주었다.

비연은 약재를 확인할 뿐 아니라 눈으로 분량도 계산해 보았다.

이 약선의 처방은 간단하지만 늙은 여우는 절대 쉬운 상대가 아니다! 한 가지 약으로 소 태의의 약방문을 망치고 정역비를 사지로 밀어 넣을 수 있었던 자인 동시에, 그렇게 세밀한 약방 밀서를 적을 수 있는 자였다.

흉수는 분명 고수니, 어지간해서는 막을 수가 없는 자였다!

몇 가지 약재를 검증했지만 비연은 이상한 점을 발견하지 못했다. 그녀는 여전히 열심히 보며 주의 사항을 들었다.

약녀는 계속 작은 꾸러미를 풀었다. 안쪽에 1촌 길이의 작은 인삼 세 뿌리가 보였다.

"고 약녀, 이건 1년근 인삼이고, 모두 세 뿌리입니다. 이 약재들 중 가장 중요한 것이니 잘라서는 안 됩니다. 암탉 배 속에 넣은 후 꿰매서, 끓일 때 절대로 새어 나오지 않도록 해야 합니다. 다 끓인 후에는 탕을 마시거나 고기를 먹지 말고 이 인삼 세 뿌리만을 먹어야 합니다."

진삼원이 열심히 설명하며 인삼 세 뿌리를 비연에게 보여 주었다. 그것을 들여다보던 비연의 심장이 갑자기 쿵쾅거리며 뛰기 시작했다.

세상에! 이게 무슨 인삼이라고? 이건 분명 육단상륙이었다! 이곳에서 육단상륙을 보게 될 줄이야. 그것도 세 뿌리나!

보통의 상륙은 인삼과 아주 비슷해 보통 사람은 구분하기 매우 어려웠다. 하지만 약학 지식이 있는 사람이라면 단번에 알 수 있었다. 그러나 상륙 중 진귀한 '육단상륙'은 인삼과 거의 똑같아 분별하기가 매우 어려웠다. 정상급 실력을 갖춘 의원이라해도 반드시 알아챌 수 있다고 장담할 수 없었다.

심지어 꽤 많은 의원들이 '육단상륙'의 존재조차 모르고 있었다. 백의 사부에게서 배운 것이 아니었다면 비연도 분별해 내지 못했을 것이다.

육단상륙은 아주 귀할뿐더러 상등품의 좋은 약이었다. 그러나 잘못 사용하면 사람을 해치는 독이 될 수 있었다! 진삼원이 방금 이야기한 방법대로 먹는다면 세 뿌리는 고사하고 반 뿌리만 먹어도 목숨을 잃을 수 있었다.

늙은 여우가 과연 손을 쓴 모양이었다!

"고 약녀, 인삼 세 뿌리, 확인했습니까?"

진삼원이 그 인삼 세 뿌리를 들고 진지한 표정으로 다시 물었다.

약속, 반드시 할 것이다

이 진삼원이 세작일까? 그가 인삼을 바꿔치기한 것일까?

아니면 다른 사람이 손을 썼고, 그도 사정을 모르는 것일까?

비연은 한순간 판단할 수 없어 머뭇거렸다.

어떻게 해야 할까? 지금 이 자리에서 폭로해야 할까, 아니면 일단 알았다는 티를 내지 말아야 할까?

진삼원이 기다리고 있었다. 비연에게는 머뭇거릴 시간이 별로 없었다. 그녀는 풀을 쳐서 뱀을 놀라게 하는 일이 없도록, 일단 바보처럼 굴기로 했다!

아직까지 정왕 전하에게 흉수를 조심하라고 어떻게 일깨워야 할지 방법을 찾지 못한 상태였다. 이제 증거가 생겼으니 잘된 셈이었다!

정역비는 그 약방문을 공개하지 못하고 암암리에 조사하고 있을 것이다. 장군이 궁정 안의 인물을 조사하는 일이 어찌 쉽겠는가?

그 망할 얼음은, 꽤 오래 나타나지 않고 있으니 계속 조사하고 있는지 알 수도 없었다.

그녀는 정왕 전하가 오 공공을 조사하는 게 가장 쉬운 방법이라고 생각했다. 게다가 정왕 전하가 그 망할 얼음보다 수단이 좋을 테니까!

비연은 일부러 열심히 들여다보는 척하다가 고개를 끄덕였다.

"그래요, 인삼, 틀림없네요."

진삼원이 계속 약재를 보여 주었다. 비연은 경계한 채 그것들을 자세히 주시했다. 남아 있는 다른 약재들은 모두 문제가 없어 보였다.

검증을 끝낸 비연은 약선 꾸러미를 들고 재빨리 정왕부로 돌아와 정왕 전하를 찾았다. 군구신이 막 천무 황제의 침궁인 영명궁에 도착한 다음이었다.

천무제는 용포를 입지 않고 황금빛 내의만 입은 채 침상에 반쯤 누워 있었다. 그는 쉰 정도로, 귀밑머리가 희게 세어 있었다. 병이 들어서인지 실제 나이보다 훨씬 늙어 보였다. 그렇다 해도 그의 평온한 두 눈동자는 여전히 위엄을 담고 있어, 보는 이로 하여금 경외심을 품게 하는 패기와 위력이 있었다.

군구신은 방 밖에서 태의와 몇 마디 주고받은 후 들어왔다.

"소자가 부황께 문후 올리옵니다."

몸을 굽혀 절하는 군구신을 바라보는 천무제의 눈길이 유난히도 따뜻했다. 그가 웃으며 물었다.

"신아, 대자사의 신명이 언제부터 그렇게 관여하는 곳이 많았다더냐? 너에게 약녀까지 안배해 주고 말이다?"

군구신의 표정도 평소보다 상당히 온화해져 있기는 했지만 그렇다고 웃지는 않았다. 그가 대답했다.

"그녀가 소자의 부에 온 것이야말로 신명께서 잘 안배해 주신 결과입니다. 소자가 배후의 그 여우를 잡아내기 전에는, 기씨 가문과 정씨 가문이 절대 서로에게 창칼을 들이대서는 아니 되니까요."

"듣기로는 그 계집이 바로 얼마 전에 약노에서 약녀로 승급했다던데. 그렇게 대단한 능력이 있으면서 어약방에서 수년 동안 전혀 재능을 드러내지 않았다더구나."

천무제는 감개가 무량한 듯했지만 군구신은 어떤 평가도 내리지 않았다. 정역비의 그 가짜 약방문과 오 공공에게서 찾아낸 약방문 밀서에 대해 그는 모두 사실대로 천무 황제에게 고한 상태였다. 다만 그 과정은 상세하게 이야기하지 않았다.

"석 달이라……. 얼마나 긴 줄을 늘어뜨릴 생각이냐?"

천무제가 군구신에게 앉으라고 침상 가장자리를 두드렸다. 다른 황자였다면 분명 냉큼 앉았을 것이다. 그러나 군구신은 가까이 다가가지 않고 곁에 있는 의자에 앉았다.

엄격하게 말하면 이것은 황명을 거역하는 것이었다. 그러나 천무제는 이미 습관이 된 듯, 어쩔 수 없다는 눈빛으로 말없이 손을 이불 속으로 거둬들였다.

이 아들에게 기대하는 만큼 그는 또한 부끄러움을 느끼고 있었다. 이 아들이 돌아온 지 여러 해 지났고, 태자와도 친하게 지내고 있었다. 그러나 아무리 친하다 해도 결국은 어쩔 수 없는 거리가 있었다.

군구신이 담담하게 대답했다.

"흉수의 다음 목표가 소자일 가능성이 높습니다. 지금 보건대, 줄을 길게 늘어뜨리기는 힘들 것 같습니다."

이야기를 나누는데 천무제가 갑자기 기침을 하기 시작했다. 군구신이 재빨리 다가갔다. 천무제는 기침을 두어 번 끝내기도 전에 울컥 피를 토해 냈다. 호흡도 급박하게 변했다.

군구신이 큰 소리로 외쳤다.

"태의!"

태의가 다급하게 들어와 천무제에게 환약을 복용시키고 서둘러 침을 놓았다. 군구신은 날카로운 눈길로 이 모든 것을 지켜보았다. 표정이 꽤 복잡해 보였다. 부황의 병세에 대해 그는 자신이 없었다.

한참 후에야 천무제의 호흡이 다시 평온해졌다. 태의가 겁에 질린 듯 일깨웠다.

"황상, 쉬셔야 합니다."

"부황, 일단 쉬십시오. 소자가 다시 문후 올리러 오겠습니다."

군구신은 더 이상 오래 있을 수가 없었다. 부황의 병은 사실 아주 심각했다. 대외적으로 비밀에 부치고 있을 뿐이었다. 그는 부황이 올해를 넘길 수 있을지 확신할 수 없었다.

"신아, 내 몸은 내 스스로가 제일 잘 알고 있다. 앉거라. 네게 할 말이 있다."

천무제가 손을 내젓자 태의며 다른 이들이 모두 물러갔다. 군구신은 말없이 그대로 서 있었다.

천무제는 다시 곁자리를 두드리며 앉으라고 손짓했다. 군구신의 눈가에 일말의 복잡한 감정이 스쳐 갔으나 결국 망설이지 않고 바로 자리에 앉았다.

"신아, 부황이 떠나면 그때 네가 황숙에게 약속했던 일을, 그래도 따를 것이냐?"

이 말에 군구신의 눈길이 더욱 복잡해지고 심지어 깊게 가라앉았다. 그는 말없이 손목 위의 염주를 쓰다듬었다.

한참 후에 그가 몸을 일으키며 나지막하게 말했다.

"부황, 부황께 약속드린 것이건 대황숙께 약속드린 것이건 소신이 모두 해낼 것입니다. 부황께서는 안심하시고 병을 돌보십시오."

영명궁을 떠날 때, 군구신의 손은 여전히 그 기남침향으로 만든 염주 위에 놓여 있었다. 돌아오는 내내 그는 미간을 찌푸린 채 계속 깊은 생각에 잠겨 있었다.

군구신이 부에 돌아왔을 때는 이미 늦은 밤이었다. 그는 침전에 가기 전에 멀리서 고비연을 발견했다. 그녀는 침전 앞 계단에 앉아 고개를 들고 별을 바라보고 있었다. 마치 누군가를 기다리고 있는 것 같기도 했다.

군구신도 갑자기 발을 멈추고 하늘을 바라보았다. 오늘 밤은 달도 없었다. 하늘 가득 별이 찬란했다. 그는 다가가지 않고 계속 담장 근처에 서서 말없이 고비연을 바라보았다.

얼마나 지났을까, 갑자기 하소만의 목소리가 들려왔다.

"전하, 돌아오셨군요!"

비연이 크게 기뻐하며 바로 몸을 일으켰다. 그러나 주위를 둘러봐도 아무도 없는 것을 보고 궁금해하며 물었다.

"전하께서 돌아오셨다고요? 어디에?"

하소만이 다른 방향에서 다가오다가 군구신의 차가운 눈길을 받고 깜짝 놀라 아무 말도 하지 못했다. 하소만이 도무지 갈피를 잡지 못하고 있는데 군구신이 성큼성큼 걸어갔다.

비연이 그를 보자 즉시 달려왔다.

"전하, 꼭 말씀드려야 할 일이 있어요! 아주 큰일이에요!"

군구신은 막 돌아와, 그녀가 오늘 궁으로 약선을 받으러 갔었다는 사실을 알지 못했다.

"무슨 일이지?"

비연이 목소리를 낮추고 열심히 말했다.

"전하, 오늘 궁에 약선을 받으러 갔었어요. 그리고 약선에 독이 있는 것을 발견했어요. 이 일이 아주 이상해서 감히 다른 곳에 말하지는 못하고, 일단 제 임의대로 약선을 받아 가지고 돌아왔어요."

"약선?"

조금 의외였고, 의심스럽기도 했다.

그도 곧 흉수가 손을 쓸 거라는 사실을 알고 있었다. 다만 흉수가 이렇게 빨리 손을 쓸 거라고는 생각하지 못하고 있었다!

약선에 손을 대는 것은 가장 지혜롭지 못한 방법이다. 검증 중에 발각되기 쉬울 뿐 아니라, 이 일에 끼어든 세작이 발견되기도 가장 쉬운 방법인 것이다.

흉수가 정역비와 관련하여 실수한 바 있으니 분명 경계하고 있을 것이다. 너무 급한 나머지 일을 치렀다 해도 이렇게 대충할 리는 없었다. 이 일은 정말 이상했다.

군구신이 진지하게 물었다.

"대체 어찌 된 일이지?"

비연은 서둘러 약 꾸러미를 펼쳐 보이며 사정을 상세하게 설명했다.

"전하, 인삼은 비록 귀한 약재지만 그래도 늘 볼 수 있는 물건이지요. 하지만 육단상륙은 30년에 한 뿌리 볼까 말까 할 정도로 쉽게 얻을 수 있는 약재가 아니에요! 어약방에서 약재를 구입할 때 착오가 있었다 해도, 육단상륙을 세 뿌리나 전하의 꾸러미에 넣을 수는 없어요. 이건 분명 누군가가 일부러 한 짓이고, 전하를 해치려 하고 있어요!"

사람을 잡다, 상황이 변했다

군구신이 육단상륙을 들고 열심히 살펴보았다. 약을 바꾸는 방법은 매우 간단해 보였지만, 바꾼 약재가 아주 교묘했다. 이렇다 해도, 군구신은 여전히 마음속 의심을 떨쳐 내지 못하고 있었다.

정왕 전하가 계속 아무 말도 하지 않자 비연도 조금 머뭇거렸다. 그에게 진상을 일깨워 주고 싶었으나, 그렇다고 모든 것을 명확하게 밝힐 수는 없었다.

그녀가 잠시 생각하다가 말했다.

"전하, 육단상륙은 결코 분별하기 쉬운 약재가 아닙니다. 이 약을 쓰면 어약방의 검증을 속일 만해요. 오늘 제가 신중하게 살펴보지 않았다면 분명 속아 넘어갔을 거예요. 게다가 육단상륙 세 뿌리의 가격은 결코 적은 액수가 아닙니다. 보통 사람이 살 수 있는 가격이 아니에요. 감히 전하를 해치려 하는 자는 더욱 보통 사람이 아니고요. 제가 보기에 흉수는 어약방 사람이 아니라, 어약방에 세작을 두고 있을 뿐인 것 같습니다."

군구신은 더 이상 망설이지 않고 바로 하소만에게 명령했다.

"대약사 남궁청운과 대리시경 강립안을 오라 해라. 기억하도록! 다른 곳에 이야기가 새어 나가서는 아니 된다."

그 가짜 약방문은 아직도 정역비 손에 있었고, 증인은 고비연이었다. 군구신은 증거를 내세워 대리시와 어약방의 협조를 구하기 어려운 상황이었다.

그러나 지금은 이 증거가 있다. 그는 당연히 대리시와 어약방을 끌어들일 수 있었다. 첫째, 조사가 편리해지고, 둘째, 이 일을 대리시가 주동적으로 처리하게 되면 그가 많이 나서지 않을 수 있었다.

반 시진이 안 돼 대리시경 강 대인과 어약방의 대약사 남궁 대인이 모두 도착했다. 두 사람은 정왕부에 처음 오는 것으로, 정왕 전하가 무엇 때문에 비밀리에 자신들을 불렀는지 모르고 있었다. 두 사람은 서로 얼굴만 바라보며 매우 당혹스러워했다.

군구신은 아무 말도 하지 않고 비연을 시켜 사람들 앞에서 약 꾸러미를 풀게 했다. 남궁 대인이 흘깃 보고는 바로 태후가 상으로 내린 약선 꾸러미라는 것을 알아차렸다. 이 약방의 연구에 그도 참여했었다. 그는 더욱 당황하여 외쳤다.

"전하, 이것은……. 제 우둔함을 용서해 주십시오!"

군구신이 아무 설명도 없이 짧게 말했다.

"약을 검증하라!"

약을 검증하라고?

이 말을 듣자 남궁 대인은 말할 것도 없고 강 대인마저 크게 놀랐다. 정왕 전하가 그들을 불러 약을 검증하라고 하는 것은 이 약방에 문제가 있다는 의미였다!

남궁 대인이 즉시 모든 약재를 살펴보기 시작했다. 그러나 아무리 봐도 문제점을 찾을 수가 없었다.

두 번째로 검증을 시작했다. 여전히 무슨 문제가 있는지 알 수 없었다.

남궁 대인이 다급하게 말했다.

"전하, 이 약방에는 아홉 종류의 약재가 들어가는데, 모두 기혈을 보충하는 데 좋은 것들입니다. 약방은 태의 몇 명과 제가 함께 만든 것으로 문제가 없습니다. 약재 역시 아무 문제가 없습니다."

탕!

군구신이 얼굴을 차갑게 굳히며 탁자를 무겁게 내리쳤다.

"다시 검증하라!"

남궁 대인은 놀란 나머지 등에서 식은땀을 흘렸다. 계속 검증하였지만 세 번째도 네 번째도 문제를 찾아내지 못했다.

군구신이 비연에게 눈짓하자 그녀가 앞으로 나와 조용히 말했다.

"남궁 대인, 이것은 육단상륙입니다."

육단상륙.

남궁 대인이 멍한 표정을 지었다가 곧 깜짝 놀랐다. 그는 재빨리 손에 들고 있던 인삼을 한 입 깨물어 보았다. 단 한 입 만에, 남궁 대인은 이것이 인삼이 아니라 육단상륙이라는 사실을 깨달았다!

그는 놀란 나머지 아무 말도 하지 못하고 쿵 소리가 나도록 땅에 무릎을 꿇었다. 차마 비연에게, 일개 약녀가 어떻게 이 물건을 알아보았는지 물어볼 생각조차 하지 못했다.

육단상륙과 인삼은 외형은 거의 같지만 맛이 완전히 달랐다. 인삼은 날로 먹을 수 있고, 달콤하고 촉촉한 느낌이 있다. 육단상륙은 떫은 가운데 얼얼한 맛이 있는데, 너무 많이 먹으면 혀 전체가 마비되곤 한다!

가장 중요한 것은, 육단상륙을 끓이면 사람을 마비시키는 정도에서 끝나는 것이 아니라 생명을 빼앗게 된다는 것이다!

"전하, 용서하십시오! 용서하십시오! 확실히 육단상륙입니다. 이 약은 제대로 사용하지 않으면 극독이 됩니다! 제가 감찰이 부족했던 탓입니다, 제가 자리를 내놓겠습니다! 다만 전하, 며칠만 시일을 주십시오. 제가 대리시와 함께 조사하여 반드시 정왕 전하께서 납득하실 만한 해명을 하겠습니다!"

남궁 대인은 몇 번이나 머리를 땅에 부딪치며, 놀란 나머지 두서가 없는 말을 계속 했다.

육단상륙 같은 희귀한 물건이 눈앞에 있으니, 정왕 전하가 말을 하지 않아도 알 수 있었다. 그도 어약방에 세작이 있을 수 있다는 사실을 눈치챘다. 누군가가 어약방을 통해 정왕 전하를 해치려 하고 있었다!

강 대인도 상황을 정확히 알지는 못했지만 곧 음모의 냄새를 맡았다. 바로 앞으로 나가 진지하게 말했다.

"전하! 제가 보기에, 흉수가 꼭 어약방 사람이 아니라 해도, 어약방에 분명 매수된 사람이 있을 것입니다! 전하께서 너그러이 살길을 열어 주십시오. 남궁 대인이 저와 함께 조사하여 공을 세워, 죄를 대속하게 해 주십시오!"

군구신은 일부러 대약사를 괴롭힐 마음은 없었다. 다만 신중했을 뿐이었다.

대약사의 저 반응을 보니 확실히 육단상륙은 평범한 물건이 아니었다. 바꿔 말하자면, 홍수의 이번 행동은 결코 대강 저지른 일이 아니라는 의미였다. 비연이 눈치채지 못했다면, 대약사가 직접 검증했다 해도 아무 문제 없는 것으로 드러났을 것이다!

군구신이 재차 망설이다가 마침내 마음속 의심을 지워 버렸다. 그가 대리시의 의견을 받아들이려 했을 때, 망중이 다급하게 들어왔다.

"전하, 급하게 보고드릴 일이 있습니다."

군구신이 고개를 끄덕이자 망중이 즉시 앞으로 다가와 그의 귀에 대고 속삭였다.

망중이 무슨 이야기를 했는지 군구신의 안색이 크게 변했다.

그는 생각을 바꿨다.

"강 대인, 당장 어약방을 봉쇄하라. 혐의가 가는 자는 모두 체포해라. 기억하도록. 본 왕은 생포해 오기를 원한다!"

강 대인은 본래 상황을 상세히 물으려 하였으나, 정왕 전하가 이렇게 지시하니 총총히 어약방으로 향할 수밖에 없었다. 사정이야 천천히 물으면 되지만 사람이 도망치면 힘들어질 테니까.

남궁 대인은 여전히 무릎을 꿇은 채 당혹스러워하고 있었다.

"전하, 저는……, 저는……."

"이 일은 대리시에 전권을 맡겼다. 너도 해야 할 일을 하도록 해라!"

군구신은 확실히 조급해하고 있었다. 그는 이 말만 남긴 채 망중과 함께 급히 떠났다. 남궁 대인은 말할 것도 없고, 고비연과 하소만도 갈피를 잡지 못하고 있었다!

남궁 대인이 하소만에게 묻는 듯한 시선을 보내자 하소만이 질책했다.

"어서 돌아가서 강 대인에게 협조하지 않고 뭐 하는 것이오. 공을 세워 속죄해야만 본 공공도 당신을 도와 말씀을 드려 볼 것 아니오!"

남궁 대인이 떠나자, 비연도 하소만에게 묻는 듯한 시선을 보냈다. 그러나 하소만은 모르는 척 몸을 돌렸다. 비연이 재빨리 그를 따라가기 시작했다.

비연이 입을 열기도 전에 하소만이 단정하게 말했다.

"해 줄 말이 없단 말이다! 고 약녀, 맡은 일을 책임지고 잘해 내도록. 다른 일은 네가 신경 쓸 일이 아니다!"

그는 말을 끝낸 후 걸어갔다.

사실 하소만도 망중과 전하가 무슨 이야기를 주고받았는지 알지 못했다. 그는 정왕부 내부의 일을 맡고 있을 뿐이었고, 바깥일은 망중만이 알고 있었다.

비연은 정왕 전하가 비록 직접 이 일을 조사하지 않더라도 어쨌든 전권을 강 대인에게 맡겨 다행이라고 생각했다. 이렇게 큰일을 대리시가 대충 넘기지는 못할 것이다. 그녀는 새로운 소식을 기다리기로 했다.

이때, 군구신은 직접 성을 나가 오 공공을 쫓고 있었다. 망중의 보고는 바로 오 공공이 도망치고 있다는 소식이었다. 오 공공이 무엇인가 눈치챈 듯 숨겨 뒀던 약방문을 모두 훼손하고 어린 두 태감까지 데리고 도망치고 있었다!

상황이 긴급하다 보니 망중이 직접 사람을 파견해 쫓았는데, 뜻밖에도 오 공공에게 발각당했다.

"전하, 오 공공의 무공이 상당히 높습니다. 절대로 보통 인물이 아닙니다. 아무래도 매수당한 것이 아니라 일부러 잠복해 들어와 있던 것 같습니다!"

군구신은 그저 알았다고만 하고 별다른 말을 하지 않았다. 어떤 이유에서건, 이미 풀을 쳐서 뱀을 놀라게 해 버린 셈이다. 이 일을 조용히 조사할 방법은 없다.

다시 손을 쓰지 않는다면 오 공공 같은 거물은 말할 것도 없고, 어약방에 있는 졸개들마저 잡아낼 수 없을 것이다!

말이 질주해 성문을 빠져나갔다. 군구신과 망중은 이렇게 성을 나갔다.

〈제왕연〉 2권에서 계속